马伯庸　著

上海文艺出版社
Shanghai Literature & Art Publishing House

博集天卷
CS-BOOKY

图书在版编目（CIP）数据

大医.破晓篇：全两册 / 马伯庸著 .-- 上海：上
海文艺出版社，2022（2024.3 重印）
ISBN 978-7-5321-8356-2

Ⅰ.①大… Ⅱ.①马… Ⅲ.①长篇小说－中国－当代

Ⅳ.① I247.5

中国版本图书馆 CIP 数据核字（2022）第 119868 号

发 行 人：毕　胜
责任编辑：江　晔
监　　制：邢越超
出 品 人：周行文　陶　翠
特约策划：李齐章　王　维
特约编辑：万江寒　张春萌
营销支持：霍　静
版式设计：李　洁
封面设计：主语设计
内文制作：百朗文化

书　　名：大医.破晓篇：全两册
作　　者：马伯庸
出　　版：上海世纪出版集团 上海文艺出版社
地　　址：上海市闵行区号景路 159 弄 A 座 2 楼 201101
发　　行：上海文艺出版社发行中心
　　　　　上海市闵行区号景路 159 弄 A 座 2 楼 206 室 201101 www.ewen.co
印　　刷：三河市鑫金马印装有限公司
开　　本：700mm×980mm 1/16
印　　张：28
插　　页：4
字　　数：507,000
印　　次：2022 年 9 月第 1 版 2024 年 3 月第 2 次印刷
I S B N：978-7-5321-8356-2/I.6595
定　　价：108.00 元（全两册）
告 读 者：如发现本书有质量问题请与印刷厂质量科联系　T:010-59096394
团购电话：010-59320018

第一章
一九〇四年七月

一九〇四年七月三日，关东。

一只乌拉草鞋重重地踏入泥泞。

"噗叽"一声，一股浊黄浆子从脚指头缝涌上来，小腿一个趔趄，拖着整个身子摔在地上。

这是一个十几岁的半大孩子，一张方脸黑得像是铁锅底。他在泥浆中挣扎着起身，身上的深蓝色军装瞬间变成了土黄色。他爹在旁边赶紧伸出一只粗壮的胳膊，将他从泥里捞出来，又在他后脑勺重重地拍了一巴掌。

"好好看道儿！别糟践衣服！"男孩爹喝骂道。男孩两片厚厚的嘴唇紧抿着，不吭声，满眼不服。

若是鸭绿江上的渔民看到他们俩的穿着，肯定会大吃一惊。他们两个人穿的是深蓝色军装，前襟有一排五枚铜纽扣，外号唤作"倭皮子"。正式一点的叫法，是日本陆军的明治十九年式军装。

一对留着辫子的关东父子，居然会穿起日本兵的衣服，这委实古怪。更古怪的是，在这对父子身后，还跟着足足两百号人，俱是一样的装扮，长长的队伍好似一条深蓝色的长虫在山林里钻行。

在这支诡异的队伍最前头，是一个和尚。他听到巴掌声，回头笑道："方村长，别为难孩子啦，专心赶路。"

方村长悻悻地推了儿子一把，对和尚道："觉然师父，咱们到底要去哪里？"

"莫急，莫急，再走一段就到地方了。"

这和尚露出微笑。他生得慈眉善目，唯独左边嘴角有两颗黑痣，一个大如铜圆，一个小如米粒，看上去有一种奇妙的失衡感。

这些村民来自关东盖平县的沟窝村。这是个不起眼的小山村，距离牛庄和营口港不远，主要产物是野蚕与山货。前两天，一个叫觉然的游方和尚来到村里，向村长方大成提出个古怪要求：

他想请村里出两百号人，去附近的老青山转一圈。什么都不用干，转一圈就行，但去的人都得换上日本军装——这个他负责提供。事成之后，衣服归村里作为酬劳。

觉然解释说，有一位日本商人想给甲午战争时战死于此地的日本兵做场法事。村长方大成对日本人的法事规矩不知道，可心里禁不住犯嘀咕。

今年不比往常。老毛子和小鬼子在关东打得不可开交，从鸭绿江到金州，枪炮声一天都没消停过。这个当口，觉然和尚的这个委托，恐怕不是做法事那么简单。

可沟窝村实在太穷了，这两百套衣服是一大笔横财。方大成思前想后，决定冒冒险。遇到危险，大不了往山里头一钻，多少回兵灾不都这么躲过去了吗？

于是他把沟窝村里的大部分村民带了出来。方大成老婆死得早，只留下个十三岁的儿子叫方三响，这次也跟着父亲出来了，多一个人就多赚一身衣服。

方三响这名字有点怪。他出生的时候，外头炸了三趟响雷，方大成懒得琢磨，干脆给儿子起名"三响"。这孩子从小没了娘，拖着鼻涕跟着爹进山，打熬出一身好筋骨。方大成暗自寻思，这趟跑完赚够了钱，是不是该送儿子去镇上读个书啥的。

此时已近午时，不知不觉，这支古怪的队伍钻出了老青山，爬上山麓旁的一片浅绿色丘陵。

这片丘陵的形状像个摊坏了的圆炊饼，一角长长拖出，与大山恰好构成一条曲折的夹沟。郁郁葱葱的白杨、樟子松和蒙古栎盖满了坡面阳面，透绿色的茂密树冠遮住了地势起伏。

带路的觉然和尚突然慢了下来，一步三看，似乎在提防着什么。方大成见他形迹古怪，不由得多留了点心。他突然注意到丘陵上方有一群灰大眼在盘旋，久久不肯落下。

灰大眼在飞鸟里最是顾家，它们不肯飞远，说明这片林子里有巢；它们又不敢落下，说明……林子里有人，而且人数不少！

方大成一惊，忙要开口提醒觉然。可他话还没出口，就听见坡顶响起一片炒豆般的枪声。一瞬间，方大成瞳孔猛缩，一股不祥的预感袭上心头。

这是毛子的莫辛－纳甘步枪！这枪因为连射清脆，如水珠落地，关东人都叫它

"水连珠"。哪个山头的胡子若有那么几杆，足可以称霸一方。可眼下的枪响太密集了，起码有上百支，只能是毛子的正规军。

眼下俄国和日本正在干仗，这么多毛子兵在坡顶居高临下埋伏着，他们隔着几百米，会在山坡上瞅见什么？

不是两百个穿着倭皮子、扛着烧火棍的老百姓，而是两百个全副武装的日本兵！

反应过来的方大成猛然转身，伸出手臂挡住儿子，声嘶力竭地大吼："快跑！"他话音未落，头顶无数子弹化为连绵水珠，暴雨般倾泻在沟窝村村民的头顶……

在方大成喊出"快跑"的同一瞬间，方三响眼中的世界发生了剧变。

首先是方大成的肩部、腹部与腿部先后绽放出四五朵血花。其中一朵血花的花蕊里钻出一枚弹头，继续向前飞行，一口叮住了方三响的小腿。接下来，正朝坡顶爬的村民们，突然僵直了身子，血花在深蓝色军服上一片片地盛开。他们一排排地朝沟底滚落，如同被一阵烈风掠过的芦苇荡。

呼喊声、哭号声、惨叫声，还有刺鼻的硝烟和血腥味，霎时一齐涌入感官。直到这时，方三响才发觉右侧小腿传来一阵蛇噬般的剧痛。他还没顾上做出反应，方大成的身躯已重重倒了下来，把他压在身下。

"啊……"方三响发出一声惨叫。可山沟里早已哭声震天，他的声音连自己都听不见。

所幸密集射击只持续了大约一分钟，否则沟窝村的村民一个都幸存不了。待枪声稍稍平息之后，有几个胆大的村民仗着腿脚灵便，掉头就朝山里跑。可他们只要一离开山沟范围，立刻又有几声枪响传来，子弹准确地命中他们的后心。

"儿啊！"一位母亲发出凄厉的号叫，挣扎着要去救自己孩子。可"啪"的又是一声枪响，她一头栽倒，保持着胳膊前伸的姿势，再无声息。

方三响常年跟父亲出去打猎，对弹道不算陌生。此时他也不知哪里来的力气，声嘶力竭地大吼了一声："不要跑！都趴在沟里头，快！！！"

这一嗓子，让幸存者们都明白了，你从这边上，要挨枪子，从那边逃，也要挨枪子，只有老老实实趴在沟底，才能避开射界。村民们齐刷刷地匍匐在地上，瑟瑟发抖。

沟底恢复了平静，更准确地说，是变成一片因极度恐惧而冻结的死寂。

不过那一声吼，倒让方三响自己从惊慌中恢复。他试图从父亲身下钻出来。可方大成实在太重了，少年枯瘦的身子根本挣不动。最后还是附近两个村民爬过来，勉强把村长挽起身来，背靠土坡摆好。

方大成神志还算清醒，但身上的伤口不断有血涌出来，十分吓人。方三响颤抖着手，去捂父亲的伤口，却怎么也捂不住，一会儿工夫，十指便满是鲜血。方三响嘴唇剧烈地哆嗦起来，直到这时他才意识到，那个一直如大山般庇护自己的父亲，并不总是那么强壮。

"觉然呢？"方大成虚弱地挤出一句话。

方三响扫视一圈，放眼望去全是深蓝色军服，没有灰僧袍。那和尚似乎趁着混乱逃走了。

方大成见儿子摇摇头，露出一丝苦笑："都怪我……一时贪心，这次算是着了道儿了……"他忽然发现儿子右腿也中了枪，心疼地身子一动，连连咳嗽，嘴角溢出血，恐怕某一枪伤到了肺。

方三响知道首先要止血才行。他从父亲怀里掏出一盒洋火和烟斗，把干烟叶烧成灰抖落到伤口上，又在附近薅了几把刺儿菜和耧斗菜，拿嘴嚼碎了敷上。这都是老猎人止血的法子，方三响常年跟父亲出门打猎，手法熟练得很。

"三响，三响，别瞎忙活了！"方大成道，"先瞅瞅你自己的腿，别落下残废。你得想办法回去！"

"要走一起走！"方三响说完抿着嘴。方大成急道："你得把还活着的乡亲们都带回去，他们都是被我带来的，不能全死在这里！这是咱们方家的本分！"

方三响抬起眼来，环顾四周，只见沟底密密麻麻躺倒了一大片，蓝的军服，黄的泥浆，红的鲜血，混杂成一片刺目的色彩组合。比死人更可怕的，是那些重伤的人，他们横七竖八地靠在沟底，捂着伤口，鲜血肆流，却只能大声地呻吟、哭喊。

少年被这画面冲击得脑中一片空白，呆呆的，不知该怎么办才好。

"三响！"方大成竭尽全力喝道。

方三响只好从父亲身旁跑开，招呼还活着的村民在沟底拔草烧灰，好歹先给伤员止血。

这可是一件极危险的差事。沟底的花草不多，只有坡顶向阳面的植被比较丰富，可谁一过去，肯定挨枪子。有几个村民想说咱们干脆投降吧，高举着双手出去，结果还没等露头就被一阵排枪打回来了。

好在对面放枪的人一直没过来，他们似乎只打算把整条山沟封锁住就够了。

整整一个时辰过去。方三响给二十几位轻重伤员做了止血处理，一盒洋火用得干干净净。有几个村民一边接受着处理，一边痛骂方大成猪油糊心，竟然把这么多人送上死路。方三响心中恼怒，可一想到这是方家的本分，也只能忍气吞声地低头忙活。

这时腿部的疼痛蔓延上来，他实在筋疲力尽，勉强挪回父亲身旁，眼皮子变得愈加沉重，不由得昏睡过去……

不知睡了多久，方三响感觉有异动。他猛一睁眼，发现一个大胡子洋人正趴在自己小腿上，仔细用镊子扒拉着什么。奇怪的是，明明腿上皮开肉绽，自己竟然不觉得疼痛。

他下意识要缩腿，却被旁边一个穿纺绸短衫的中国人给按住了，那人温声道："打了麻药的，不疼。"方三响认得这中国人的圆麻脸，这是辽阳的一个医生，叫吴尚德，曾去村里瞧过几次病，远近名声颇好。

他们俩怎么跑来老青山的山沟里了？怎么突破封锁进来的？没挨枪子吗？无数疑问在方三响脑海里盘旋。

洋人的右手忽然一抬，镊子夹出一个鲜血淋漓的变形弹头，叽里咕噜说了几句英语。吴尚德松了口气，对方大成道："水连珠用的子药是钝圆头，穿透力不算强。这枚子药先穿过您的腋下，再射入令郎腿部，未及太深，已然取出来了。"

方大成靠在沟边，有气无力地"嗯"了一声，算是谢过。方三响不傻，看出这两个人应该是医生，挣扎着要起来磕头，可惜腿上麻劲没过去，扑通又摔倒了："请你们一定要救救俺爹！救救沟窝村！"

吴尚德苦笑道："我和魏伯诗德先生两人身上所带药品不多，你爹让我们先救你。他和其他伤者，在这个地方我们无能为力。"

这时方三响才注意到，两人袖子上都挂着个古怪的标志，白色底，绣着一个红色的十字。

魏伯诗德已包扎好了伤口，抬起头，用生硬的汉语道："我检查了你父亲和其他受伤村民的伤势，处置得很好。在有限的条件下，一个十三岁的孩子能做到这地步，实在令人佩服。这种急救法，你是在哪里学的？"

"我是跟俺爹打猎学来的。进山保不齐磕碰摔伤，附近没人，总得自个儿想办法。"方三响憨憨地答道。魏伯诗德赞赏地摸摸他的头，满眼慈祥。

这时方大成虚弱地问道："吴先生，到底是咋个回事？"

吴尚德和魏伯诗德对视一眼，都流露出浓浓的无奈。吴尚德缓缓坐下，盯着方氏父子："老方，你们可是上了日本人的当啦！"

最近俄、日两国几十万大军云集在辽阳附近，摩拳擦掌要大打一场。根据吴尚德的推测，那个觉然和尚很可能是个日军间谍，他用几百套旧军服为饵，骗取沟窝村的村民冒充日军部队，前进到俄军防线，好让他们误判日军的主攻方向。

这也解释了俄军为什么没有追击。他们惧怕这是日军主力，所以只用长短武器封锁住山沟。若非如此，只怕沟窝村早已灭绝了。

"我×他姥姥！"

方三响气愤地猛一捶地，怒不可遏。怪不得觉然和尚的口音听起来有些怪，这人居然是个日本间谍！之前他在山沟里找了几圈，没有找到觉然的尸体。这个狗杂种肯定趁着最初的混乱，脚底抹油溜掉了。

吴尚德道："关东的日本间谍多如牛毛。商人、僧道、读书人、猎户、农民，什么身份都有。他们对这场战争，可谓志在必得啊！"

这时方大成喘匀了一口气，提了另外一个问题："那吴先生你和这位……怎么会来这里？"

"嘻，此事说来话长！"吴尚德又说开来。

俄、日在东北这一场大战，让无数中国平民流离失所，伤亡惨重。偏偏大清宣布局外中立，无法出手施救。消息传到上海，有一位叫沈敦和的善长仁翁拍案而起，集合各界贤达，成立了一个"上海万国红十字会"，对东北同胞展开民间救援。

魏伯诗德与吴尚德分别是当地的传教士和医生，这次被万国红十字会聘为专员，以牛庄和营口港为基地，前往关东各县考察灾情。两人路过老青山时，魏伯诗德觉察动静有异，这才发现了沟窝村村民的窘境。

"红十字会是什么？"方三响一脸困惑。

吴尚德一亮胳膊上的红十字袖标："这红十字会乃是一个国际慈善组织，已有四十一年。它不问立场，只要是战争伤兵以及难民，均一体施救。所以各国交兵都有约定，不得妨碍红十字会行事，亦不得加害佩戴红十字标志的人员。"

方三响大喜："这么说，俺们村有救了！快把我们救出去吧！"

吴尚德和魏伯诗德对视一眼，却都面露尴尬。吴尚德道："大清还不曾加入《日来弗公约》，不算红十字会正式会员，所以无论是日方还是俄方，都不承认上海万国红十字会的官方身份，不会在战场上给予方便。"

"你们过来的时候，他们不是没开枪吗？"

"俄方只保证了魏伯诗德教士和我的人身安全，却不承认有合法营救的权利。"

方三响听得一头雾水，他小小年纪，这些国际法的弯弯绕绕太过深奥。他一转念："俺们只是受了骗的村民，情愿不要军服，让毛子放我们走不就行了吗？"

吴尚德叹道："我去交涉过了。那边的指挥官说了，就算你们是清人，但穿着日军军服，一样视为敌对团体，不受国际法对平民的保护。所以……唉，想要把你们带出去，得让俄国人先承认我等的红十字会身份才行。"

"那……那要怎样才好？"方大成身体一挣，脸色霎时变得灰暗。魏伯诗德赶紧掏出听诊器检查一番，说了几句英语，默默在胸口画了个十字。

吴尚德脸色一变："魏伯诗德先生说，虽然你止血做得不错，可只能延缓一阵。若不及时处理，你父亲只能听凭上帝的安排……"后头的话他没翻译。

方三响紧紧抱住他爹，绝望令他身体一阵阵发冷。

若要救人，非得红十字会前来营救；若要红十字前来营救，非得俄国人认可其身份；若要俄国人认可其身份，得先让大清加入万国红十字会……一群卑微平民的命运，在层层推动之下，竟奇妙地与国际局势牵连到了一块，这已完全超出了这个乡村少年的理解范围。

"吴先生，你是医生，医生最聪明了。为啥日本人和俄国人打仗，要跑到俺们地头上呢？"方三响忽然问。

吴尚德怔了片刻，最后叹息一声。他没有回答，只是默默从袖子上扯下红十字袖标："你腿上的枪伤，得尽早去牛庄治疗才成。来，戴上这个，与魏伯诗德先生一并离开，只要人数对得上，毛子不会为难。"

方三响先是一愣，旋即摇头："不成不成。俺爹还在这儿，沟窝村的村民也在，俺不能抛下他们自己跑掉。"他把吴尚德手里的袖标推了回去，态度坚决。吴尚德又劝说了几次，可方三响偏认准了死理。

魏伯诗德注视着这一对父子，内心很不平静。他在关东传教了十多年，在这片黑土地上见过最卑劣的人性、最愚昧的迷信，也见过最高贵的品格、最坚韧的生命。眼前这个坐在污泥中的瘦弱孩子，处于如此窘境，仍不肯抛弃众人离开，奋身救治村民，实在不似一个十几岁孩子的心智。

他只在最坚韧的传教士眼中，才见过这种神色——魏伯诗德很好奇，这孩子没受过教育，也不像任何宗教的信徒，他的信念来自哪里？

"活着。"吴尚德低声回答。

"活着？"

"对我们中国人来说，活下去，才是最重要的信念。"

"既然如此，他应该接过你的袖标，跟我离开这里。"魏伯诗德不解。

"中国人所谓的活着，并不只是个人的追求与获得。"吴尚德在辽阳做了许多年医生，早洞悉了世情，"倘若这孩子现在抛弃父亲与乡亲离开，即使他还活着，他的灵魂也已经死了。"

村民们的哭声和哀哀惨呼从不远处传来，忽断忽续，有沉重的死亡气息弥散在野草之间。两个人注视着那个孩子，没再说什么。当一个人对这些事情无能为力时，任何安慰的言语都是残忍的。

魏伯诗德不忍见这绝望的氛围，迟疑着缓缓开口："其实，这件事也不是没有转机。"

方三响把眼神投过来，他不懂英语，但从语气里听出了一点点不同。

魏伯诗德掏出一个铜质怀表，上面显示下午五点整。这叫海岸时，比格林尼治时间早八个小时，乃是中国东部口岸、海关、铁路、洋行等处所共用的标准时间。

"我从牛庄出发前，曾看过上海发来的简报。清国朝廷驻英公使在六月二十九日，已经在瑞士补签了红十字会公约，只要朝廷发布公告，便可正式生效……"

吴尚德先是欣喜，可一细想，又摇摇头。"相隔万里之遥，此事实在太过缥缈，等消息到关东更不知是何时，只怕整个沟窝村的头七都过了。"

魏伯诗德思忖片刻，决然道："可这是他们唯一的希望。吴医生，我留在这里陪伴这些不幸的人。请你赶回牛庄，守在营口港电报局前。一俟有清国加入万国红十字会的官方公告出来，你立刻找到两国军方开具证明，带一支救援队过来。"

吴尚德不由得狐疑道："可是，这赶得及吗……？"

"我在这里学到的第一句中文，就是尽人事，听天命。"

"那应该您回去，我在这里看护。"

"我是英国公民，无论俄国人还是日本人多少会有所顾忌。好了，时辰不多，快动身吧。"

吴尚德没有再坚持，匆匆离去。魏伯诗德站在方三响身边，扫视这一片面临生死之劫的关东村民，默默在胸口画了一个十字。

接下来，这些无辜的村民能否得救，将取决于这个消息多快从伦敦传到营口港。

一九〇四年七月三日，伦敦。

格林尼治时间上午九点整，大本钟准时开始报时。钟声悠扬而深沉，响彻泰晤士河两岸。无论是路上头戴礼帽的绅士还是河上运煤趸船的船长，都不约而同地掏出怀表，面向钟楼进行对时。

在庄严的铛铛声中，一道迅捷的黑影飞快地冲过不远处的西敏寺桥，进入大乔治街。

这是一辆小巧的"荷兰"自行车，没有横梁，后座微翘，可以让穿着繁复长裙的淑女也从容跨坐，不致走光。不过此时骑在上头的，却是一个半大少年。他屁股微抬，整个人前倾，有节奏地快速蹬踏，右手不住按动车铃。

车子像游鱼一般在行人、摊贩和电线杆之间钻来钻去，一路飞驰到白金汉宫前的广场，才被一名巡警拦停下来。警察晃动着警棍，恶狠狠地咆哮道："小兔崽子，你知道你骑得多……快吗？"

巡警的尾音顿了一下，因为少年抬起鸭舌帽檐，露出一张胖乎乎的圆脸，黄皮肤，黑头发。

"我下次会注意的，警官先生。"少年用流利的伦敦腔答道。

"一只小黄皮猴子？嗬！"巡警的态度发生了变化，"你应该滚回动物园待着去，而不是在这里杂耍——以女王的名义，我现在要扣押你的自行车！"

少年不慌不忙，从衬衫兜里掏出一本蓝皮派司，晃了晃："我是大清国驻英国公使张德彝的助手，正在执行一项重要的外交使命。"

"大清国公使？"巡警狐疑地打量了他几眼，证件上盖着外交部的钢印，应该不假。另一页上写着 Sun Hsi 和两个不认识的方块字"孙希"——这应该是他的名字。

可这个 Sun Hsi 也就十三四岁，怎么可能会是一位公使的助手？

"张公使也来了，你可以直接问他。"

少年朝巡警身后一指，趁他下意识回望之际，果断一蹬车子，飞速逃远。

受到愚弄的巡警抓起脖子上的警哨，玩命地吹了起来。孙希知道哨声一响，前头会跳出更多警察。他车头一偏，飞速绕过威灵顿广场，一口气骑到了海德公园入口。

海德公园是伦敦最大的皇家公园，占地三百六十英亩（约 1.457 平方公里），极为广阔。巡警和闻讯赶来的同事冲进公园时，眼前只有深邃的绿荫大道与漫步的人群。那只黄皮猴子早不见了踪影。

孙希甩脱了追兵，长长嘘了一口气，掉转车头，不知不觉骑到了海德公园东北方向，一棵深灰色的大橡树映入眼帘。

这棵橡树叫作"改革者之树"，是伦敦的一大景致。树根所延伸到的范围之内，人人皆可发表演讲，除辱骂皇室及颠覆政府之外，别无所限。今天恰逢周日，形形色色的人早早聚拢在橡树周围，高谈阔论。

孙希本打算穿出去，尽快去办公使的差事，可沿途这些东西实在太好玩了。这里一不用布棚，二不需会场，只消肥皂木箱一个，便可登高一呼。有声言殖民地改革，有议论妇女投票权，有宣扬磁气治病，有陶醉于吟诗作赋，至于效果如何，全凭各家本事。所以每个人都施展出浑身解数，侃侃而谈。

他饶有兴致地一家家看过去，忽然看到前方草坪上插着一块白漆广告牌，上面画着一条狗，狗脸的侧面被剖开，一根管子从脖子插进去，颇为惊悚。

孙希不由得停下自行车，从围观人群之间钻进内场。只见里面是一块不大的空地，一个穿背带裤的虬髯汉子正侃侃而谈，旁边的木台子上趴着一条杂色牧羊犬。

那狗看着温驯，细看模样却十分可怖。它的脖颈处和腹部分别有一根细管子，贴肉部分用一圈皮革固定，似乎插进狗的体内很深。

"……各位绅士也许从没听过伊万·彼德罗维奇·巴甫洛夫，这是可以被宽恕的罪过。但我老伊万可以跟诸位赌上十英镑，今年十二月十日之后，整个欧洲都将记住这个名字。这位可敬的科学家已获得今年的诺贝尔奖提名！"

老伊万一抖手，唰的一下展开一张巴甫洛夫的头像传单，下面用硕大的花体英文写着"PHYSIOLOGY or MEDICINE"（生理学或医学）！

"我怀有十足的信心，他将会是第一个获奖的俄国人！"

一听是俄国的事，周围的听众似乎有些失望，纷纷准备离开。老伊万急忙高声道："你们难道不想知道巴甫洛夫教授为何获得提名吗？我告诉你们，奥秘就在这条狗的身上！"

围观者纷纷回过身来。老伊万拿出一盘脏兮兮的肉块，放到狗前面，那条病恹恹的牧羊犬见到有肉，勉强打起精神，垂头在盘子里大嚼起来。

过不多时，人群里发出惊讶和厌恶的声音。只见一团团恶心的肉糊从脖颈的管子里滑出，掉落回食盆里，又被狗吃下去。两分钟之后，连接腹部的那根管子开始滴落黏稠的半透明液体。

"如诸位所见，这条狗的食道被切开过，重新接到了这根管子上；而腹部那根橡皮管子，则直接连通着它的胃部。"

如此残忍的手段，令人群同时吸了一口凉气，孙希却被完全吸引住了，看得愈加认真。

"你们瞧，当狗开始进食时，即使它实际上什么也没吃进胃里，胃仍旧会分泌出胃液。"一边解释着，老伊万一边从狗的背颈处提起一根丝线，"为什么会有这样的现象？你们瞧，我手里这根线，连接的是狗的迷走神经。狗以为自己在进食，迷走神经会通知胃部开始分泌胃液，准备消化。现在我这么一提，神经传输中断……"

他一指橡皮管。尽管狗还在徒劳地狼吞虎咽，胃部却停止分泌胃液。孙希瞪大了眼睛，像是看到了新大陆的哥伦布。

"这就是巴甫洛夫先生的假饲实验！他揭开了消化腺的奥秘！"老伊万得意万分地嚷道。

这个实验的精妙与残忍，让在场观众为之咋舌。老伊万见时机成熟，掏出一个古怪的棕色药瓶："巴甫洛夫先生根据这个原理，研发出了一种胃病良药。嘿，一位诺贝尔奖得主发明的神药！这有多难得不必多说。我靠着跟那位大人的同乡关系，才获得了这种药在英国的销售权，存货不多，欲购从速！"

刚才的实验，震撼了围观群众，他们一拥而上，争先抢购。矮小的孙希被挤到圈外，只好俯身从地上捡起一张印着巴甫洛夫头像的传单。上面"生理学或医学"几个单词，在他眼中似乎激起了某种涟漪。

忽然一阵悠扬的钟声从东南方向隐隐传来，大本钟准点报时，上午十点整。孙希一听钟声，像被火钩子捅了一下，猛然想起自己本来的任务。

"糟糕！这次要被张大人打死了！"

他情急之下，乡音流露，急忙扶起自行车离开海德公园，慌里慌张地朝着大清使馆方向骑去。

伦敦西一区有一条波特兰街，它北望摄政公园，南临卡文迪什广场，东接皇家理工学院，西边不远处则是建成刚刚三年的魏格摩尔音乐厅。街中第四十九号，乃是一座安妮女王时期风格的四层小楼，严整的几何形状门窗板条均漆成白色，与棕红色墙砖形成一个个小十字，古朴而庄重。外门旁边挂着一块铜牌，上面用中英文写着：

"大清国驻大不列颠公使馆。"

"丁零零零——"

孙希骑着车子，风驰电掣般地冲到了使馆门口，把自行车往旁边一摔。守门的英籍守卫见怪不怪，直接拉开大门把他放了进去。

孙希心急火燎地冲进门厅，门厅里正站着一位湖绉黑衫的老者，头戴礼帽，手执橡木拐杖，旁边两名随从提着行李箱，似乎是刚刚出远门回来。

孙希硬着头皮迎过去，老者淡淡道："电报难道没说明白？我这次出差去瑞士，今天上午十点准时返回伦敦。你不在门厅迎候，又去哪里野了？"

孙希支吾了片刻，老者冷哼一声，随手抄起橡木拐杖，劈头就打。孙希不敢躲，只能龇牙咧嘴受着。老者打了十来下，每一下都着实彻骨。他疼得实在耐不住，连声告饶："唔好再打啦！"

"讲官话！"

"张大人您歇歇手！去年政府才颁布法条，不得虐待儿童，您不能……"

老者怒道："这里是大清使馆，只听大清皇上的。你这么多废话，罪加一等！"拐杖一挥，又敲到他胫骨上头，孙希疼得嗷嗷叫，跳了起来。

这老者正是大清驻英公使张德彝，刚从瑞士出差回来。他今年五十有七，这一通杖责下来，自己先累得气喘吁吁，只好停下手，一脸恨铁不成钢的表情："老夫说过多少遍，外交事务关乎国体，不可怠忽，你怎么还如此轻佻误事！"

孙希还要辩解，谁知手一抬，从衣服里滑出一张传单。张德彝一看，火气更大了："你居然去海德公园厮混，那是正经人去的地方吗？全是巧言令色之徒，哗众取宠之辈！"

"不是，我听的是科学讲座，是巴甫洛夫关于狗的……哎哟！"

"好哇，还去学什么鸡鸣狗盗！"

他训斥的声音大了些，路过的使馆随员和仆役纷纷侧目。张德彝见状，放下拐杖，随手拿起函袋对孙希喝道："跟我上楼！"

两人上了三楼的公使办公室。一进屋，风格陡变。只见房屋正中摆着一张黄梨木大书案，案后一把云石太师椅，背后还有八扇黑漆螺钿屏风。左陈香几，右放绣墩，墙上还悬着一幅"一片冰心在玉壶"的字，落款是"人境庐主人"。

初入此处，会让人恍惚觉得不在英伦，而是到了哪位督抚的签押房里。

张德彝坐到太师椅上，去拆那个外交函袋。孙希揉了揉火辣辣的屁股，走到旁边的架阁上取出一封大红袍，轻车熟路地忙活起来。他知道这位大人虽是铁岭汉军旗出身，但因为祖籍福建，对乌龙情有独钟，一会儿工夫便端上一盏茶香四溢的盖碗。

张德彝读着文书，睨了一眼，伸手接过盖碗，轻轻颔首道："坐吧。"孙希如蒙大赦，连忙挪了个绣墩过来："我……"

"嗯？"

"小侄，小侄。"孙希连忙改口，"说英语说习惯了。"

"哼，洋鬼子称呼不分尊卑，跟他们交流也就算了，咱们自个儿可别把习气带进来。"

张德彝一边说着，一边把行李箱打开，取出一沓文件，随手搁到旁边的电报匣子里，这才端起盖碗轻啜一口。这茶泡得恰到好处，口感甘醇，确实是用了心的。张公使火气消退，语气也柔和了几分：

"你父母在南洋死得早，把你托付给我。可惜老夫公务在身，常年带着你游历海外，忠孝节义没学全，连口音都是乱七八糟的。至今思之，实在有负所托啊！"

"我觉得挺好的……"孙希嘀咕道。

张德彝面孔一板："胡说！你爹在广东也是正经的读书人，你虽不能幼承庭训，也不可辱没门楣。你记住，在咱们大清，读书方是根本正途，除了功名，别的都是虚的。"

"您不也是同文馆的通译出身吗？"

张德彝搁下盖碗，脸上的褶皱里浮现一丝苦笑："同文馆是什么地方？实在没出路的人才去。人家说我们是未同而言，斯文将丧。别看我现在是驻英国公使，在朝中一干大员眼里根本不入流，就是个跟夷狄打交道的舌人。我担心你将来回国，也会被人瞧不起。"

"那就不回去了呗，小侄在伦敦也挺好。"孙希颇不以为然。

"荒唐！孙家祖坟宗祠都在国内，你不回去，别说你爹娘，我都死不瞑目！"张德彝顿了顿，"你年纪也不小了，我琢磨着，是时候把你送回国去读读圣贤书。"

孙希吓了一跳："不是说国内科举都快废了吗，读那个做什么？"

"别听洋人报纸上胡说。朝廷是经学、实学并重，科举之外增设新式学堂而已。什么科举将废，哼，科举废了朝廷从哪里取士？"张德彝顿了顿，语气不太确定，"就算真没了科举，你多读读书总是没错的，艺不压身哪。"

孙希大着胆子道："其实小侄今天下午在海德公园，听的是一个医学讲座。其实学医也挺好啊，救死扶伤，多仁义呀！"

张德彝眼皮一翻："学医？哼，只怕你没学会医术，先学会不认祖宗了。你们广东倒出过一个学医的，也姓孙，你去学学看？"

一听这姓，孙希连忙打了个哈哈。那个姓孙的医生叫孙逸仙，跟这座使馆关系匪浅。八年之前，这人跑来伦敦，被当时的大清公使绑架入馆，准备伺机运回国内。结果走漏了风声，惹得舆论哗然。在英国外交部提出强烈抗议后，公使被迫放人，失了好大的面子。

见孙希不吭声了，张德彝把盖碗往书案上一搁："可叹我大清近年命途多舛。甲午之后，就是戊戌之变；拳匪闹完，又来了八国联军。前几年德国人占了胶州湾，今年日俄又在东北开战。这个时候，正是朝廷用人之际——回头我寻个事机，送你回国去读书，总比在英国待着有出息。"

孙希一听要回国，颇觉闷闷不乐。可张德彝计议已定，若再废话肯定又得挨打，只好默默转身出去。正要迈出门槛，孙希忽然瞥到电报匣子里的那份文书，忽然计上心来。

他知道这一次张德彝去瑞士，是去补签《日来弗红十字会公约》。按照规矩，张德彝需把补签后的公约文本发一份回国。不过瑞士没有大清国的专用电报线，所以他只能把文件先带回伦敦，再从使馆拍发回国。

孙希转身过来，一脸痛悔："张大人，这一次小侄贪玩耽搁正事，虽是小过，但您常教诲，勿以恶小而不为，我亦该自罚警醒才对。"

"那是勿以恶小而为之！"张德彝忍俊不禁，"你打算如何自罚？"

孙希朝电报匣子里望了一眼："这封文书，不如就让小侄来负责拍发回国吧。"

公使馆是外交重地，不得使用外籍电报生，所以译发电报只能自己人来做，逐字加密。而外交信函与朝廷谕电动辄数百上千字，往往需要中英两稿并发，工作量巨大，是人人避之不及的苦差事。

孙希居然愿意主动承揽这个差事，说明是真的悔悟了。张德彝一时大为慰怀，暗祈故友在天之灵保佑。他正要勉励两句，却见孙希眼巴巴地看着自己：

"大人，拍发电报，得有密码本呀！"

张德彝一怔："你今天就要拍？"

万国红十字会的这封信函字数不少，且以法文写成。得先变成英文和中文，译成密文，再行拍出。孙希一个人来做，恐怕得忙到晚上。

"您不是教诲我说'今日事，今日毕'吗？"孙希慨然拍胸。

张德彝想了想，事情虽小，却是个难得的教训，遂从抽屉里拿出密码本丢给孙希，又在文书上写了收件地址，勉励几句让他出去了。

屋子里恢复了安静，可张德彝总觉得心浮气躁，仿佛被那只孙猴子给传染了。他把茶碗放下，摊开一张国内带来的生宣，研墨搦笔，打算写几个字静静心。

静心字讲究的是凭意落笔，顺心而为。于是张德彝也不多想，挥笔便写，写得浑然忘我。待他写完了低头一看，自己不由得为之一怔。只见宣纸上墨汁淋漓，乃是《出师表》里的一句话：

"此诚危急存亡之秋也。"

———————————————————

一九〇四年七月三日，上海。

在电力的驱动下，两条粗大的铰链嘎吱嘎吱地动起来。两扇铁门像舞台幕布一样徐徐拉开。一束酡红色的余晖从外滩方向照射过来，让沉寂在库房中的黑影逐渐泛起光芒。

这是一辆亮黑色的四轮敞篷汽车，它最前方是一块弯曲的金属横挡板，挡板印着一排花体英文"Oldsmobile"，驾驶杆后头是可容纳两人并排而坐的软垫高座。虽然造型与马车相似，金属框架却赋予其截然不同的气质。

女孩惊喜地大叫了一声，扑了上去。她只有十三岁，可身材已颇为高挑，一身米白色的马术短装，颇为飒爽。她围着车子先转了几圈，忽然回头道："曹叔叔，就是这辆车从纽约一口气开到洛杉矶吗？"

一个戴金边眼镜的胖子笑道："姚小姐，不是同一辆，但是同一款。这是现在美国卖得最火的车子，老灵了，光去年就卖了四千多辆。国内嘛，别的地方不好讲，上海滩绝对是第一辆。"

说上海第一辆，跟中国第一辆也差不多。大清这几年时局不靖，内忧外患，但上海反倒日渐繁华，什么流行时尚，什么西洋发明，从来都是沪上尝鲜。

他身旁一位戴瓜皮帽的长衫老者颔首道："若非曹老弟居中疏通，这样的货物，清关还要费一番周折，有劳。"他操着山东口音，轻轻递过一支香烟，曹经理一看纸卷上印着狮身人面像，眼睛发光。这是原装进口的茄力克啊，一块银圆只能买一听。

他忙不迭地用洋火点燃，在烟雾中一脸陶醉："陶管家，姚先生打算啥辰光用这车呢？我在工部局有熟人，早点弄个好牌照，在租界里就能随便开了。"

陶管家淡淡道："我家老爷最近在忙慈善的事情，无暇他顾。这辆车是买给小姐做生日礼物的。"曹经理的眉头抬起又放下，连最后一点点羡慕的心都熄了。

姚永庚是有名的上海滩烟草大亨，他的独生女儿姚英子别说买辆车，买栋楼也是分分钟的事。要不是有一层宁波老乡的关系，这笔买卖都轮不着他姓曹的来做。

不过这姚小姐也委实古怪，不去学女红，反倒对这些东西感兴趣，有钱人家的教育真难以揣度。

"陶伯伯，我们现在就能把它开回去吗？"姚英子在驾驶座上探出头来，迫不及待道。

陶管家犹豫了一下，现在是海岸时下午六点，距离日落还有一段时间。曹经理赔笑道："油倒是都加足了，只是没司机呀！"姚英子大声道："我来开！我来开！我在杂志上看了好多遍了！简单得很！"

曹经理一惊，连忙去看陶管家。陶管家道："她七岁就在江湾学骑马了，想来这汽车总不会比骑术难。"曹经理还想劝几句，可瞥见管家也是一脸无奈，这才意识到谁才是大老官。

十五分钟之后，这辆汽车调试妥当，离开了虹口华顺码头，稳稳地拐上东百老汇路。

整条东百老汇路都是碎石加沥青的马卡丹路，路面平整坚固，仿佛天生就是为了汽车而存在的。汽车如同一头饥饿的野虎，不顾一切地向前奔跑起来，身躯几乎化为一道残影。只能听见发动机的突突声，像在咆哮。

这一段路与黄浦江恰好平行，沿岸皆是各大洋行的码头与仓库。苦力们吆喝着卸载着货物，川流不息的马车在厂区进出如梭。在码头外浩渺的江面上，一串串满载着货物的驳船正冒着黑烟驶过。更远处，依稀可见外滩那一排排高大庄严的灰色建筑，如巨人远眺。

在姚英子眼中，这一切景色都在疾速后退。她一手紧握驾驶杆，一脚踩住了油门，仿佛练习过很多次一样，稳稳地控制着这台钢铁怪兽在路上疾驰。

她从来没有享受过这么快的速度，就连长发被大风吹得四处飘舞，都舍不得闭上眼睛。姚英子不由得兴奋地大叫起来："太过瘾了，要是爸爸也在车上就好了！"

陶管家在副驾驶座上宽慰道："老爷忙于万国红十字会的事，等东北那边打完仗，就能多陪陪小姐了。"

"东北？打仗？红十字会？"这几个词对姚英子来说十分陌生，仿佛是另外一个世界的事。只有第三个词引起了她些许兴趣："红十字会，那是什么？"

"哦，大概是洋人搞的善堂之类，老爷在家里提过……"陶管家也不是很熟悉，他正努力回想，姚英子突然站起身来，指着黄浦江方向一个穿红马甲的洋人喊："你看！是跑马！"

在这一带，码头与江面之间有很宽阔的滩涂，与东百老汇路平行。租界的洋人没事喜欢过来骑个马。此刻那名骑士正骑在一匹棕黄色赛马背上，兴致勃勃地练习着冲刺。姚英子好胜心起，一捏喇叭，"咔嚓"一声把杆位推到了二挡。

这辆汽车一共三个挡位，两挡前进，一挡后退。在姚英子的操控下，拥有七匹马力的发动机如同开了锅一般，轰鸣着，驱动整辆车开始加速。

骑手似乎也注意到了竞争对手，他双腿一夹，坐骑越来越快，蹄子如雨点般落在滩涂上。可惜肉身的造物，终究难以匹敌机械的力量，二十几秒后，汽车便超过了骏马，把那个一脸蒙的骑手甩得远远的。

姚英子丝毫不打算减速，继续在路上驰骋。她高高站起来，手扶前挡弯，任凭狂风把自己一头长发吹散。这感觉实在太好了！比骑马要爽快十倍！

"小姐，前面行人多，您得减速了。"陶管家在副驾驶座上提醒道，屁股下隆隆的震动让他很不安。可姚英子充耳不闻，她觉得自己几乎与车子融为一体，她们俩都天生应该纵情驰骋。

只是短短十几分钟，轮子便从东百老汇路碾到了东唐家弄的路口。从这里开始，道路开始变窄，人也聚得多起来。沿途的小贩、报童、剃头匠与商铺伙计何曾见过这么一头金属蛮牛，听到汽缸的轰鸣声，无不惊慌地躲避，街面一时大乱。

姚英子正盘算要不要掉头回去再开几圈，前方却陡然出现一根粗壮的高大木杆。

这是公共租界的一根电报总杆，矗立在东百老汇路和东唐家弄之间。它的杆头呈"丰"字形，六个端头扯出三路电报线，通过外白渡桥向黄浦延伸。

一个赤裸着上半身的脚夫本来蹲在杆子旁边，一见车子冲来，吓得朝右边闪去。姚英子急忙握住方向杆向左扳去，右脚同时去踩刹车板。可是，汽车的方向杆幅度只有三十度，而刹车板的位置微微下凹。初次驾驶的姚英子，根本无法在第一时间完成动作。

车轮只来得及偏转几度，车子便以极高的速度狠狠撞在了电报杆上。

在一刹那间，车头的金属零件轰然朝四方散射而去，后排高高翘起。姚英子感觉胸口被什么东西重重捶了一下，整个人一下子被甩出敞篷车厢，仰面跌落在地。

姚英子躺倒在地，剧痛从后脑勺传过来，不断鞭笞着神经，把好不容易凝结在视网膜中的影像一次次打散。她挣扎着要抬起脖子，却模模糊糊看到那截"丰"字形的电报杆头，扯动数十根长线朝自己砸过来。

她根本无力抵挡，只能闭起眼睛等待死亡的降临。可就在这时，一个黑影突然挡在面前，两只手臂支住倒下来的电报杆头，还发出一声叫喊。姚英子头晕目眩，看不清那身影是谁，可求生欲让她强拖着身体，挪动了半米。

那黑影见她安全移开，这才轻轻放下手臂，闪身让杆头重重砸在地上。

接下来的事情，姚英子不是很清楚，只模模糊糊感觉自己被平放在地上，后颈下塞了一团软软的东西。一只温暖的大手先后探过手腕、鼻孔和脖颈动脉，同时一个略急切的温润声音传入耳中：

"小姐你叫什么名字？家住哪里？"

说来也怪，一听到这声音，姚英子的心情便平静下来。她勉强回答道："我叫姚英子，住在华格臬路54号姚家花园。"那声音又追问了几个简单问题，似乎只是为了确认她的神志是否清醒。

姚英子一一作答，同时感觉四肢关节被依次轻握了几下，像乳娘侍弄新生儿一样小心。

忽然间，她感觉右眼皮被轻轻扒开，一束光芒照射进来。同时映入她眼帘的，还有一张清俊白净、细眉长脸的年轻面孔。熹微的夕阳从侧面投过来，让他的脸上染上一层沉郁的气质，可暮光进入那双眸子后，却反射出明澈的活力。

"姚小姐，能看到我的手指吗？请你一直看着它动。"

一根修长白皙的指头伸到姚英子眼前。指甲修剪得很干净，指腹上有浅浅的红棕色，还散发着一股淡淡的碘酊味道。她微微皱起眉头，觉得刺鼻，但心里涌现出一种古怪的安心感。

她驱动眼球，随着手指轻轻地左右摇摆，心情也是。

这时陶管家跌跌撞撞从马路的另外一头跑过来，他也被甩下了车，但只是摔了个灰头土脸。年轻人转向陶管家，露出笑容："放心好了，我刚才做了初步检查。这位姑娘并无明显的肢体创伤和出血点，不过她后脑勺受到了强烈的撞击，可能会有点脑震荡，得尽快送去医院检查。"

陶管家见他穿了一件浅色格子底的无袖西装，没留辫子，倒梳了个短分头，便狐疑道："请问您是？"

"哦，我是同仁医院的见习医士，姓颜。"年轻人掏出一张同仁医院的实习证，陶管家一看是个正牌医生，登时放下心来。这时姚英子迷迷糊糊喊了一声，颜医生又赶紧俯身握住她的手，细声宽慰，另一只手继续检查后脑勺的伤势。

此时马路附近已经围拢了一大圈人，他们好奇地盯着那台冒着黑烟的汽车，既兴奋又有些惶恐，浑然不知自己正在见证上海滩第一起车祸。

这里属于公共租界，很快有几个缠着头巾的印度巡捕赶过来。陶管家上前交涉了几句，塞了几枚银圆。他们便很配合地驱散人群，调来一辆平板马车。

颜医生建议就近去一家德国人开的诊所，尽快处置。陶管家在医学上没什么主意，只好听他的意见。于是颜医生把姚英子小心地抱起来，手托脖颈放到马车上，然后脱下自己的西装卷成一团，垫在她后脑勺下。

晃晃荡荡的马车，很快把他们送到不远处的诊所门口。这是家私人外科诊所，德国父子二人执业。父亲大克劳斯恰好外出看诊未归，儿子小克劳斯先叫护士把姚英子抬进内室，然后毫不客气地赶开陶、颜二人，拉上白帘子。

陶管家请颜医生帮忙守在外面，匆匆出去通知姚府。颜医生把那件已然污损的西装卷在胳膊上，整个人靠着诊所走廊上的长椅，闭目养神。

养着养着，他忽然听到白帘子里传来一个德语单词，双眼蓦地睁开。略做思忖后，颜医生果断起身，一把扯开帘子。

小克劳斯正抱着姚英子的头，一边检查一边口述病历。他见一个中国人闯进来，勃然大怒："你不要弄脏诊室，快滚出去！"

"小克劳斯先生，我刚才听到你说颅骨凹陷骨折？"颜医生德语说得很流利。

"等我完成检查后，会通知家属的！"小克劳斯咆哮道。

"我也是一名医生，关于这个诊断，想和您再商榷一下。"

颜医生亮出了实习证。小克劳斯见那证件是同仁医院的，先面露不屑，可无意间瞥到保荐人一栏里写着 Dr. Juliet N. Stevens，这才脸色一变。

Dr. Stevens 是上海滩有名的医生，精通外科、热带病学和眼科。他肯签字推荐的实习医生，一定不是一般人。

颜医生见小克劳斯气势减弱，抢先一步冲到他身旁。姚英子后脑的头发已经被两枚发夹拨开固定，露出头皮上一块不规则的暗红色肿胀区域，大约三厘米宽：中央微微凹陷，周围一圈凸起的硬质边缘。

小克劳斯趾高气扬地指着伤口："这不是颅骨凹陷骨折是什么？"

"不，我觉得不是。"颜医生俯下身去，抓住小克劳斯刚消过毒的手，"请你伸出食指，轻轻按一下这里。"

面对这不容拒绝的强势，小克劳斯也只好依言而行，把指头按在肿胀区域的边缘，触感很硬。

"这不是很明显的骨板凹陷吗？"

"保持这个力度，等一下。"颜医生一边按住他的手指，一边看向诊台上的座钟。半分钟之后，才允许他把手指抬起来。

一个小小的奇迹出现了。那一段硬邦邦的凸起，居然在按压下消散了。虽然不很明显，但确实趋向平伏。小克劳斯面色变得铁青，如果是物理性凹陷，绝不会有这样的情况。

"我之前探查过，凹陷部分很柔软，且有波动感。周围这一圈凸起，应该只是比较硬的水肿带。所以我判断她的颅骨并未受损，更像是头皮下血肿——这两种很容易弄混。"

诊室内陷入一片尴尬的安静。护士先看看小克劳斯，又看看这个侃侃而谈的中国人，不知该怎么办。直到姚英子哼了一声，小克劳斯才发泄似的冲护士嚷道："还不快写病历！用冷敷法处置！"

让他松了一口气的是，颜医生已经知趣地离开了诊室，大概是觉得剩下的工作太简单了，小克劳斯足以胜任。

过了半个小时，两辆黄包车停到了德国诊所门口。两个中年男子匆匆从车上下来，一个面孔瘦削冷峻，眉眼与姚英子有几分相似；一个阔面重颐，嘴唇上留着两条鱼尾胡，看上去沉稳敦实。

陶管家连忙上前请罪，瘦削男子沉着脸问了几句，冲颜医生一点头，推门去了诊室。不用说，这自然是姚英子的父亲姚永庚。

那阔面男子留在外廊，冲颜医生拱了拱手："老友小女承蒙照顾。"颜医生笑道："举手之劳，何足挂齿。我们做医生的，以救人为天职。"

"看阁下年纪不大，不知在哪里高就？"

"同仁医院见习医士，颜福庆。"年轻人从怀里掏出张名片，恭敬地递给阔面男子。

阔面男子面色微变："哦？阁下莫非是圣约翰书院毕业？"

这一次轮到颜医生面露惊讶。

圣约翰书院是上海一所教会学校，里面有一个医学部，与同仁医院是对口机构。医学部的学生毕业后，都是去同仁医院实习。两者关系，不是业内人士很难搞明白，可此人能一口道出，看来也是同行？

不待他问，阔面男子呵呵一笑，拱手施礼："在下沈敦和。"颜福庆"哎呀"一声，双眼露出兴奋之色："急公好义沈仲礼，想不到会在这里见到您啊！"

沈敦和被这突如其来的热情搞得有点尴尬，不得不摆摆手："这是朋友们瞎起的绰号，当不得真。"

颜医生面色一肃："沈仲礼的大名，我可是耳闻已久。您首倡成立万国红十字会，聚民间之力，四处奔走呼吁，解万民于倒悬。报纸上的新闻，我都读过不知多少篇了，我还捐过一个月的薪水呢——急公好义，您当得起这四个字。"

见这个年轻医生滔滔不绝，沈敦和不得不拍拍他肩膀，示意他冷静一下："你今天救下的这位小姐，她父亲姚永庚平时多行善事，捐助实多。你虽是无意之举，也可以说是善有善报了。"

颜福庆恍然："原来是烟草大王，怪不得他女儿开得起汽车。"沈敦和叹道："老姚的太太早亡，他也没续弦，膝下就这么一个女儿，自然视为掌上明珠。英子虽然骄纵了些，其实是个好姑娘，只不过这次闯的祸有点……"

老友不在，沈敦和不好深入说，便换了个话题："颜医生仁心仁术。我这里有一桩不情之请，不知唐突与否。"颜福庆忙道："您请说。"

沈敦和拿起烟斗吸了一口。淡蓝色的烟气里，他的神情露出几许愁苦："东北战事连绵，死伤难民极多。目下红十字会虽然筹到不少款子，奈何医士数量极为不足。华人医生太少，洋人又不易雇得，局面很难打开。我看阁下手段高明，又身怀仁心，不知能否助我一臂之力，共襄善举？"

颜福庆闻言神色一肃："前辈抬爱，又涉国难民生，晚辈原应万死不辞。不过今天是我在国内最后一天，明天我便要登船出国了。"

"哦，也是了。你这么优秀的人，是该出去深造。"沈敦和表示理解。颜福庆知道他误会了，忙道："我不是去学习，而是去南非矿井做矿医。"

沈敦和一怔，他还以为是去德国或英国学习，怎么跑南非去了？颜医生解释说："朝廷在五月间批准输出一大批劳工，去南非开金矿。矿井何等艰苦，这么多人，却没配随行医生。我和两个同学主动报了名，随队前往，希望能让同胞好过一些。"

"好，好，好。"沈敦和连说了三个好字，大为激赏，"大医无疆，何必分东北南非？你如此年轻，就有这份悲天悯人的心思，太难得了。"

年轻人不好意思地抓了抓头："我也是看了您年初在《申报》上发表的那篇《东三省红十字会普济善会启》，大受触动。里面有几句话，我至今还记得：慨念时艰，伤心同类。危急存亡，在于眉睫，我不之援，而谁援耶？"

他背得慷慨，沈敦和也很激动："我中华之所以积弱，其中一个原因便是各扫门前雪。所以我也是想借这个机会，试着把国人团结一处，看看有何等效果。"

颜福庆道："有您这样的有心人，相信往后会越来越好的。"沈敦和自嘲地摇摇头："我空有财力，可巧妇难为无米之炊。等到此间事了，我有心也办个医院和医学校，多培养几个像你这样的才俊，才不会受制于人哪。"

"那可太好了。我在医学部读书时，一共就十几个同学，未免有势单力孤之感。希望我从南非回来时，您的学校已经桃李满天下。"

"呵呵，到时候，一定得聘你来我们医院。"

"一言为定！"

诊所里的座钟忽然响了十一声。颜福庆望了望，歉然道："我得回同仁医院了，晚上要值最后一次夜班。"

"你不等老姚出来？他这个人一向知恩图报……"沈敦和还想暗示一句。颜福庆却摆摆手："医者以救死扶伤为本分，岂敢恃技市恩？何况姚先生于国于民有大功德，这是我的荣幸才对。"

说完他抱了抱拳，走出克劳斯诊所，飘然离去。

沈敦和捏着那张名片，凝视良久。这时姚永庚扶着姚英子走了出来。她头上缠了一圈纱布，胳膊肘和腿上的擦伤处还涂了碘酊，神情郁郁。

陶管家迎上去，咕咚一下跪倒："是我看护不力，致使小姐受伤，车子被毁，请老爷责罚。"姚永庚冷哼一声："你别替她遮掩，我还不知英子的脾气？这次出事，肯定是她肆意妄为！"陶管家从怀里掏出一管毛笔："小姐只是不熟汽车习性，幸亏有自家的胎毛笔庇护，才不致受重伤，总算是件幸事。"

那胎毛笔上刻着"英子"二字，姚永庚一见它，面色稍缓和，可声调陡然升高："幸事？她是幸运了，可你知道她这次闯了多大的祸吗？！"他瞪向自己闺女："她撞倒的是电报总杆！这一倒，整个苏松太道的电报全断了！"

这个苏松太道，全称叫作"分巡苏松太兵备道兼理江海关"。列强租界与海关的诸多事务，多是与这个衙门打交道，乃是上海一个举足轻重的衙署。姚英子撞断的那根总杆，恰好是苏松太道与海外联络的线路。它一倒，苏松太道一封海外电报也收发不了，影响极大。

陶管家忙道："我已通知电报局。他们说一天半之内，应该就能修好。"

"一天半？！"

姚永庚更是愤怒："你知不知道，红会正在等一封从伦敦发来苏松太道的电报？一日收不到这封电报，一日东北分会无法展开战地救援，这要耽误多少条性命——而这，全因为我姚某人的女儿在马路上肆意开车所致！老沈，我真是对不住你啊！"

往日被娇宠惯了的姚英子被吓到了，低声啜泣起来。沈敦和见他越说越激动，连忙劝道："姚兄，你这就有点求全责备了，英子才十三岁，又不是蓄意而为。我已致电北京外务部，看那边是否收到，抄一份来便是，总不会耽误什么大事。"

姚永庚一戳拐杖："老沈，今晚咱俩可有的忙了。英子，你跟陶管家先回去！一周不许出门！等我忙完再带你去负荆请罪！"姚英子不敢说什么，低头朝外走去。

她走到诊所门口，忽然又闻到一股碘酊味道，想起来什么，抬头四处看去。沈敦和道："你在找救命恩人？"英子脸颊有些发烫，可还是大胆答道："是！"沈敦和把名片递给她："他已经走了。"

姚英子又是失望又是欣喜。失望的是他没等她出来就走了；欣喜的是，总算知道救命恩人的姓名了。

她小心翼翼地用指头拨动着小纸片，麻面竹纸，暗绿底，上面用漂亮的楷体写着三个字："颜福庆。"纸背透着淡淡的碘酊味，不刺鼻，反而很舒服。

姚永庚叫了一辆四轮马车，让陶管家亲自赶车，把姚英子送回家，然后和沈敦和匆匆去苏松太道催电报了。

陶管家把胎毛笔收回怀里，宽慰姚英子道："大小姐，我早说了这胎毛笔是个逢凶化吉的好物。如果你肯带在身上，油皮都不会擦破一点。"姚英子满腹心事，不耐烦道："好啦好啦，谁会把自己的胎毛一直带在身边？好恶心啊！你帮我揣着就是。"

陶管家摇摇头，甩动鞭子，马车徐徐开动。姚英子靠在绒椅上闭目养神，内心却没有那么平静。

她想着那个叫颜福庆的年轻医生。真可惜，自己一直不曾瞧清楚他的脸，不知什么模样。不过那也没什么打紧。适才在诊所里，颜医生据理争辩，连德国医生都甘拜下风，这番霸气，实在是神仙样的人物。光听声音，这人就当得起《诗经》那句"谦谦君子，温润如玉"的形容。

"不过他们到底在争论什么？"她不懂德语，更不懂医术，对此十分好奇，"是了，是了，我应该去同仁医院复诊，顺便问问他。他既然救了我，就有义务回答这个问题。"

姚英子找到一个绝佳的借口，情绪振奋，可旋即想到，父亲要关她七天禁闭，这个心愿很难实现，心情瞬间又低落下去。自从姚英子有记忆以来，她还不曾见父亲用那么凶狠的眼神瞪自己，至于吗？那一封被耽搁的伦敦的电报究竟是什么，竟比女儿受伤还重要？倘若收不到那封电报，真的会死好多人？

她突然心念一动，想起一件事来。

姚英子在骑马圈里认识一个租界电报局的洋人处长。那位处长以为一个十三岁的小姑娘什么都不懂，曾随口说过一个秘密。

大英帝国的情报部门有一个习惯：利用日不落帝国的殖民地优势，在全球几乎每一处英属电报中继点，都偷偷截搭一条副线。任何消息只要经过这个中继点，就会被偷偷记录下来一个副本，供英国情报部门使用。当年南非闹独立，德皇发电给布尔人表示支持，就被英国人窃录下来，惹出一场国际争端。

上海既然是远东重镇，英国人自然也不会放过。

国际电报水线延伸到上海附近海域之后，在吴淞口与陆线相接。这里设有一个电报登陆局，由租界工部局负责管理，体制全球一致——言下之意，那里必然也存在默默监听往来消息的耳朵。

也就是说，那一封伦敦的电报就算苏松太道收不到，吴淞口中继站一定会有一份留底。

如果我能找到那份留底，父亲就不用苦苦等待京城转发了。这样他就会原谅我，让我早点去找颜医生了吧？

想到这里，姚英子双眼唰一下睁开，对陶管家喊道："路程改一改，我们去吴淞口！"

"您说去哪儿？"陶管家吓了一跳。

"吴淞口，我想起一件重要的事情要办。"

"绝对不行！"陶管家一口回绝。老爷明确让小姐回家禁足，何况吴淞口远在宝山县，得三十多里路，小姐刚受伤，怎么能跑这么远？

姚英子没有坚持。马车又跑了一阵，她忽然望见外面路边有一个小摊，桌子上摆着个白瓷色的大罐子，罐体上用青漆涂着"荷兰水"三个字。这是新近流行的外国饮料，据说是把二氧化碳打入薄荷水中，夏季在上海滩颇受行人欢迎。

她敲敲前方窗户："陶伯伯，我有些口干，想喝点荷兰水。"陶管家觉得外头的饮料多半由井水兑出，容易腹泻，但他现在不愿触小姐霉头，只好说他下去买。

马车就地停住。陶管家下车走到摊贩前，摸出几枚铜圆。小贩慢悠悠地接过钱，又慢悠悠地拧开龙头，拿木杯去接。带着薄荷香气的泡沫泛起来，还没漫到杯口，陶管家忽然听到身后马匹嘶鸣。

他急忙回头，却见一匹被解开缰绳的挽马绝尘而去，马背上似乎还有一个娇小的身影……

一九〇四年七月三日，关东。

日头坠下去很久了，整个老青山陷入瓷实的黑暗。这黑暗让人绝望，也让人多少有了一点点安全感。根据魏伯诗德的怀表来看，已过了海岸时夜晚十一点。

方三响蜷缩在父亲身旁，佝偻着身躯一动不动。饥饿与腿伤让这个孩子一点点失去活力，只有跟他爹的胸膛贴得更紧一些，他才能安心。方大成的右臂搂着儿子，靠着沟壁一言不发。

吴尚德早已离开，剩下一个语言不通的魏伯诗德，没法跟村民们沟通。这位传教士索性坐在方三响的对面，暗自为这些不幸的人祈祷，这是目前他唯一能做的。药品和食物都在傍晚前用光了。

村民们的呻吟声和哭声比白天减弱了许多，他们已经没力气了。绝望愈加深重，沉甸甸的如同一个铁盖子扣在沟顶。

几个胆子大的村民窸窸窣窣地爬过来，说他们打算趁着夜色逃出山沟，让方三响跟他们一起走。方三响拒绝了，除非他们肯带上方大成——这是不可能的。方大成体格硕大，又身中数枪，没人愿意背着他往山里跑。

魏伯诗德从他们的手势里，读懂了意图。他紧张地站起来，用生硬的中文劝阻说："不行，危险！"

日、俄两军都在趁夜色不断调动、集结，为接下来的大战做准备。这时候贸然离开，等于一头扎进战场，极为危险。

可他的中文实在说不明白，村民们根本不理睬这个洋老头。他们见方三响不肯走，自顾自绕到附近的一处沟隙，往外爬去。

在夜色的掩护下，高地的俄军确实没发现这一小股逃亡的人。但只过了五分钟，山沟后头突然响起一阵密集的枪声，黑暗中火光点十分醒目，不少于四十个。

熟悉枪械的人一听便知，这枪声不是老毛子的"水连珠"，而是日本人的"金钩枪"——正式名称叫作三十年式步枪，因为保险杠状如铜钩，在关东被称为金钩。

魏伯诗德霍地站起身来，暗叫不好。看来日本军已经运动到附近来了！他们和俄军，恰好把这条山沟夹在战场中间。

枪声像是接通了开关，立刻引发了高地俄军的反击。两边在黑暗中都不敢出击，只好隔空拼命射击。一时间枪声呼啸，火线纵横。若不是山沟避开了一部分射界，只怕此时山沟里的村民已经死绝了。

对射持续了十几分钟，方才中止。夜色恢复了原来的沉寂，只有浓浓的硝烟味弥漫在空气中。那几个引发了攻击的村民再也没回来，命运不问可知。

魏伯诗德的忧心没有丝毫消退。他对现代战争的样式很了解，这种对峙再持续下去，守军肯定会调来大炮，届时这一带将完全陷入火海——事实上，那个觉然和尚骗村民们到这儿，正是要把俄军有限的火炮诱过来，以便日军在其他方向突破。

魏伯诗德随时可以离开，但总觉得上帝把他放在这里是有理由的。老人蹒跚着走到方大成面前，努力想用自己有限的中文词汇把情况说明白。

但方大成没有吭声。方三响推了推父亲，可那条胳膊"吧嗒"一声，从儿子肩头垂落下去。少年的心脏猛然收紧，寒意迅速蔓延到四肢。

他抬起手来，拼命去推父亲的胳膊、肩膀和胸膛。可那个对儿子永远有问必答的男人，此时全无回应。

魏伯诗德俯下身去检查片刻，默默在胸口画着十字。这位村长不知何时已气息全无。事实上，一个身中数枪，又没很好地止血的人，能支撑到现在才断气，已经是奇迹了。

一声撕心裂肺的悲鸣，从男孩瘦弱的胸膛炸裂开来，响彻夜空。

"爹啊！你再撑撑，再撑撑啊！"方三响抱紧父亲冰冷的身躯，一遍一遍地喊着，直到声音变得嘶哑。渐渐地，吼叫涣散成了哽咽，哽咽又沉落成低沉的呢喃：

"为什么？为什么？为什么……"

少年眼窝里没有眼泪，有的是无尽的迷茫。他不明白的实在太多了，与世无争的沟窝村，怎么会突遭灭顶之灾？一直尽了本分的方家，怎么会突然家破人亡？大清的子民，怎么会在自家门口被俄国人和日本人夹攻？

魏伯诗德站立在黑暗中，神情肃穆而落寞。这些问题他知道答案，可他无法回答。

要怎样对一粒尘埃解释风暴呢？即使那尘埃置身于大时代的烈风之中，也无法明白这撕裂一切的力量从何而来。

沙皇的远东战略，新兴日本帝国的勃勃野心，风雨飘摇的清国统治，后维多利亚时代的英国政策……全球的政治板块像西伯利亚的流冰一样交错碰撞，崩裂融合，释放出无数能量。老青山的悲剧，不过是时代剧变传递到末端的一丝细微颤动。

可这一丝极微小的颤动，对眼前的少年已是天塌之变。一个人、一家乃至一村的徒劳挣扎，究竟有何意义，这些灰尘在风暴中到底会飘向何方，魏伯诗德无从得知。

他的眼神飘向牛庄方向，那里仍是一团难以稀释的黑暗，看不到一点光。

一九〇四年七月三日，伦敦。

孙希夹起文书与密码本，去了位于公使馆地下室的电报房。这间电报房里空无一人，只有一台绿壳黑圈的西门子电报机搁在屋角。虽然此时才下午三点，房间仍需照明。

孙希扭亮台灯，一屁股坐在圈椅上，懒洋洋地摊开厚厚一沓译电纸、铅笔和密码本，还弄了一碟司康饼与两瓶巴克斯顿啤酒在手边。

他记性奇佳，即使是最复杂的中文四码也熟谙于胸，之前只花了几个小时便把这份文件译为加密电稿。接下来，只要把它拍发出去就行了。

孙希抓起扁圆瓶子灌下去一大口啤酒。酒精落腹，醉意上涌，胆量像灯泡一样"唰"地被接通了电流。他拍了拍自己的脸颊："想清楚，你争取到这个差事是为了什么。"然后伸手摸向铅笔，在电稿上添加了早已酝酿好的一句话。

"搞掂！这样一来，我就能留在伦敦学医了。"

胆大妄为地改完官府文书以后，他拿起发电单，张大人用铅笔在单子上写了两个号头：送京城外务部英国股，抄上海苏松太道。

头一个地址孙希知道，第二个就没听过。不过这些事与他无关，只要尽快拍发出去就好。孙希活动了一下手指，虚拍了几下拍发键，确保其弹性良好。然后他把电稿放在夹架上，熟练地敲击起来。

一串嘀嘀嘀的开合信号，从公使馆下的铜芯线缆传导出去，飞速离开伦敦，钻入英吉利海峡下的水线，绕行直布罗陀进入地中海，然后在极短的时间内抵达亚历山大港中继站。

一个柏柏尔人电报生刚完成繁重的值班任务，正端起一杯角豆汁。可这时机器又响起了蜂鸣声，他叹了口气，放下杯子，伸手把中继器的电压调高。

经历长途跋涉的信号原本已开始衰减，突然像吸了一口鸦片似的，忽地又振作起来，穿过苏伊士运河，沿红海继续朝着孟买跑去。

孟买港电报局的锡克员工才做完礼拜，漫不经心地转接了一下，远远抛给了新加坡；新加坡一个新上岗的华人电报生，先严谨地翻阅了工作手册，然后按规章释放了电压，推动信号一路抵达香港大口湾。

大口湾中继站的操作员是个头发花白的老头子，他看到报头是北京与上海，便分别接入两路中继站。随着电压最后一次抬升，这封电报分成两股完全相同的讯息，一股去向京城，一股迅猛地朝上海奔去……

一九〇四年七月四日，上海。

这是姚英子最长的一次骑乘。

她甩脱陶管家，一口气骑了二十多里地，一直冲入宝山县地界。那匹可怜的挽马累得遍体流汗，它早习惯了拉车，可没想过有一天要跑这么快。

宝山县属于江苏布政使司直隶太仓州，不过因为毗邻上海县，人员往来密切，早被视为上海外郊。得益于此，宝山县也修起了一条简易的窄路，直通江湾镇。

姚英子常来这附近骑马，路途熟稔，所以不用多看，只管埋头前行。道路两侧是连绵不断的稻田与树林，黑暗中不时有蛙鸣传来。

此时她所在的位置，位于江湾镇以西，毗邻吴淞口的江岸边上。此时已过午夜，四下皆是浓墨般的黑暗，但可听到黄浦江水在远处汹涌奔流，涛声不绝。远远的，可以看到一栋三层塔楼建筑矗立在江边，楼内有灯光，雾气中好似一位骄横的巨人俯瞰着周遭的卑微土地。

她一直跑到塔楼近处，才看清楚它真正的模样。这是一栋安妮女王时期风格的三层砖混城堡，红砖墙体，券柱立面，两头的凸肚窗头顶有一条券心石直垂下来。

这栋塔楼的官方名字叫作"海底电缆登陆局"，民间都呼之为"望洋楼"——

"洋"字既有大海之意，也暗指是洋人地盘。它建于同治十二年（一八七三年），一直忠诚地监管着在这里上陆的国际电报线路，如今是公共租界的一个通讯委员会在管理。

姚英子翻身下马，差点没站住，一路颠得她脑仁直疼。对一个刚经历车祸的人来说，这次奔波太辛苦了。

她定了定心神，径直朝着登陆房前行。这么晚的时辰，她一个人跑到这种偏僻的地方来，临到头不免有些畏怯，可手一触到兜底名片，很快鼓起勇气，抬手敲了敲门。

开门的是一个黄头发洋人，戴着厚底圆镜片，穿着满是口袋的帆布工装，下颌一圈硬邦邦的胡楂子，像是个不得志的学者。他看到姚英子，第一个动作是用手去擦镜片。

午夜时分，一个穿着骑装、裹着纱布的中国少女出现在这里，任谁都要迷糊一下。

姚英子在路上酝酿了很久该如何说，可一见到工程师，霎时词儿全忘，一脱口便直奔主题："你给我查一封电报。"工程师有点蒙，他抓了抓头发，用英文问道："你是……谁啊？"

姚英子暗骂自己没用，银牙暗咬，索性把话给敞开了："伦敦有一封发给苏松太道的电报，我知道这里存有副本，我要得到它。"

工程师听着她的洋泾浜英语，忍不住笑起来，他几乎可以确定，这是同事故意整他的恶作剧。

"这位小姐，我这里没有你想要的东西。回去告诉老汤姆，他的计谋破产了。"

"我不认识什么老汤姆。但我今天无论如何也要拿到那封电报！"姚英子上前一步，几乎顶到门口。工程师见她是来真的，敛起笑容："我说过了，我这里没有你想要的东西。"

"这里有一条截搭苏松太道的副线，我知道的。"姚英子不依不饶，"从伦敦发过来的电报，肯定会经过这里，被自动收报机记下来，对不对？"

工程师一听便生出了警惕，这可不是一个十几岁少女会说的话，肯定有人教。也许她不是老汤姆派来的，而是那些无孔不入的记者。

"对不起，这里是为公共租界与政府服务的中立机构，绝不会截留或记录过往电文。我完全不明白你在说什么。"

姚英子还要说什么，工程师已经砰的一声把门给关上了。她目瞪口呆地站在黑暗中，姚府大小姐何曾受过这等冷遇？

可现实就是如此残酷。姚英子站在门口，呆呆的不知所措。如果是父亲的话，大概会有一百种办法说服对方。可她除了直接开口要求，实在想不出还有什么方式。

怎么办？难道就这么回去？

姚英子突然眼睛一亮。等一下，父亲有一个办法，是她可以学到的，也是她最擅长的。

于是姚英子再度抬起手来，又敲了敲门。十几秒后，工程师怒气冲冲地打开门，怒吼着说："你如果还不滚开，我就要通知警察了！"

怒气发到一半，他的声音强行刹住。因为门外这个小姑娘的手里，托着一摞亮闪闪的直边鹰洋，怕不是有五枚之多。

不用翻译，这是国际上最通用的语言。

工程师咽了口唾沫，这五枚鹰洋，相当于他半个月薪水了。可他最终还是克制住了贪念，为了这点钱丢了工作可不值当。他正要拒绝，忽然看到小姑娘又往手里摞了五枚。

工程师心中的天平微妙地发生了变化。在这种偏僻地值班是个苦差事，捞点外快，不算罪过。租界里的大人物也没少从这里拿情报，自己却从来没有分润。再说了，今晚值班的只有我一个人，只是抄录一份电报而已，应该不会有任何人发现吧……

姚英子从脖子上取下一串珍珠项链，放在十枚鹰洋上。这一下子，工程师的防线彻底崩溃了。

"我没听过截搭苏松太道的副线，但偶尔会有串线的情况。"工程师习惯性地掩饰了一句，"告诉我号头。我可以去查一下，但不做任何保证。"

姚英子一喜："我不知道。但应该是最近从伦敦大清公使馆发出来的，接收方是苏松太道。"

工程师狐疑地看了她一眼，没多问，把鹰洋和项链拿走，然后把门给关上了。姚英子在屋子前等了足足有半个小时，工程师才出来，手里捏着一沓满是点画的纸带。

姚英子一眼就认出，这是自动记录机，它能把电报信号抄录到一条纸带上。工程师把纸带朝前面地上一扔，对姚英子道："你运气不错，这条是午夜前后刚收到的，号头符合，不过内容加过密。"

姚英子不知密钥，但这不重要，父亲一定知道。她俯身把纸带捡起来，塞进自己的马靴边缘。工程师又说："今晚我也没见过你，也没给过你任何东西，我只出来倒过一次垃圾。"

姚英子压根没听他自欺欺人的话，她飞身上马，带着兴奋匆匆朝着上海飞奔而回。

一九〇四年七月四日，关东。

随着日头缓缓偏西，魏伯诗德的眉头皱到了极致。

他手里的怀表指向海岸时下午五点，距离吴尚德离开已经整整二十四个小时。就在一分钟之前，一枚炮弹越过俄军阵地，落到山沟附近。巨大的轰鸣声掀起泥土，纷纷扬扬地落在幸存村民的头顶。

俄军的炮队终于拉上来了。刚才只是在试炮，再过一会儿就该覆盖射击了。日本人的反击也会转瞬即至。到那个时候，这个小山沟会陷入火海。

山沟底下一片静悄悄，没人对刚才的爆炸有反应。他们在这里被困了足足一天一夜，受轻伤的变成了重伤，受重伤的基本都死了，即使没受伤的人，也早被活活骇破了胆，僵趴在地上连胳膊都没法打弯。

魏伯诗德估计，现在还保持活动能力的，不会超过三十人。对一个村子来说，已注定了消亡的命运。

方三响一直抱着父亲的尸身，双眼呆滞。如果不是嘴唇还在微微翕动，魏伯诗德还以为他也随方大成去了。这位牧师在关东见证了无数次类似的惨事，每一个人在死前似乎都满腹疑惑，但只有这一次，一个少年明确地问了出来：

"为什么？我们为什么会有这样的命？"

魏伯诗德回答不了这个问题，但他现在决心拯救问出这个问题的人。

吴尚德在牛庄的那点微渺希望，断然是赶不及了。于是魏伯诗德走到方三响面前，把自己的十字架挂在少年的脖子上，尽力用中文比画道："我们快走，危险。"

方三响的眼珠动了动，却没反应。魏伯诗德伸出手去，想把少年拽起来。可他倔强地一扭，朝父亲怀里蜷缩得更紧了些。魏伯诗德还要说什么，头顶却传来数声划破空气的尖啸。

俄军的炮击开始了！

山沟里顿时火光弥漫，轰隆震天，赤色的焰朵在山坡上连绵不断地绽放着。虽然暂时没有一枚炮弹直接落入沟内，但冲击波猛烈扩散开来，把魏伯诗德一下子掀翻在地上。

"哎呀……"

老人趴在地上，有些头晕目眩。迷糊中，他感觉一只瘦弱的手臂挽住自己，拼命往反斜面的沟壁旁边拖动。魏伯诗德把袖子上的红十字标取下来，递给方三响："你戴着，不打你。我是洋鬼子，他们不打我。"

方三响没接那袖标，而是闷着头继续拖，直到魏伯诗德自己表示安全了，他才放开手。

"谢谢……"老人在硝烟中咳嗽了几声。

"这是我们方家的本分。"少年回答。

这一老一小背贴着沟壁等待片刻，外面忽然恢复了安静，没再听到爆炸声。

魏伯诗德觉得奇怪，怎么俄军炮击了一会儿，就停止了？这时方三响似乎听到什么声音，拖着伤腿奋力爬上坡面，伸直脖子朝远处望去。

他乌黑的瞳孔上，突然映出一面旗帜。

这旗帜是白底红十字，和魏伯诗德的袖标一样。它迎风招展，在周围黄绿植被的映衬下格外醒目。旗下跟随着几十个身穿白衫之人，个个戴着袖标，还有担架、挎包等物，为首的正是吴尚德。

队伍行色匆匆，两侧的军队却全无动静，似乎默许他们的行动。魏伯诗德也爬上坡来，一看到队伍，顿时长长松了一口气，连连画着十字："上帝眷顾，这真是神迹啊……"

吴尚德飞快地跑进山沟。他顾不得叹息里面的惨状，对魏伯诗德道："双方指挥官只给我们十五分钟，所有离开的人必须脱下军服。"

"身份问题解决了？"

吴尚德露出不可思议的表情："我本来已绝望了。可今天早上，营口港电报局接到上海转来的电报，说朝廷发出公告，正式成为红十字公约国。我没敢耽误，赶紧带着役工赶过来，刚跟两边指挥官交涉完。"

魏伯诗德一听他只带役工没带医士，便知道怎么回事。大战一触即发，红会只能把还活着的人带走。他长长叹息一声，挥手道："一切听凭上帝旨意。"

方三响已经被人抬上了担架，歪着脖子朝这边看来。吴尚德解释道："情况紧急，你爹和其他乡亲的遗体，只能暂时搁在这儿。等局势平稳了，再带你来收殓。"

话是这么说，可吴尚德心里清楚。一会儿枪炮交响，这些遗体绝无留存的可能。

"要是俺和你们一样学会医术，是不是就能把俺爹救回来了？"方三响哑着嗓子问。吴尚德"嗯"了一声，拍拍他肩膀，又去忙着搬运其他伤员。

担架缓缓抬起，少年勉强支起胳膊，抬高脖颈，眼神越过那面白底红十字的旗帜，落在一片狼藉的山沟之中。烈日照耀之下，他看得那么仔细，那么专注，仿佛要把这一切都深深烙在心里。

魏伯诗德把手放在担架旁边，一起朝外走去。这位可敬的教士知道，当一个灵魂对这个世界深陷迷惑又突蒙拯救，此时是引导他被圣灵接纳的最好时机。可魏伯诗德没有这么做，因为那孩子的眼神，让他蓦地想起了《哥林多后书》里的一句话：

"因我什么时候软弱，什么时候就刚强了！"

与此同时，远在万里之外的伦敦，孙希扶着自行车走出公使馆的大门，远处恰好传来大本钟上午九点的报时声。

昨天他拍完电报之后，又伺候张大使喝茶，为其跑腿，总算把这桩祸事遮掩了过去。今天早上孙希接了新差事，准备好好表现一番。

他走出门口，忽然看到使馆外的垃圾箱盖子上，一张废纸正卡在缝隙里飘动。

传单上头是一个大胡子的画像和一只狗，正是昨天他在海德公园拿到的巴甫洛夫传单——张大人对这个还真反感，居然毫不客气地扔了出来。孙希看看左右没人，把传单捡起来，顺手塞到屁股兜里。他脚下一蹬，摇晃着骑上波特兰街，嘴里还哼起一首苏格兰小调。

那封电报应该已经传到国内。只要接电报的人没识破他做的一个小小手脚，他留在伦敦学医的梦想，应该在数月之内就能实现。

"张大人说这大清加入红十字会就是个虚名，对我来说，倒真是一件实在的好事。"孙希喜滋滋地想着。不知为何，他突然莫名有了某种触动，不由得停住自行车，摘下鸭舌帽，向湛蓝的天空仰望。

今天是难得的好天气，一轮午后的烈日在抛洒光辉。它的光芒无远弗届，既照耀在伦敦上空，同时也注视着万里之外的上海。

"你说什么？"

一个女孩的声音在同仁医院门前尖叫。

一位年长护士歉然道："颜医生昨天是最后一天上班，他今天下午登船去南非了。"

姚英子的身体摇晃了一下，几乎要晕倒。她好不容易从宝山弄来电报给父亲，争取到外出就诊的机会。可她兴冲冲跑到同仁医院，听到的却是这么一个坏消息。

"南非？"在她心里，那地方跟天涯海角差不多，更别说他还是去某个不知名的矿井深处当医生。

姚英子不甘心地拿出名片,让护士再确认一下,是不是同一个人。在得到肯定的回答之后,她扭头跑出医院,吩咐陶管家叫了一辆最快的马车,风驰电掣地朝着虹口码头飞驰。

可惜当她赶到码头时,时间已过海岸时下午五点,那条驶往南非的客轮早已消失在航道尽头。黄浦江面无比寥廓,唯余长烟袅袅、水迹逶迤,以及悠长而惘怅的汽笛声。

姚英子气喘吁吁地靠在系缆桩子旁,心中委屈之极,眼泪忍不住夺眶而出。

怎么会有这么巧的事,昨日他才救了我,今天便远赴重洋,难道是故意避开我吗?南非之地,远在天边,我去哪里与他联络?至于何时才能归来,更是茫茫不可期。

姚英子的心情像被铁锚一点点拽入水底,感觉这一次错过,将会是一次真正的永别。

这时一阵混着煤灰味的江风倏然吹过,把那张绿底名片从她的指缝吹走。姚英子"哎呀"一声,急忙去抓,总算夹住名片一角,没掉进水里。淡淡的碘酊味,再度飘入鼻中。霎时,她心中生出一个连自己都吓了一跳的念头。

"我要去学医!只要一直当医生,我一定可以见到他!"

想到这里,少女的忧郁消散一空,眼神灼灼,简直要比江中的日头还亮。

冥冥之中,仿佛有某种力量在牵引,三个相隔千里万里的年轻人,同时抬起了头。他们虽然身在不同时区,可目光汇集在同一个炽热的天体之上。

就在这一天,这一刻。

在辽阳和旅顺口要塞,日军同时向俄军阵地发起决死进攻,开启了决定东亚未来几十年霸权的惨烈大战;在北京,二百七十三名贡士从中左门步入保和殿,准备参加殿试。这些天之骄子此时还不知道,他们将是华夏科举史上最后一批考生;在欧洲,哈尔福德·麦金德的新作《历史的地理枢纽》在各国印厂同时开印,它将永久改变欧洲的地缘政治理论与全球格局;在美国的圣路易斯,第三届奥运会正如火如荼地进行着,虽然只有十三个国家参与,可仍引起了人们极大的兴趣……

大大小小的事情,在地球每一个角落发生着。之前的旧因,正在落实为果;未来的果,此刻也正种下新因。因果涨落,缘数纠葛,无数人的抉择,汇聚成了一股不可抗拒的全球风暴。

而此时仰望太阳的三个小人物,尚对未来的壮阔波澜一无所知。

第二章
一九一○年三月（一）

孙希迈出沪宁车站的一瞬间，情不自禁地打了个哆嗦。

　　一股潮湿冰凉的气息，像蛇一样侵入身体。无论是双排扣毛呢大衣还是苏格兰羊绒围巾，都无法阻拦它的深入。这身衣服足以抵御冬季京津的凛冽北风，却挡不住这绕指柔般的绵绵寒意。

　　孙希暗暗后悔，出发前没听南方同学的叮嘱："春寒料峭，冻杀年少。"明明已经是三月中旬了，这上海的倒春寒，居然还这么冷。

　　他身旁的一位男性乘客也感受到了寒气，响亮地打了个喷嚏，大手在嘴边一抹，拈着湿漉漉的车票递给检票员。孙希半是惊恐，半是厌恶地掏出一块白净大手帕，装作也要打喷嚏的样子，捂住了口鼻，嘟囔了一句："My godness！"（天哪！）

　　别人不晓得，他一个北洋医学堂的优等毕业生可太清楚了，这一记喷嚏，少说也得有几亿个细菌喷吐到空气中。天晓得里面有多少是结核杆菌，有多少是百日咳杆菌？

　　算了，算了，这里可是大清国，不是伦敦。孙希自嘲地摸了摸礼帽下面那根半长不短的假辫子，等前头那乘客走远了，这才穿过检票口，来到站前广场。

　　这座沪宁车站是一栋四层的诺曼式洋楼，它那大理石的廊柱拱窗，花岗石的庄严外墙，让孙希突然想起自己当年在英伦的美好时光。

　　距离那个时候已过去六年了，大清的年号从"光绪"换成了"宣统"，紫禁城里的统治者从一个老太太换成了小娃娃，而他也长成一个身高五英尺七英寸（一米七）的俊朗小伙子，细眼尖颌，不再是当年那个顽劣的小胖子了。

他一出来，小贩立刻一拥而上。卖青团的、卖香烟的、卖荷兰水的、帮荐旅馆的，甚至还有举着大烟膏的。就杂乱程度而言，与北京、天津的车站没太大区别。不过上海到底是十里洋场，摊贩们见他一身洋装，迅速改换口音，喊着洋泾浜味的英语："密斯，滑丁何物由王支。"——孙希听了半天，才明白是"mister, what thing you want"。

他哭笑不得地亮出文明棍，拨开这些热情的人，一边躲避着飞沫扑面，一边朝前方甬道走去。那里被涂黄的木栅栏隔挡开来，只留一个两米宽的曲尺形口子。口子外是另外一片小广场，停满了黄包车和大大小小的马车。

孙希扫视一圈，轻而易举便找到一辆两轮矮篷小驴车。它太醒目了，单辕上竖着一面白底红十字的布旗，一个体格魁梧的车夫斜靠在车旁，正聚精会神地捧着本书在读。

孙希从怀里递出一张信函："是红会总医院的车吗？我是天津来的医生，这是介绍信。"车夫把书挂回篷边，认真读了一遍介绍信，也不讲话，一歪头，示意上车。

驴车晃晃悠悠地上了路。车夫忽然问了个古怪问题："先生，你从北边来，可见过一个左边嘴角有一大一小两颗黑痣的人？"

这车夫是关东口音，问题既突兀又含糊，孙希愣了一下，回答说："没见过，你可知道名字？"车夫摇摇头，便不再言语，专心赶车。

孙希蜷坐在车厢里，一抬头便看到那本书在眼前晃荡。它大约两百页厚，书脊用一根棉线抻着，吊在篷顶。封面用报纸包着书皮，看不出内容，不过看书边的磨损程度，应该经常翻看。

孙希忽然很好奇：这车夫五大三粗，居然还会读书？他一时动了慈善之心，开口道："你读的什么书？路上我可以给你讲讲，这机会可是难得啊！"他一边说着，一边伸手去翻那书。

车夫急忙一把将书夺下，搁到自己膝盖上，回身继续驾车。孙希自讨没趣，悻悻地缩了回去。

经过这么个尴尬事，两人一路无话。孙希只好斜靠在窗边，朝外面看去。窗外风景越来越偏僻，也无甚趣味，只有丝丝冷风渗入车厢。他忍不住回想，自己到底怎么落得这么个境地的。

六年之前，十三岁的孙希干了一件他至今都后悔不已的事。

他在拍发那一封大清加入万国红十字会的电报时，以公使馆的口气偷偷添了一句："俾海外熟稔洋务子弟，操习医典，以补医士不敷之状。"——在海外寻找熟悉当地情形、语言的中国人，接受医学教育，以补充国内医生的不足。

这话添得合乎情理，外务部没发现破绽，直接提交给军机处。孙希本以为，这样一来自己便可以名正言顺地留在伦敦学医。可他千算万算，没算到恰好在同一年，北京的京师大学堂改组，把医学实业馆拆出一个医学馆，急需学生充入。朝廷一纸电报，让张德彝把遴选的子弟直接送回国来，充实其中。

阴错阳差之下，孙希只好百般不情愿地从伦敦回到北京，在京师大学堂医学馆就读。谁知到了光绪三十三年（一九〇七年），医学馆被裁撤。他被迫转到北洋医学堂，今年二月刚刚毕业。

"……真是偷鸡唔到蚀揸米，衰到贴地。（偷鸡不成蚀把米，倒霉透了。）"孙希低声抱怨，早知道当年就不去自作聪明发那劳什子电报了。

倒霉的事还在后头。

毕业之后，孙希本打算寻个机会，去英国继续深造，不料突然接到张德彝的一封急电。

这急电的内容十分蹊跷。他让孙希于三月十六日之前到上海，去一座叫作"中国红十字会总医院"的机构报到。随电报送来的，还有一张单程车票和一封荐信。

这对孙希来说，不啻晴天霹雳。可张大人手里握着他的生活费，他毫无反抗之力，只好牢骚满腹地踏上去上海的火车。

中国红十字会总医院这个名字，他略有耳闻，听说是大清红十字会捐资所建，刚刚落成不久。这种慈善医院既无名院血统，也无名医镇场，里面一群半工半读的医科生。在那里当医生，没什么前途可言，薪资更不值一提。

张大人虽已致仕，脑子不至于糊涂。"他这么急着让我去那家破医院，到底什么用意？为何不跟我明说呢？"孙希实在是百思不得其解。

此时驴车外面越发偏僻，两侧是一片片散碎的农田与细河道，房屋渐渐稀疏起来。

"什么医院，好远啊……"孙希的抱怨刚刚一出口，不防驴车突然停下，他脑袋"砰"一声撞到厢壁上。孙希龇牙咧嘴地探出头去，正要呵斥那车夫，视线却霎时定住了。

在驴车前方的黄土路上，直挺挺地趴着一个人。这人穿着件黑绸长袍，外套琵琶襟马褂，右手捂住右侧脖颈，鲜血顺着指缝噗噗地往外流。

一串慌乱的脚印，可以倒追到远处一百米外的菜田。两个农夫模样的汉子在田埂上手执锄头镰刀，远远地瞪着，却没追过来。很明显，那两个农夫砍伤了这人的脖子，这人踉踉跄跄逃到大路上求救，一头扑倒在驴车前面。

车夫第一时间跳下车去，弯腰去搀那名伤者。孙希急忙大喊道："别乱动他！"

他一眼就从鲜血涌出的力度判断出来，伤者是被砍中了右侧颈动脉，不知断了没有。这是极其凶险的状况，如果不懂急救贸然搬动，很可能会迅速导致失血性休克甚至死亡。

北洋医学堂以培养军医为主，战地救护对孙希来说是本行。他大喝一声："我是医生，让我来处理！"纵身跳下驴车，正要挽起袖子，却一下子呆住了。

只见那个车夫毫不犹像地挪开伤者捂住脖颈的手，用自己的右手迅速补上。他的大拇指微屈，扣及伤口边缘，朝下方用力推压下去。说时迟，那时快，原本疯狂外涌的血流，立刻停止了喷涌。整个过程，只用了几秒。

在外行看来，车夫只是简单粗暴地一按，但在专业出身的孙希眼里，这一手极不简单。

要知道，人的脖颈附近只有肌肉和软组织，无处受力。如果颈动脉破裂的话，很难迅速压迫止血。唯一的办法，是用外力把伤口往下压，一直压到颈椎骨上，靠物理作用阻断血流。

说起来容易，但抢救者必须在几秒内摸到伤口的动脉近心端，精准地将其按在第五节颈椎的横突位置，否则回天乏术。这个操作，就连资深的外科医生，也不是能轻松做到的。

这个车夫在一瞬间做出了正确的也是唯一的选择，而且果决、精准，没有一丝慌乱。

"这家伙……怎么这么厉害?!"孙希惊叹不已，暗暗猜测他会不会从前是个杀手或老兵，在尸山血海里磨炼出这一手技能。可车夫那张方脸虽然老成了些，跟自己也就差不多年岁，哪来的经验？

他想归想，手里动作也没停，掏出那方白净手帕递给车夫，顺便去检查其他部位。

好在除了这一处伤势，伤者的身体没别的创口。孙希抬起头，看到那俩农夫已经远远地跑掉了。估计他们发现闹出人命，吓坏了。

车夫突然沉声道："不够！还有吗？"

孙希低头一看，那方手帕已经被血浸饱了，但还有血在继续外涌。孙希咬了咬牙，把围巾从脖子上解了下来。

这是苏格兰羊绒，上好的止血材料，就是太贵了。可有什么办法呢？孙希可是发过希波克拉底誓言的，总不能见死不救。他一边心疼，一边哆嗦着递给车夫。车夫也觉察到这围巾价值不菲，看了孙希一眼，似乎在做最后的确定。

孙希痛苦地别过脸去："别看我了！再看我可要后悔啦！"车夫毫不客气地把围巾一团，直接按了上去。

两人齐心合力，一通施为，勉强止住血。但这只救得了一时之急，若不及时送医，伤者还是会死。

"距离这里最近的医院是哪里？"孙希问。

"红十字会总医院。"

孙希愣了愣，一甩胳膊："把他抬上车送到总院！我亲自抢救！"

他并不指望一所刚落成的医院能有多好的条件，但基本手术器材和药物总有吧。至于外科医生，孙希自己就是。

"你能行吗？"车夫狐疑道。

"只要伤者是按教科书受伤的就没问题。"

孙希开了个不合时宜的玩笑，可惜车夫根本没听懂。

两人合力把伤者抬上驴车。车夫刚刚赶起驴子，却听左侧一阵生硬的嘎吱声传来，轮子从车轴上掉下来，裂开一条大缝，车厢登时朝一侧歪斜，差点把孙希和伤者甩下去。

这车轮子是榆木斫出来的，榆木质脆，估计刚才那一下急停，直接把辐条给憋断了。

这可真是屋漏偏逢连夜雨。驴车眼看是没法用了，从这里到医院还有八九里路，就算两个人轮流背得动，这一路颠簸也足以要了伤者性命。

时间一分一秒地过去，孙希不由得焦虑起来。每耽搁一秒，伤者的手术条件都会恶化一分。车夫起身道："总院里有黄包车，我现在去拉过来，你好好照顾病人。"

"黄包车不行，病人得保持平躺——你们难道没有救护马车？"

车夫摇摇头。

孙希有些失态地大声道："连救护马车都没有，还开什么医院啊？"车夫眉头一皱，正要开口说什么，忽然脑袋一偏，似乎听到什么声音由远及近。

那是一种低沉的隆隆声。孙希猛地振作起来，他对这声音太熟悉了，伦敦街头时常听到。没想到在上海边郊，也能碰到一辆。

"汽车？"

一辆方头方脑的黑色汽车从远处飞快地驶来，车后掀起滚滚尘土。这车的样子有些古怪，居然在木质车架外侧裹了一层铁皮，把长方形的轿厢完全封闭起来，棱角分明，看起来像一只方形的大闸蟹。

车夫飞跑到路中间拼命挥手。那汽车速度很快，一直冲到车夫面前一步之隔，方才勉强刹住。车轮扬起一片黄土，登时把对面的人变成半个土人。

直到这时，孙希才看清车子型号——凯迪拉克的 Mode 30，倒吸一口凉气。这车子在美国也是新款，怎么上海滩已经有货了？

而接下来的情形，让他更为吃惊。

一张俏丽的面孔，从驾驶座探了出来。这是一个年轻姑娘，头戴一顶窄边骑师帽，看起来英姿飒爽。她按着喇叭，不耐烦地冲车夫嚷道："你怎么回事？这是汽车，撞一下会死的好吗！"

车夫站在车前，一动不动："这里有一个伤者，能不能搭你的车送去医院？"女孩闻言一愣，先看向孙希和伤者，然后把视线转向半倾倒的驴车，视线在那面白底红十字的小旗上停留片刻。

孙希本来觉得没戏，没想到她一推车门，脆声道："上来吧！"

这款车子是双排座位，但后排很狭窄。孙希与车夫合力，小心翼翼地把那个倒霉鬼抬上后座。孙希想了想，忍痛把自己的毛呢大衣脱下来，垫在座位上，免得车子被血弄污。

女孩在后视镜注意到这个小动作，忍不住抬了抬眉。她还没说话，车夫已毫不客气地抬起大脚，从后面爬到副驾驶位置，一屁股坐下。一股血腥味扑进女孩的鼻子，让她有点窒息。

"去红十字会总医院，就在徐家汇路上，一直往前开。"车夫向前比画了一下。

"晓得了，正好我今天要去那里。"女孩说。

她有意让这个没礼数的家伙吃点苦头，挂挡轰油门一气呵成。直到车子冲出去时，才出言提醒道："坐稳！"车夫毫无提防，脑袋"咣"的一下磕到硬车顶上。

女孩嘿嘿一笑，她咔嚓咔嚓连换了数挡，速度霎时又提升一截，箭一般疾驰去了徐家汇方向。孙希和那车夫不得不紧贴座位，生怕被甩出去。

孙希在后排忙着给伤者止血，同时心中犯起了嘀咕。他刚才注意到，车头挂着一张黑底白字的金属车牌，印着 468 三个阿拉伯数字，说明它是租界第四百六十八辆申请牌照的车。这女孩到底什么来头？她去那家破医院做什么？

他隐隐觉得，张大人安排的这趟差事，大概没那么简单。

过不多时，车子从坑坑洼洼的土路驶上了一条宽阔的硬底马路，车子愈加快速，不一时便从一座古朴大寺旁边掠过，引得几个打水的灰袍僧人起身眺望。

这条大路叫作徐家汇路，位于法租界的西侧边界不远处，是法国人强行越界修成的。它从静安寺北边起始，一直向南延伸到徐家汇那座即将竣工的主教座堂。两侧皆栽种着梧桐，整齐划一。只可惜早春三月，光秃秃的树枝刚刚爬满绿芽，尚看不见十里绿荫。不过枝头的生机倒是抑制不住，喷薄欲发。

女孩一手把住方向盘，开口问道："驴车上挂着红十字会的旗子，你们都是总医院的人？"

孙希抢着说道："在下孙希，你可以叫我 Thomas，我是今天去总医院报到的医生。"他又伸手出去，一拍前面车夫的肩膀："他是来接我的院工，你是叫……呃，叫什么来着？"

"方三响。"车夫简单地回答了三个字。

"小姐你呢？"

"姚英子。"女孩回答，"跟你一样，我也是今天来报到的医生。"

"啊？"孙希吃了一惊。女医生？这年头可是罕见。这富家小姐能开得起汽车，怎么放着清福不享，跑来一个小医院当医生？

他忍不住又打量了她一番，面容稚嫩，可能比自己还小。这年纪能读几年医科？不会是护理专业吧？可一个富家女去读护理，岂不荒唐？

一时间无数疑惑盘旋在他心头。孙希还要再问，忽然姚英子一摆方向盘："快到了，坐好！"其他两人还没来得及调整坐姿，车子加速从大路冲下去，顺着下坡从一座幽静的私家园林大门前飞越而过，然后一个漂亮的甩尾绕过圆形花坛，在一栋建筑前停了下来。

这是一栋二层长形小楼，红瓦坡顶，褐红砖外墙，以一座罗马柱式的大门为中轴线，两侧两层各有十个拱券形的玻璃窗。两侧塔楼的穹隆顶覆着一层绿铜，带着浓浓的古典主义风格。小楼刚刚落成不久，还散发着一股石炭酸与油漆的气味。

大门前挂着一块木牌，上书"中国红十字会总医院暨医学堂"。门顶高悬一个木质红十字，在阳光照耀下显得格外庄严肃穆。

方三响在车子停稳的同时，已推门跳了下去。孙、姚二人以为他急着去叫人，没想到方三响用手扶住大门旁的罗马柱，哇的一声呕吐起来……

"我知道，这叫 Carsickness（晕车）。"孙希有意炫耀，"我在学校里学过，它是个新疾病，可能跟人的前庭有关系。"姚英子从车上下来，瞪了他一眼："你病人不管，先写起病历来了？"孙希"呃"了一声，赶紧把注意力放到那个倒霉鬼身上。

这一路奔波下来，伤者的状况实在不容乐观。面色青灰，皮肤隐约有花斑，这是失血性休克的前兆。

这家医院刚刚落成，暂时还未开业。姚英子连续按响喇叭，很快从正门跑出一个身穿长袍马褂、留着两撇八字胡的胖子。这胖子腮下两团肥肉，一动起来颤巍巍的，把眼角和脸颊往下扯，扯成一尊笑面佛。

"我是院务主任曹渡，你这是……"胖子官威还没摆足，就被眼前的状况吓了一跳。孙希把介绍信往他身上一扔："我是今天报到的医生，路上遇到一个伤者，需要紧急手术。担架呢？割症室在哪儿？"

"伤者？手术？"曹主任还在发蒙，不防孙希把他一下推开，径直往里闯去。曹主任的大鼻子霎时泛红："你……你……你太没规矩了！还没办理入院手……"

一只纤纤细手搭在他肩上，曹主任一回头，看到姚英子站在台阶上："曹叔叔，人命关天，先抢救吧。"

"姚小……姚医生，他是你朋友？"曹主任的气焰顿时下去了几分，"可咱们医院还没正式开业，柯师太福、峨利生、亨司德三位医士都不在，这事情可难办。"

这几个听名字就知道，都是洋人。姚英子一脸好奇："那个孙希也是外科医生，不妨看看他的本事。"

曹主任俯身从地上捡起来介绍信，撇了撇嘴："北洋医学堂？那儿毕业的学生，怎么好做手术主刀呢？"姚英子道："红十字会的宗旨是救死扶伤，第一个病人送过来就拒之门外，传出去名声可不好。"

"可明天就是落成典礼，万一弄出人命来，我跟沈先生不好交代呀……"

"您放心，出了事，沈伯伯那边我去解释。"姚英子仰望着头顶那个巨大的红十字，语气感慨，"医生以救人为天职，总不能再把病人扔出去吧？"

曹渡知道这姑娘惹不起，只得唉声叹气着，叫几个院工过来帮忙抬人。而这边孙希已经冲进了割症室，环顾一圈，颇为惊喜。

这是一座严格按英式标准修建的房间，冷热水槽、升降台、灭菌蒸汽台一应俱全，天花板上吊着观察镜，角落里居然还有一台德尔格牌的鲁斯麻醉机。在另外一个角落的木架子上，一排纯棉质地的手术衣整整齐齐地挂着，旁边还搁着两摞口罩和国内罕见的橡胶手套。空气里弥漫着一股石炭酸特有的臭味。

"这家医院真舍得下本啊！"孙希啧啧称赞，双眼放光。

若按部就班从实习医生做起，自己不知多久才有资格主刀，现在机缘巧合，可以放手施为，孙希的兴奋超过了焦虑，如同一位初上战场的年轻将军。

割症室的弹簧门咚的一声被撞开了，几个院工把担架送进来。孙希迅速检查了一下伤者状况，已经显出失温征兆，连忙直接把他抬上手术台，剪开上身衣物。

"我马上进行手部消毒。谁去测量一下血压？还有，把麻醉机打开，检查一下氯仿罐的存量。羊肠线、止血纱布和缝合器械都准备好。"

孙希吩咐了几句，打开水槽开始洗手，一回头，发现院工们傻呆呆地站在原地，没人动弹。他叹了口气，这些人当然听不懂这些指示，他需要至少一个专业护士和助手。

"方三响跑哪去了？"他心里闪过一个人。同样是院工，那个人应该靠谱多了。

这时旁边的一个水龙头被拧开，另外一双手伸到水下哗哗地洗起来。孙希侧眼一看，居然是姚英子。她此时也换上手术服和口罩，只露出一双忽闪的大眼睛。

"你学什么科的？"

"妇幼、外科、内科、护理、传染病都学过一点，到底哪个当主科我还没想好。"

孙希吹了声口哨："哪家学校这么厉害，什么都教？"

姚英子拿起一块肥皂，细细蹭着手指："我是上海女子中西医学院毕业——听过吗？"

孙希摇摇头，姚英子耸耸鼻子："哼，我就知道。张校长说得对，你们男人压根连想都不会去想，女人也能做医生。"

"等等，我刚从北边过来，是真的不知道啊！"孙希叫起屈来。

"现在知道了？"

"医生看重的是医术，不是性别。你够不够格，等一会儿就知道了。"

两人斗嘴归斗嘴，手里的动作一点没耽误，很快消毒完毕，开始最后的术前准备。

不幸中的万幸，这名伤者只是动脉破裂，而不是断裂，端口缺损不大。孙希决定直接缝合动脉。这个手术难度不算大，但动作一定要快，因为这里没有输血设备，伤者只能靠自己的血量支撑。

孙希简明扼要地把手术要点讲给姚英子听，让她把一台厄兰格血压计裹在伤者手臂上，监控血压。这个容易，但那台麻醉机可就没那么好操作了，孙希也只粗略知道一点流程而已。

他正努力回忆着手册上的细节，却忽然听到有低沉的嗡嗡声。一抬头，姚英子已经打开了麻醉机，活塞啪叽啪叽地运转起来。

"你……不要乱动！"

姚英子听都没听，熟练地依次拧开氯仿罐的通路阀门、节流阀和计量阀，然后连通麻醉机的负压腔——她连汽车都能摆弄明白，在机械方面没几个男人有资格来教训她。

孙希看得哑口无言，只好任她施为。

很快麻醉机便处于工作状态。孙希计算了一下用量，让姚英子有节奏地把氯仿泵入伤者鼻孔。过了一分钟，孙希用钝头竹签子划了一下大腿内侧，摸了摸，伤者的提睾肌没有反应，说明麻醉已经见效。

病人无法输血，所以时间是一个极关键的要素。两人必须在确保伤者不会大出血的前提下，迅速完成手术。

姚英子上过解剖课，也观摩过真正的手术，但自己上手操持还是第一次。她一边要不停挤压气球，汇报血压读数，一边要准备盐水喷壶，随时清洗伤口，还得传递不同型号的手术器械。千头万绪一起涌来，让她有些慌乱，连面对血腥的紧张都忘了。

最过分的是，那家伙居然还偶尔把头伸过来，用命令的语气说："擦汗！"

姚英子之所以没当场发作，一半原因是割症室里飘散着淡淡的碘酊味，她每次闻到，火气都会平复；另一半原因是站在手术台旁的孙希，与刚才的轻佻样子判若两人。他凝神专注，仿佛全世界都消失了，只剩下眼前的伤者。

姚英子咬了咬嘴唇，决定术后再算这笔账，然后伸手过去，轻轻把汗水从他额头上拭去。

孙希可不知她的内心活动，他正透过手术放大镜，专注观察那道触目惊心的伤口。他有条不紊地拨开皮肉，在一片血肉模糊中找到动脉位置。那一双手握着手术刀与镊子，灵巧地舞动着，有如苏州的绣娘，无论是分离血管断端，还是剥除外膜，都显得游刃有余。

破裂的血管很快被缝合到了一块，针脚简洁，裂口对合紧密。姚英子观看过几次手术，知道孙希结扎得很漂亮。

"我刚才用的是三定点连续缝合法，这是卡雷尔血管吻合术的核心。你瞧，你得在血管的圆径上定出距离相等的三个点——你可以理解为等边三角形，从这三点缝缀，可以确保血管平滑通畅，不渗漏……来，擦汗！"

孙希一边动着手，一边还有余力给姚英子解说。

讲得没问题，可这人的语气里，总带着一股居高临下的讨厌气息。姚英子忽然发现，他的额头上其实没什么汗。本来嘛，三月份的上海阴冷湿润，屋子里也没生炉子，哪会有那么多汗？

他是故意的？！

姚英子一时有些恼怒，她正要扔下纱布发作，不经意看到血压计的水银柱突然跃动了一下，心脏猛跳。那根刚刚缝合的动脉，似乎在微微搏动，伤者的下肢也有了抽搐反应。

"不好！动脉痉挛！"孙希面色一变。

他没有病人的资料，所以在麻醉时只能凭直觉决定分量。孙希不确定，这个痉挛是因为麻药失效的疼痛引发，还是长时间阻断血管所致，也许是伤者被手术诱发的旧疾？

无论是哪种情况，都会对刚缝合好的颈动脉造成灭顶之灾。

怎么办？

不管三七二十一，先结扎血管？不行，那会形成血栓！先处理痉挛？可伤者失血太多，绝不能再拖延下去……许多想法涌入孙希的脑中，可它们彼此纠缠，互为因果，牵一发而动全身。

每一种情况，教科书上都有应对办法，可从来没讲过纠缠到一块该怎么办。

姚英子看到孙希的双手停在那里一动不动，这一次，一滴汗珠真切地浮现在他额头上。她惊慌地又看了一眼血压读数，高声报出，可孙希还是没反应。姚英子知道不太妙，可她只能盯着血压计干着急。

"孙希，你别愣着，快想想办法呀！"她喊着，嗓子变得嘶哑。

说来也怪，姚英子和这个伤者素不相识。可在割症室里，看着对方的体温慢慢降低，她却涌现出一种失去至亲的焦虑和挫败。

咣的一声，割症室的大门又一次被撞开。两人同时回头，看到方三响闯了进来。

他没从晕车中彻底恢复，一张宽脸比刚换好的手术服还白。孙希见他来了，眼睛一亮，这个院工肯定熟悉医院情况。

"这里的药房有硫酸镁吗？硝酸甘油也可以！"孙希急切问道，这些都是扩张血管的药物，他觉得方三响肯定知道。

"没有。伤者咋样了？"方三响走近手术台。

"血管痉挛。"孙希让开身子，给他看那根裸露出来的动脉。方三响观察一阵，低头想了想，沉声道："先稳住！"然后转身匆匆离开。

孙、姚两人面面相觑，不知这人葫芦里卖的什么药。但孙希别无选择，只好用麻醉机一点点释放氯仿，希望能缓和一下。

好在煎熬只持续了几分钟。方三响又匆匆回到了割症室，这次他的手里多了一把烟枪。这烟枪是木杆铜嘴，嵌着个爪棱形的烟葫芦口，口上粘着一团黑漆漆的熟烟膏——看着像从哪个抽到一半的烟鬼手里抢来的。

方三响拿出一盏酒精灯来，反复熏烤葫芦口。这烟枪之前刚被人用过，那团熟烟膏很快便被熬成一团稀泥糊糊，咕嘟咕嘟冒着泡泡，有刺鼻的味道弥散出来。

他是烟瘾犯了？居然还拿进割症室里抽？

姚英子眉头一挑，正要呵斥，却见方三响一边给手部消毒，一边抬头道："拿十块纱布来，一半拿温盐水泡一下，一半给孙希。"姚英子莫名其妙，可这个院工似乎胸有成竹的样子，姑且死马当活马医吧。

热水和盐水都是现成的，姚英子忙着去泡纱布。方三响对孙希道："你捧好这五块，仔细接着。"说罢把烟枪倒转过来，半流质的熟烟膏汤子滴落下来，很快把下方的纱布浸成了浓郁的棕黑色。

"你想要干吗？"孙希很紧张。

"湿敷。"方三响头也不回地说。

姚英子很快递过一块泡过温盐水的纱布，方三响拿起来，轻轻热敷在颈动脉上，静置片刻，然后再拿起一块浸泡了鸦片膏的纱布，毫不犹豫地朝同样位置放上去。孙希见状大惊："你疯了？"

他一时阻拦不及，那块纱布已严严实实湿敷上去了。孙希气极："你搞的这是什么鬼！造成术中感染你负责吗？"可方三响的手此时就按在动脉上，孙希投鼠忌器，生怕影响到病人，只能瞪圆眼睛看着他胡来。

说来也怪，方三响换到第三块纱布之后，血管痉挛竟然逐渐缓和下来，如同被滚烫的熨斗压平了衣褶似的。方三响缓缓抬起手，拿开纱布后退一步，对孙希道："现在到你了。"

孙希一脸惊疑地俯身观察了一下动脉，又抬头瞧了那块脏兮兮的纱布，突然一拍脑袋："对了！是罂粟碱！我竟未想到。"

大烟膏子里富含罂粟碱，而罂粟碱可以有效地缓解血管平滑肌的痉挛，这是教科书上明确写过的。可是……哪有像方三响这么不规范的，也不提纯，也不调配，就这么直接蘸了烟膏子去捂动脉，太简单粗暴了！医学堂的教授们看到只怕要吓得昏倒。

任何一本教科书，都绝不会允许这种后患无穷的赌博式做法。但孙希也不得不承认，在刚才的情况下，只有方三响的土办法能搏出一条生路。十死无生与九死一生，自然还是后者更好一点。

"捉大放小，先解决最棘手的问题。"方三响道。

也不知道他一个院工，从哪儿学到这么多怪招……孙希心想，随后把注意力重新放在患者身上。

痉挛停止后，接下来的事情就简单多了。孙希有条不紊地结扎收线，引流缝合。姚英子很快观察到，伤者的手臂与小腿的静脉恢复充盈，皮肤隐隐有泛红的迹象——这说明血液循环重新建立起来了。

不过十几分钟，孙希缝到了最后一针。细细的羊肠线一扯，两侧皮肤与肌肉向中央合拢，把裸露太久的动脉彻底盖住。当啷一声，他把持针器扔回铁盒里，倒退一步，长长地呼了一口气。

到了这一步，说明手术基本上成功了。至于术后病人能不能顺利扛过去，就看他自己的造化了。

这次不用吩咐，姚英子主动抬起手来，用棉布擦去孙希额头上的汗水。孙希冲她嘻嘻一笑，正要夸耀几句，背后忽然响起一阵掌声。

两人回头，发现屋子里多了两个人。一个是院务主任曹渡，两只小眼睛紧张地盯着病人，生怕那两个新手惹出祸事来。他身旁则是一个身材修长的洋人。这人二十五六岁，有着一双灰蓝色瞳孔，眼神深沉，手术帽下缘隐约可见金色发尖。

鼓掌的正是这个洋人。他们俩刚才就进来了，一直站在后头。孙希太过专注，压根没觉察到身后有人。

"作为一个医科新毕业生，能处理得这么漂亮，很少见。"洋人用英文说道。即使是在夸奖，他的口气也缺乏起伏。

孙希有点诧异地用英文回道："你是谁？"旁边曹主任上前两步，低声训斥道："客气点！这位是丹麦来的峨利生医生，他可是咱们中国红十字会总医院的外科兼解剖主任，以后是你的顶头上司。"

孙希吓了一跳，看他的面相不是很老，居然来头这么大。峨利生医生面无表情："你的英语很好。"

"我在伦敦待过几年，海德公园是最好的语言老师。"

孙希说了个英式笑话。可惜峨利生医生的灰蓝眼睛毫无波澜。孙希只好自我解嘲，毕竟丹麦和德国挨得比较近，缺乏幽默感也可以理解。

峨利生医生走到手术台边，饶有兴趣地观察伤口的缝合情况，不时询问一些细节。孙希开始还对答如流，到后来逐渐紧张起来。峨利生医生的提问十分犀利，仿佛一位最严厉的考官。

趁他们两个在研讨，姚英子走到旁边，对曹渡眨眨眼睛："怎么样？我说没问题吧？"曹渡唉声叹气："姚小姐您可不知道呀，我在外面担心得很。万一出了差错，我也要担责任的呀！"他抬起胳膊，悄悄往天花板上一指：

"沈先生可正在二楼开会呢。"

"沈伯伯也来了？"姚英子一喜。曹渡点点头，可表情有些微妙。他的眼睛在割症室里扫来扫去，突然定在了孙希的背影上。

"哎，姚大夫，你觉不觉得，孙大夫的辫子有点古怪？"

姚英子还真没注意到，孙希的手术白帽后面垂下一条很短的黑发辫。

"我看这个发辫的发色枯暗，他耳边的头发却乌黑油亮……这是假辫子吧？"曹渡腮肉一颤，脸色变了变，"他一进门就摆起洋派头，难道是个剪了辫子的乱党？"

姚英子扑哧一声笑了起来："曹主任你也太杞人忧天了，现在戴假辫子的不要太多，难道个个都是乱党？"曹渡有点急："这可不是小事，这可是大清红十字会的医院，要出了乱党，怎么给当今圣上交代？"

"宣统那个娃娃才几岁啊，他知道你这么忠心吗？"姚英子不屑一顾。

"船看风势，人看形势。现在时局乱得很，你们年轻人很容易看错，千万要当心呀！"

曹渡正在苦口婆心地劝告，方三响走到他面前，低声说了一句。曹主任哎哟一声，气急败坏地挥动手臂："赶紧去！赶紧去！"方三响也不和姚英子打招呼，推门出去了。

"这个人怎么这样子？"姚英子有些不解。从一开始，方三响似乎就在回避接触，除了必要的信息交流，几乎没说过别的。

"方大夫他呀……"曹渡还没说完，姚英子轻轻地惊呼了一下："他？他是医生？"

她和孙希一直当方三响是院工，这也不怪他们误会，天下哪会有兼职驴车夫的医生？

曹渡扶了扶小圆眼镜，解释说："方三响呀……是关东人，日俄战争的遗孤。沈先生筹建这座红十字会总医院的时候，顺便培养了一批约定生，他也是其中一个。约定生是五年学制，毕业后直接在医院实习。"

"那他干吗跑去火车站赶驴车？"

曹渡也很迷惑："每个约定生，总医院每月发两元两角补贴，这可比普通学徒都高了。可这个嫩头死要铜钿，天天缠着我，说愿意多做一份工。反正医院还没开业，我就让他做做小三子，跑跑杂务——可不是故意刁难他。"

怪不得他身上混着两种味道，一种是石炭酸味，还有一种是码头脚夫身上那种汗臭。姚英子心想，就为了多几个铜圆？这也太不体面了，这人对医生身份简直毫无珍惜之意。

这边峨利生医生和孙希已结束了交流，走到割症室门口，摘下口罩："这个病例有很多值得探讨的细节，我们下周可以仔细讨论一下。"孙希表示没问题。峨利生注视他片刻，徐徐伸出右手："欢迎加入红十字会总医院。"

"在这里工作，是我的荣幸。"孙希有点口是心非。

曹渡叫来院工，把病人抬到养疴室去，然后自己跟着峨利生医生走开了。

孙希脱掉手术帽袍和手套，走到走廊外头，一屁股坐下。他才下长途火车，就做了这么一台手术，体力消耗委实不小。作为第一天报到的医生，他做得足够多了。

姚英子走过来，递给他一盒未开封的烟。孙希一看是茄力克，眼神一亮，接过来抽出一根，假意要还，见姚英子没反应，便毫不客气地把烟盒揣回怀里。

淡蓝色的烟圈从嘴里喷出来，孙希的疲惫稍有缓解，他把注意力放到女孩身上："喂，你怎么不抽？"

"我不爱抽香烟，一股子臭味。"

"不抽烟你还带着一盒。也好，女孩子抽什么烟……哎，你干吗？"

孙希还没说完，姚英子已把烟盒抢了回去，赌气式地抽出一根，用两根葱白指头夹着，也不点燃，在孙希眼前晃来晃去。晃着一阵，她忽然瞥到自己停在楼前的凯迪拉克，蓦地想起孙希上车前，特意把大衣垫在椅子上，便假意咳了一声："哦，对了，你大衣还在我车里，回头我让人给你打一打。"

"哦，记得用冷水，最好加点碘化钾。千万别用热水，鲜血遇热会凝固。"孙希头也不抬，怡然吞吐，"最好快一点，明天开院典礼我得穿。"

姚英子被他这理所当然的态度气得一窒，冷笑道："明天？上海不比北方，晾三天能干就算你运道好。"

孙希一听，连声哀叹："这次我走得匆忙，没带别的礼服，难道要我光着身子参加典礼？"姚英子哈哈笑了一声："等一会儿我带你去三马路，那边有几间上好的红帮成衣铺。"

"我那件，可是在伦敦找皇家裁缝定做的，上海这里做得出来吗？"

"曹主任已经担心你是乱党了，你还是低调点好。"姚英子劝了一句，忽又好奇道，"说起来，你一个北洋医学堂的毕业生，怎么会跑来上海的红十字会总医院？这医院才建起来，知道的人可不多。"

孙希眼神有些迷惑："是啊……为什么啊？"

"你不要摆噱头，什么都不知道就跑来这里？骗鬼啊？"

"我是真不知道。"孙希摇摇头。姚英子看出他是真不想继续这个话题，便轻轻转开："哎，你知道吗？那个方三响，也是个医生。"

"啊？他不是院工吗？"孙希吓了一跳。

姚英子把曹主任的话转述一遍，孙希恍然："怪不得他不爱搭理咱们，换了我干这种粗笨活，也不好意思让人知道。"

"以后我们和他可是同事呢，这种事怎么好瞒得住？"

"那是你们。"孙希幸灾乐祸地喷了一口烟，"刚才峨利生医生说了，我可以直接跟着他，你们慢慢熬吧。"

姚英子白了他一眼，不吭声了。

两个人没再说话，靠在走廊上朝外头望去。直到此时，他们才有机会停下来，欣赏这座即将成为新家的小楼的风景。

总医院的前方是一个圆形的大理石花坛，一尊纯白色的希波克拉底石像矗立其中，手中单蛇缠杖，杖尾触地，周围是成片的花卉。此时已是三月花期，风信子那漏斗状的淡蓝色花萼，月季的粉黄色重瓣，正陆陆续续绽放。远远看去，好似希波克拉底用蛇杖轻敲一下地面，便将丰沛的生命力传递出去，无数鲜花喷涌而现。

以花坛为圆心，一条条几何形状的草坪向四周延伸，春风一吹，野花纷纷探出头来，给这片绿绒毯平添了许多细碎花纹。设计者没有刻意划分出步道，任由草坪肆意蔓延，直至围墙之下。那里簇拥着一丛丛刚刚开花的栀子花树，风一吹过，满院皆香。

与其说这是一家医院，倒不如说是一处花园疗养院。

事实上，这附近本来也是沪上达官贵人的休憩之所。比如就在北边一墙之隔，即是一处私家园林，号曰"纯庐"。几根早春的梅枝怯怯地从那边伸过来，而共有的墙头早已被紫藤爬满了一半。

"真美啊！在这儿工作也真不错……"姚英子靠着廊柱，轻声感叹。孙希轻松地弹了弹烟灰："还行吧。伦敦城里这样的 garden（花园）不胜枚举，尤其是那几处皇家园林，你是没见过，啧。"

"知道你在英国待过！假洋鬼子！来这里炫耀。"姚英子气呼呼地骂道。孙希满不在乎道："不是炫耀，那是真好。"

姚英子几乎要被这家伙气死了，忍不住想抬腿狠狠踢他一脚。但到底踢哪里比较好？臀部没有大的神经和血管，比较安全；而背阔肌的纤维浅而薄，踢起来更疼、更解恨。

她还在比较两者在解剖学上的优劣，忽然听到楼梯响动，回头一看，从二楼走下来三个人。

为首的是一个清癯老者，这人身穿锦鸡补子的官袍，珊瑚顶戴，双眼花翎，俨然是一位朝廷大员。他年纪已经不小了，双眼几乎被褶皱挤成一条线，曹主任在旁边一脸紧张地搀着胳膊，生怕一个闪失把老爷子摔下来。

在两人背后的，则是一位阔面重颐的男子，两撇鱼尾须修得一丝不乱，正是沈敦和。他也身着朝服，只是气势比老者弱多了。

那老者一脸怒意，只管闷头往楼下走。沈敦和紧随其后，姿态恭谨，表情却很轻松。两人一前一后，心境截然不同。

他们走到医院正门口，孙希和姚英子赶紧站起身来。老者扫了他俩一眼，眼神一霎都没停，直接迈下台阶。姚英子本来要跟沈敦和打招呼，一见这架势，赶紧拽着孙希后退几步。

过不多时，一抬四人蓝呢厢轿晃晃悠悠过来。老者一甩马蹄袖，径直钻进轿厢，扬长而去，居然连一声告辞也欠奉。沈敦和倒是恭敬地拱起手来，直到轿子离开院子，方才直起身子。

"曹主任，那人谁呀？好大的架子。"姚英子问。曹渡缩缩脖子："哎呀，讲话小心些，那是冯煦冯大人，京城来的……"

"很大的官吗？"

"人家原来是安徽巡抚，你说大不大？如今赋闲了，便来管红会的事。"

这时沈敦和走过来笑道："英子，你来啦？"

"沈伯伯！"姚英子亲热地挽住他的胳膊，"我爹他回宁波去啦，没法参加明天的落成典礼，说让我代他告罪受罚。"沈敦和哈哈大笑："古有花木兰代父从军，今有姚英子代父出席，我怎么罚？"

曹主任对沈敦和低声说了几句，沈敦和眉头一扬，有些惊讶地看向孙希："我与峨利生医生相识许多年，极少见他开口夸人。你初出茅庐，就蒙他青眼有加。看来在初公给我介绍了一员大将啊！"

在初公即张德彝，他字在初。孙希一听提到张大人名讳，连忙上前施了一礼。

沈敦和道："你知道我最高兴的是什么吗？不是你的术，而是你的道。陌路伤患，却不避污秽，全力以赴，视救人为天然责任，这才是红十字会的精神所在。你有这种精神，很好，很好！"

孙希有点面皮发烫，停车的是方三响，硬拽着他救人的也是方三响，这份赞赏有些受之有愧。姚英子抢着道："那我呢？那我呢？"沈敦和笑道："佛家有云：一善念者，亦得善果报。英子你这一次开车救人，也算是了却当年的因果呀！"

旁人不明就里，姚英子可知道他说的是什么意思，脸顿时一红。

"我办理红会多年，最为棘手的，就是缺少中国人自己的医护队伍。就拿这家总医院来说，我足足奔走了六年才成，为什么？因为夹袋里没有人，我不得不重金聘请了柯师太福、峨利生、亨司德三位海外医生，才能维持运作。"沈敦和说到这里，依次打量了孙希与姚英子一番，"你们这些年轻人，一定要好好努力呀！等你们可以挑起大梁时，中国医学才能有大兴的希望。"

曹主任知道沈敦和的脾气，一讲起话来没完没了，连忙提醒说还有明天的典礼要准备。沈敦和拍着孙希肩膀又勉励了几句，转身离去。

孙希站在原地，颇有些丈二和尚摸不着头脑。听沈敦和的意思，是张德彝主动把他推荐到这医院来的，这可太奇怪了。

现在追上去问，好像也不太合适，孙希只好把这个疑虑暂时憋在心里。这时曹主任指派的办事员过来，帮他们两人办好了报到手续，带去宿舍放行李。

红十字会总医院一共有三栋楼，其中位于东南的二栋是医院，西边一栋则为医学校。学生宿舍与医生宿舍都设在这里，皆是一式的单敞开间。屋里窗明几净，上通电灯，下铺地板，有一张带蚊帐的木床、一张书桌、一个铸铁炉灶和一个松木斗橱，待遇相当好了。

孙希之前跟姚英子约好了，一会儿去三马路买衣服。他把行李搁到床上，正准备离开，忽然发现荞麦枕头上搁着一个徐汇电报局的牛皮纸信封。应该是谁给他拍了电报，被勤务直接送到宿舍了。

孙希好奇地拆开信封，里面的电报纸上是一串密文，密钥用的是张德彝所著的《航海四述奇》。这书不曾翻刻，只有手稿，所以理论上只有孙希和张德彝能读懂。

电报不长，只有二十余字，孙希眼睛一扫便已看完。可他读过之后，眉头一皱，又拿出铅笔认认真真地译了一遍，生怕出错，可眼神里的震惊更浓了。这时姚英子在楼下喊他快点出发，孙希定了定神，把手里的译稿撕碎，扔进炉灶里烧掉，然后心事重重地走下楼去。

在火焰中渐渐卷曲的纸上，残留着张大人明确无误的指示：今晚去闸北七浦路某处别院拜访冯煦，不得为第三人知，尤其不要被沈敦和觉察。

就在孙希和姚英子驱车离开医院的同时，方三响刚刚返回。那辆残破的小驴车与凯迪拉克恰好擦肩而过。

刚才救人时，他们把驴车抛在原地就走了。这是属于总医院的财产，万一遗失，曹主任肯定会让方三响赔偿。他可负担不起这个钱，所以手术一结束，他便匆匆赶去把驴车弄回来。

上海毕竟民风淳朴，驴车还在原地老老实实停着，轮子坏了一边。方三响只能一手抬起车厢侧面，让它单轮着地，另外一手赶着驴子，半拉半抬地朝医院赶去。等进入总医院的院子里，他裑子都被汗水濡透了，阴风一吹格外难受。

曹主任絮絮叨叨，在工钱里扣了半个车轮的维修费用——车轮损毁是疏于维护之过，与救人无关，但为表彰他见义勇为的红十字精神，特意减免一半赔偿。

方三响嘴角动了动，没表示异议。曹主任收起账簿，见他没动，问还有什么事，方三响道："我能不能去照顾那个病人？"

"看不出你还挺热……"曹渡突然反应过来。日常陪护的护工每天有一角工食费，还有免费餐食。方三响主动请缨，虽然辛苦了点，但可以拿实习医生和护工两份收入。

曹主任一扒拉算盘，有实习医生愿意去做陪护，只需支付护工费用，很划算，便欣然同意。方三响走回院外，从驴车上取下那本读到一半的书，连宿舍也不回，径直赶去了养疴室。

病人在病床上沉沉睡着，麻药劲还没过去。方三响先按规程消毒，然后在档案上记录下当前血压、脉搏、呼吸的数据，便拖了一把椅子过来，安静地在旁边看起书来。

没有外界的纷扰熙攘，没有旁人诧异的眼光，屋子里只有一个尚在昏迷中的病号，连谈话都不用。这对方三响来说，大概是最好不过的地方了。他全神贯注地阅读着，两道浓眉缓缓分开，嘴角也不再紧绷，坐姿随着肌肉松弛而发生了改变。

这里的房间都依西洋规制设计，南北通透，两侧均用大窗采光。初春的夕阳透过玻璃照射进来，整间屋子都洋溢着和煦的暖香。许是之前太过疲劳，方三响看着书，不知不觉竟打起瞌睡来。

在浅浅的睡眠中，方三响突然浑身抽搐起来，仿佛梦到什么可怖的东西。他的眼球急转，手一松，书本"啪嚓"落在地上，书皮脱落。

这一声惊醒了方三响，他睁开眼睛，低低喘息着，表情还残留着失调的狰狞。过了良久，他勉强恢复了清醒，低头去捡书。这本书是丁福保翻译的《痨虫战争记》，精讲结核病成因，扉页上可以看到一行手写拉丁文和一个龙飞凤舞的签名："魏伯诗德。"

方三响看到这名字，思绪倒转，周围景色变得一片模糊，仿佛又回到老青山的那条山沟里。

六年之前，他侥幸被万国红十字会救离战场，跟随魏伯诗德与吴尚德退至牛庄。战事不断扩大，他一个普通孩子只能蜗居在营口港的医院里，靠照顾伤兵难民维持生计。

等到战争结束，方三响回到沟窝村，骇然发现村里已烧成一片白地，无一幸存。至此，整个沟窝村只剩下被红会救走的十几个村民，近于绝户。

魏伯诗德给了无家可归的方三响两个选择：一个是跟随自己在东北传教，一个是加入红十字会做约定生。

其时红会在各地挑选了一批孩童，打算培养自己的医护力量。这些学生都签了契约，一毕业便入红十字会供职，称为约定生。

方三响毫不犹豫地选择了去学医，于是魏伯诗德慷慨地资助他去上海的路费，并写了推荐信。方三响到了上海之后，因为红会医院还未建起，他和其他学生暂时寄在上海同济德文堂培训。

他此前只读过三年私塾，汉语基础都不怎么好，更别说上课是用德语，整个人几乎崩溃。好在他有一股子头撞南墙的犟劲，昼夜苦学，再加上实践经验无人能及，总算以中等成绩顺利毕业。

在上海的求学生涯，方三响仍旧被噩梦笼罩着。每次梦里，他都回到那一天的山沟，重新体会一次痛失亲人的绝望。方三响知道，这是一种心理痼疾，除非解开心结，才能彻底驱除。

他写信向魏伯诗德请教。老人回信说："在那一天的山沟里，你问过我一个问题：为什么会发生这种事？——我不知该如何回答你，但我相信，如果你找到这个答案，就能击败梦魇。"

随回信寄到的，还有一套丁氏医学丛书。在丛书的每一本扉页上，老教士都写了一行拉丁文。拉丁文可以说是死语言，只有少数几个专业领域的人还在使用，所以这是一个隐晦的考验。你只有具备了做医士的资格，才能读懂。

时至今日，方三响已经可以读懂句子了，可还读不懂它的意思："愿你用自己的方式，寻到救赎。"而在这行签名旁边，还有一个方三响手绘的人头，五官模糊，只在左边嘴角点着两颗黑痣，一大一小。

这是一切的始作俑者——觉然和尚的头像。方三响画在这里，就是怕自己忘了这个该死的日本间谍。

收回思绪，合上书本，方三响晃了晃脑子，把残留的噩梦影响甩干净，朝病床看去。病人安静地躺在那儿，一动不动。床头悬挂着一根鹅毛，有节奏地晃动着，表明他的呼吸很平稳。

方三响不敢再睡了，起身打算在病房里溜达一下。这时门外传来敲门声，一个护工对他说："方大夫，病人的家属过来了。"

"让他到会客室等，我马上到。"方三响回答，心情稍微一松，家属来了就好。

之前在三人做手术的同时，曹主任把病人的随身物品翻找了一遍，找到一张名帖。原来这个病人叫刘福山，是闸北祥园烟馆的坐馆，不知为啥跑来徐家汇这一带来遭砍。

祥园烟馆名声在外，一经联系，对方立刻派人过来了。

方三响一进会客室，一人从椅子上站起来。这是个二十来岁的干瘦汉子，面相却有三十多岁，右侧颧骨高高凸出，一条淡淡的砍疤从上至下，把眼、嘴、鼻子顶向另外一侧。再一看他两条油腻腻的长袖朝内卷起，露出文身，方三响顿时心里有数了。

这是跑旱码头的青帮分子，他们是漕帮出身，忌讳"翻"字，所以衣领和袖口内卷都不外翻。

"鄙人杜阿毛，听闻我们烟馆的刘坐馆受了点伤，不知他现在好清爽了吗？"

杜阿毛讲话很客气，但有一股遮掩不住的骄横气。方三响皱皱眉头，把他带去养病房外，隔着玻璃往里端详。杜阿毛见刘福山躺在床上紧闭双目，一动不动，顿时起了疑心，非要进去看。方三响挡在门前，两边一下子僵住了。

"不会是刘坐馆已死，你们摆个尸首在这里骗汤药钱吧？"杜阿毛大骂起来。

方三响不动声色："他现在只是麻药劲没过，两个小时之内就会醒。"杜阿毛还是气势汹汹："那你怕我进去做啥？"

"你没消过毒，患者创口很容易继发性感染，一旦感染发热，可是没药救的，轻者残废，重者死亡。"

他指了一下刘福山鼻子上方的吊羽，那根雪白色轻羽有节奏地徐徐摆动，证明呼吸还在。杜阿毛悻悻地站在门边缘，抻着脖子注视良久，一脸狐疑："这个伤口好大呀，如今真没事了？"

"暂时没事。但具体如何，还要看术后的恢复情况。"

"啧啧，在脖颈上砍这么一大刀，方大夫你还救得回来，医术高明得紧，钦佩，钦佩。"杜阿毛跷起大拇指，看得出是真心夸赞。

"救他的，不止我一个。"方三响回答。杜阿毛哈哈一笑，只当他是谦逊。

两人回到会客厅，杜阿毛态度变得客气多了。方三响拿出病历本子，请他谈谈刘福山的情况。

原来这位刘坐馆新纳了个小妾，打算到徐家汇起一间房子金屋藏娇。他看中一块地皮，可田主不肯卖。刘福山过于托大，觉得以自己的身份谁敢惹，只身过去谈判。说是谈判，其实是要挟，结果气得几个农夫血气上涌，追出来砍杀。若不是路遇方三响他们，刘坐馆只怕此时已凉了。

"我们青帮义字当头，有恩必报，这里一点小小心意给你。"

杜阿毛从怀里掏出一锭银元宝，四指拈着搁在茶几上。这银锭少说八两，折成银洋得有十一二块，算是笔大钱了。方三响看了一眼，把它平平推回去："救人是医生的职责所在，何况红十字会总医院是慈善机构，只收号金，不收诊金。"

杜阿毛误会了方三响的意思，微微一笑："方医生不爱铜钿，自然是想交朋友。"他凑过去压低嗓门："他有个同族哥哥叫刘福彪，晓得吧？范高头手下四庭柱之一，闸北打拳的没有不知道的。如今上海头一个有权柄的人，名气响得很。"

纵然方三响不问世事，也听过范高头的大名。这是上海滩一霸，脑门上有个大肉瘤，所以外号叫高头。此人专门在黄浦江上截夺烟土，无论华洋船只都不放过，极为嚣张。四年前巡防营与租界联手，在浦东擒住此人枭首示众。

刘福彪能接下范高头的势力，手段定然厉害。方三响真没想到，他无意中救下一人，居然背后牵扯出这么个大角色。

杜阿毛热情道："这样好了。下周我做东请方大夫吃老酒。到时候我把刘老大也请来一起白相（玩）。"他见方三响不甚积极，又低声补了一句："刘老大手下养着十几个跌打郎中，没一个似方大夫这般高明。他一向最敬重有才之人，你年少有为，不要推辞呀！"

方三响听懂杜阿毛的意思了。刘福彪手下几百号混江湖的，免不了刀头见血，常年需要医生救治。总医院不收诊金，可没规定医生休息时间出去接诊收不收。

他用钱的地方太多，若有这么一笔问心无愧的外快，自然比兼职院工好多了。方三响有些心动，想了想，又说："救他的不止我一个。"杜阿毛哈哈一笑，说都来都来，然后拜别离去，临走前还强行留下一把银洋，说给大夫压惊。

这种钱，方三响是不敢留的，一点没犹豫，转身交到了曹主任那里。

一听这伤者是闸北刘福彪的弟弟，曹主任吓了一大跳，连连埋怨他们惹来一个大麻烦。治得不好，青帮分子定然要来闹事；治得好，传出去对医院名声也不好。方三响懒得多说，把银洋往他办公桌上一撂，回养疴室值班去了。

曹主任望着桌子上明晃晃的银洋，腮帮子颤了颤，从抽屉里拿出一本账簿。这时已近傍晚，他舍不得开灯，便就着窗边夕照，把银洋一枚枚拿起来，挨个吹，凑到耳边听出成色，才在账本上记一笔。记着记着，曹渡瞥了一眼账本上密密麻麻的数字，幽幽地叹了一口气，也不知想起什么来。

"阿嚏！"

在同一时间，远在闸北的孙希重重打了个喷嚏。可惜手帕在救人时用了，他只能用手肘挡住口鼻，新衣袖子上沾满了星星点点的飞沫。

可他连嫌弃的心情都顾不得有，伸出指头，按动了眼前别院的电门铃。

下午，本来姚英子打算带他去三马路的红帮裁缝铺，那里有几个洋人师傅会做西装。孙希却一反常态，说要买一件中式长衫的成衣。她只好改去了小东门外的四大正，帮他挑了一套蓝长袍加暗纹对襟黑马褂。

挑完衣服，姚英子建议去礼查饭店吃番菜，吃完在外滩走一走。孙希却表示他已看过泰晤士河的繁华，这样的乡下地方不看也罢，气得姚英子扔下他径直回家了。

故意气走姚英子之后，孙希叫了辆黄包车，去了闸北的北浙江路七浦路。那里是公共租界范围，有一栋华洋上海会审公廨。往南一点的苏州河畔，是一溜白墙灰瓦的雅致别院。

孙希按完门铃不久，即有门房来开门。他大概早得了指示，孙希一报姓名，连门包都没收，直接开门让进来了。

正堂很朴素，没什么摆设，一看便知主人家只是临时寓居。堂内两把檀木椅，其中一张端坐着一位老者，正是白天在医院见过的冯煦。

孙希不敢怠慢，赶紧上前请安。冯煦此时换了一身便装，威严的气势弱了些："在初兄说你整治乌龙茶是一把好手。我这里有一罐永春佛手，一起品品。"

茶具都是现成的，孙希不敢多问，埋头开始忙活。他有个小技巧叫作高冲发香，最得张大人青睐，让水壶距离盖碗略远，手劲一倾，热水直冲碗底，激得茶沫上扬，香气生发。

不一会儿工夫，他捧着一盏热茶，恭恭敬敬端上去。冯煦刚开茶盖，先有一股茶香袅袅而上，深吸片刻，开口赞道："色清味甘，质香气醇，好茶还须识人来泡，方得成全。"

孙希吃不准他是真夸茶，还是借机说事，在旁边老老实实站着。冯煦轻轻拨着碗中茶叶，示意他对面坐下："我今日在医院门口看到你了，只是当时不便相谈。只好劳烦你跑一趟闸北。"孙希忙道："我……呃，小人也是接了张大人电报，方知要来拜会您。"

冯煦轻笑一声："在初兄行事缜密。不愧是常年负责外交的老手。"他话锋忽地一变："你这一次调来上海，是我让在初兄办的。你可知道为什么？"

孙希知道这不必回答。冯煦放下茶碗，背着手缓缓在堂中踱着步。别看他年近七十，声音仍颇为洪亮，整个天井都震得嗡嗡作响："老夫要找你做一件事。不过要做好这件事，须得明白前因后果。今夜还长，老夫且给你念叨念叨。"

孙希一听，赶紧把屁股坐得深一点，双手放在膝盖上。

"事情得从六年前说起。光绪三十三年，日本和俄国在关东打了一仗，这件事你听过吧？"

"嗯，小人那时候还在伦……"

冯煦打断他的话，自顾自继续道："当时上海有一个记名海关道，叫沈敦和，筹建了一个上海万国红十字会，用来救援东北战事。我觉得此举为国分忧，乃是好事，于是和盛杏荪、吕镜宇几人一起在老佛爷面前保举此人，从官面上给予各种方便。

"日俄战事结束之后，朝廷给沈敦和等十二名华员、魏伯诗德等三十名洋员颁发了一等金质勋章，以酬其功。沈敦和当时找到盛大人，说要建一家红会自己的医院，从此不必受制于人。我帮他斡旋奔走，在徐家汇批下一块地来，就是如今这一家红十字会总医院。朝廷对上海万国红会，对沈敦和，可以说是仁至义尽！"

"确实，确实，关怀备至。"孙希看到冯煦的眼神，知道该附和了。

冯煦满意地啜了一口茶，继续道："朝廷觉得这个红十字会颇有可取之处，有意扶持。可其中有一项碍难——原来那个上海万国红十字会，乃是中、英、法、德、美五国合办，各国俱有董事，难以和衷共济。中国之善会，终究要中国自个儿来操持。我跟盛大人、吕大人一合计，决定另设一个大清红十字会，把上海万国红会的华方归并过来，从此主权在我，不必再跟那些洋人掺和了。

"今年年初，总医院行将落成。几位大人奏请天子，将上海万国红会归并入大清红十字会，隶归陆军部管辖。朝廷很快批复准许，章程、会旗、关防大印一应齐备，总会就设在京城。会长一职，指派了盛大人担任。至于副会长嘛，自然是他沈敦和的。

"其实盛大人又办铁厂，又修铁路，哪有时间真的来管红会？两会归并之后，实权不还是他的？不过换块牌子而已，挺好的事情吧？"

冯煦说到这里，冷哼一声："可我万万没想到，沈敦和突然拍来一封电报，说什么中国红会肇始于沪上，骤迁京城，使士绅会员莫名惊诧。你听听这叫什么话？"

冯煦索性端起茶碗一饮而尽："盛大人和吕大人都身兼要职，只好让老夫亲赴沪上，跟他当面据理争辩。谁知这个沈敦和虚与委蛇，暗中却纠集党羽，拒绝服从朝廷调遣。"

冯煦气势很足，但语气透着无奈。孙希听出来了，北京一个衙门，上海一个衙门，这是争夺主导权呢。只是京城的大清红会空有头衔，却没人，若没有沈敦和的配合，那边压根运转不起来。

"您刚才说，沈敦和是个记名的海关道。既然他有官身，就不能请皇上下个旨？"

冯煦瞪了他一眼："此事明明朝廷占着理，若请出圣旨压他，倒显得我们理屈。何况这事一传出，租界里那些报纸主笔你是知道的，一定没好话。朝廷骂不过他们，也管不到租界，徒增笑耳。"

"是小人考虑不周。"孙希赶紧表态。

冯煦仰首望向天井外面，悠悠一叹："此时不同往昔。各地沸如鼎镬，紫禁城四处裱糊不及，哪里还敢主动生事？捉沈氏一人容易，但他背后是沪上一干豪商缙绅，得罪不起呀！他之所以有恃无恐，也是算准了朝廷投鼠忌器。"

孙希心想，这话题可真是越说越大啦。好在冯煦一敲桌子，及时回到正题：

"老夫一直琢磨不透，朝廷既不会夺其基业，也没有剥其权柄，可以说除了一个虚名，一无所变，沈敦和何以反对得如此激烈？我翻阅往来电报，到底发现了一桩蹊跷。"

冯煦两只老眼陡现利芒，从袖子里拿出一张电报纸。孙希接过去还没看，他已悠悠道："沈氏回绝我的电文里有一句：沪会系募中外捐款而成，殊难归并——嘿嘿，这一下，可是暴露出他的真实用心了！"

"那您还给我看电报干吗……"孙希腹诽。

"上海万国红会经营了六年，劝募善款少说五十万两。这一次如果两会归并，势必要把账目都交接清楚。他沈会董倘若两袖清风，何必强调这么一句话呢？哼，什么士绅惊诧，都是借口！我看他一定是私下贪墨善款，唯恐被曝光，这才抵死不从！"

说到这里，冯煦"啪"地把茶碗搁在桌子上，震得碗盖一跳。

孙希皱了皱眉头，他今天虽只匆匆见过沈敦和一面，可感觉对方不像是那种人。冯煦一眼看穿他的心思："老夫当初也以为他是个善厚仁翁。沈氏最擅长蛊惑人心，你可不要被迷惑。"

"是是……"

"可惜呀！我虽有怀疑，手里却无实据。沈氏把上海万国红会经营得水泼不进，如铁桶一般，连征信录也不肯公布，那些善款如何用得，谁也不知道。要拿到他贪墨的铁证，只好另辟蹊径。"冯煦说到这里，一双锐眼透过镜片看向孙希。

"红会总医院？"

"不错，反应还算快。"冯煦满意地点点头，"这家总医院，是沈敦和用万国红会的募捐余款修的。倘若他真的中饱私囊，这里一定能查到证据——你去医院的时候，看到门口挂的牌子没有？"

"记得，记得，中国红十字会总医院嘛！"孙希直到这会儿，才发觉这块牌子有点不对劲。

"这就是沈氏的狡猾之处了。明明是大清红十字会，他偏偏要挂一个中国红十字会的牌子，混淆视听，别人还抓不住痛脚。哼，他们宁波人门槛就是精。"

"所以……您才找到我？"

冯煦点点头："不错。你从正规医校毕业，是红会急需的人才，一定会被重用。何况你是张在初推荐过去的，他自家子侄，与我扯不上关系，沈氏不会起疑。"

孙希暗自"哑"了一声。原来张大人和冯煦早早便把事情定了下来。可怜自己踏上火车时还懵懂无知，此番赴沪竟不是来做医生，而是做间谍。

"你在总医院该干吗干吗，我只要你做一件事：设法把总医院的账册拿到手。能弄到原件最好，抄录一份亦善。一俟得手，立刻送来这间别院。你若做得好，沈氏贪墨之迹，必会大白于天下。从此可结万国红十字会之全局，巩固大清红十字会之初基。"

"可我……可我没学过记账，不懂那些啊……"

"你只要原样抄录即可，不必明白。"

冯煦忽然发现这年轻人面露迟疑，微微一笑："还是那句话。好茶还须识人来泡，方得成全。朝廷公派海外留学的一等名额，必为你空出一个，我与盛杏荪亲自作保。"

　　能得盛、冯两位朝廷大员担保，万国无不可去处。可孙希没有欣喜，心中浮起些许恼怒。冯煦讲了这么一大通，却唯独没问过孙希自己愿意不愿意，连个商量的余地都不留。

　　可孙希内心挣扎再三，终究没鼓起抗议的勇气，只好起身道："我再伺候您一盏茶。"冯煦端起茶碗："不必了。天色已晚，你早点回医院，免得别人生疑。"

　　孙希走到正堂外面，犹豫片刻，转过身来："冯大人……倘若账册并无问题呢？"

　　冯煦愣了愣，似乎没想过这个可能。沉默片刻，老人一拂袖子："你想办法取得账册便是，其他的不必去管。"

　　孙希走出别院，外面的天色如翻倒的墨池，抹去了朗月与明星，把路上的行人裹在一团黑暗之中。苏州河里倒还有几只小船晃悠，渔灯昏黄，船桨咿呀，隐隐有哭声、笑声与吵架声从各处船篷透出来，喧嚣而阻隔，让情绪一时也莫名烦躁起来。

　　他深深吸了一口清冷的水气，换出肺叶里的浊气，然后点燃一根茄力克，叼在嘴里。雾气弥漫的苏州河畔，似又多了一点惶惑的红光。

　　孙希忽然意识到，这世界上竟有比人体结构更复杂的东西。

第三章
一九一〇年三月（二）

"春寒料峭，冻杀年少。"

在孙希动身南下之前，一位浙江籍的同学曾叮嘱过这么一句。

孙希本以为这只是夸张之词，可昨晚他在宿舍一钻被子，才真正领教到什么叫"冻杀年少"。

被窝湿腻腻的如冰窟雪洞，而且怎么焐也焐不热，只是贴肉部分勉强温乎一些，可只要身体稍稍一挪，立刻又陷入冰凉中。孙希只能四肢绷紧，一动也不敢动。

阴冷难耐，再加上昨晚平添的这桩麻烦事，让他折腾了半宿才迷迷糊糊睡着。不知过了多久，孙希感觉脸颊发烫，一睁开眼，窗外艳阳刺得眼仁直疼。他睡眼惺忪地转过头去，朝桌上的座钟一看，顿时大叫一声："糟糕！"

此时已是上午九点四十八分，红会总医院的落成典礼已开始十多分钟了。孙希慌里慌张地抹了一把脸，一边穿衣服一边朝窗户外头看去。

宿舍楼离医院楼只有几十米远，可以看到此时医院楼前已被改造成了会场。红十字标志下的券顶挂出一条大横幅，上书"中国红十字会总医院落成典礼"。横幅下是一个临时搭建的讲话台，沈敦和正在上面慷慨激昂地讲着话。讲话台两侧各摆着七个花篮，布置得相当朴素。

在讲台对面是七八排听众席。第一排是各界要人，冯煦赫然在正中坐着，头上的红顶子格外醒目；第二排是医院挑大梁的主力医生，主要是峨利生、柯师太福、亨司德等人，以及看护妇主管克立天生女士，华人医生也有，但只有一个王培元；第三排是沪上各大报纸的新闻记者，镁光板不停闪亮；再往后则全是总医院的约定生和实习医护。

万幸的是，沈敦和讲起话来，一时半会儿完不了。孙希飞快跑下楼，围着希波克拉底花坛绕了一大圈，蹑手蹑脚朝倒数第二排钻去。那里已经被实习医生坐满了，只有一张条凳还空着半边。

"劳驾，劳驾……"孙希弓着身子，朝里面蹭去。距离空位还有一座之隔时，却被两条腿给挡住了。他一看，居然是方三响。后者正顶着两个黑眼圈看向他。

"你迟到了。"

"这才半个小时不到，你看沈先生还在讲话呢。"孙希打了个哈哈。

"如果是手术，也许你的病人已经死了。"

"朋友，我昨天刚下火车就做了一台手术，很累的，体谅一下好吗？"

值了一整夜班的方三响听他这么说，摇摇头，把腿缩了回来。孙希走到条凳前，一屁股坐下，发现右边居然坐的是姚英子，三人正好挤在一张凳子上。

孙希拂了拂身上的长袍，笑着冲右边说："你选的这料子真软，穿着它我都睡过头了。"姚英子余怒未消，"哼"了一声，把脸转到一边去。孙希自讨没趣，只好摆好坐姿，安静地朝前看去。

台上沈敦和正讲到兴头上，他声音洪亮，响彻楼前，最后一排亦能听得清清楚楚。

"诸君都知道，万国红十字会最重要的宗旨，乃是八个字：博爱，救兵，赈荒，治疫，此人类所共有之人道精神。但鄙人以为，吾国之红会除这八个字之外，尚还有四个字：强国、保种。

"我中华四万万生民，人数位列寰球之冠，却屡遭欺凌，何也？盖因国民身体羸弱，不堪轻疾重疴之苦。愚以为，欲振中华之国势，必先改善国民之体质；欲要改善国民之体质，必先有良医，这个良既是良好之良，亦是良心之良。中国现在良医太少，而病人太多，强国、保种，非从培育医生做起不可。"

孙希听在耳朵里，脑子里却想着昨天冯煦的话。沈敦和这一番冠冕堂皇的话，究竟几分是真，几分是假？那张肉乎乎的敦厚面孔，是否真的覆着一张面具？

"也许有人要问，你这一家医院，与别处有什么不同？鄙人在这里告诉诸位，这家医院乃是中国人自办，红会的血脉凝结，所以除去日常开诊，亦有急公行义之责任——这责任是什么？倘若外面有两军交战，死伤无可收容者，本院不问立场，一体收治，责无旁贷！倘若有水旱天灾，致使民众流离失所者，本院尽己所能，责无旁贷！倘若有时疫流行，波及甚广，本院倾心救治，责无旁贷！"

连续三个高声调的"责无旁贷",沈敦和面色微微涨红,引得台下响起一片热烈的掌声,孙希眉头却微微皱起。

不知前面沈敦和是怎么说的,但他目前听到的部分,这位会董明显在回避医院的称呼,既不提"上海万国红十字会",亦不提"大清红十字会",而是笼统地称之为中国红会,或吾国红会。在外人耳中,这些泛称区别不大,可孙希既然知道了京、沪之间的争端,不免要多想一下。

难道真的像冯煦所言,沈敦和故意说得含糊,就为了张家吃饭,王家睡觉?

此时台上的演说已接近尾声:"红会精神之所在,乃无省界、无国界、无种族界,亦无宗教界。率土之滨,溥天之下,负履行人道责者,唯红十字会耳!这座总医院,是中国红会第一座医院,今日落成,必可成为人道之见证,践行大医之无疆。请诸君拭目以待!"

全体与会人士起立鼓掌,喝彩声此起彼伏,新闻记者们一拥而上,咔嚓咔嚓地拍照。孙希跟着人群一起心不在焉地鼓掌,心里却琢磨起自己的任务来。

想要弄到沈敦和的账册,必然要找到一个切入点。是从峨利生医生这边入手,还是从曹渡那边?前者对自己很信任,但他是技术人员,未必能接触到医院财务;后者管着医院的账,但那个孤寒鬼的脾性,孙希实在不想去故意讨好。

其实,还有一个办法……孙希的眼神飘到旁边姚英子的身上。她家跟沈敦和家是世交,从这条线摸过去,似乎更为便捷。他想得有点入神,忽然发现姚英子不知何时转过脸来,气呼呼瞪着自己。

孙希赶紧收敛思绪,赔笑道:"sorry 啦,昨天是我不好,给姚小姐道歉。过几天我请你去番鬼场玩,算作赔罪。"

"我们上海叫夷场,这里又不是广东!"姚英子白了他一眼。

这是孙希的惯用招数,故意说错一个地方,对方往往会忍不住出言纠正。一纠正,就没法不理睬了。他笑嘻嘻道:"那你可得多教教我这些本地词,不然我可要挨欺负了,像昨天晚上那样,我可受不了。"——这是另外一个手法,故意留扣不说,等对方来问。

姚英子果然忍不住中了圈套:"昨天晚上?"

"哎呀,我昨晚叫了辆黄包车从闸北回医院。到地方以后,我给了车夫一枚角洋,他却双手一摊,说袋袋里瘪的生司。我猜了半天也不明白什么意思,最后只好不要找零,让他走了。"

姚英子咯咯笑起来:"亏你这人还在伦敦待过,难道不知'瘪的生司'就是

empty 和 cents 的意思？这车夫是故意说没零钱，要刮刮你的皮呢。"

"这也算英语啊？"孙希夸张地高举双手。

"你不也是满口洋话，还笑话人家？"姚英子不屑道。孙希道："他们是乱讲，我可是有原则的，好多话用汉语讲出来唐突，换成英语，隔了一层就缓和多了。比如我爱你，讲出来要被当成登徒子的，要是 I love you，听上去更委婉一点。"

姚英子先开始还认真听，随后面色大窘，气得要打他。忽然一个高大的影子投到了他们之间。只见方三响右手腋窝挟着两张条凳，左手还抬着一张。原来典礼已经结束，他兼职院工，过来清理会场了。

"有件事，你们需要知道一下。"

方三响一本正经地说。两人对视一眼，都很好奇。这个悭吝人找他们俩，能有什么事？

方三响把杜阿毛昨天来访的事情讲了一遍，一脸严肃道："救刘福山，你们两个也有份。杜阿毛给了一笔滋补银，我全数交给曹主任了，你们可以问他去要。"

姚英子笑起来："钱进了曹叔叔那里，再出来可就难了。算了，也没几个钱。"孙希也道："这个杜阿毛够奸滑的，十几块大洋就能把人情做得足足的，我围巾和大衣加在一块，二十几英镑都不止呢！"

说者无心，方三响却听得很不舒服。他皱皱眉头，夹着条凳要走开，可忽然又想起一件事："下周刘福山的哥哥刘福彪要做东，宴请他弟弟的救命恩人。"

"刘福彪？"姚英子听过这个大流氓的名头，面孔一板，提醒道，"方三响，我同你讲，做人第一件事要收根。你是要当医生的人了，不能为几个铜钿什么都做。闸北青帮都是苏北逃难来的乡下人，你不在乎跟他们厮混，也要考虑医院的体面。"

方三响仿佛被一下刺痛，冷着脸道："我也是乡下人。小姐请站开一点，我要收凳子了。"说完左手又挟起一张条凳，转身走开。

姚英子有点莫名其妙，略带委屈地对孙希道："这人莫名其妙，我又不是说他。"孙希歪歪脑袋："英国作家王尔德说过，人一旦有了自尊心，就会变得像蒲公英一样敏感。你吹一口气，它就炸了。"

姚英子被这个比喻逗笑了，可又哀叹起来："一想到以后要跟蒲公英做同事，可要劳心劳神了。"

两人正说笑着，一个戴瓜皮帽的男子跑过来，这人年近三十岁的模样，戴着一副厚厚的玻璃眼镜，自称是《申报》的特派记者。他说刚才沈会董的讲话很精彩，希望再采访几位总医院的普通医生，听听他们对此有何评价。

孙希和姚英子一个身材高挑，一个容貌靓丽，在人群中颇为亮眼，所以一下子就被盯上了。

见记者过来采访，孙希咳了一声，双手作势整理领结，然后才想起来自己穿的是中式长袍，只好尴尬地假装掸了掸灰尘，开始说起来。

他讲起话来头头是道，记者听得频频点头。姚英子暗自撇嘴，这人明明迟到了半场，只来得及听个尾巴，却表现得好似演讲稿的主笔。但她不得不佩服，孙希随机应变的本事，确实不凡。

可见是个天生的大话精。她心想。

这时记者又凑到她面前："姚小姐，您是烟草大王姚永庚的女儿，为什么会选择学医？"姚英子想了想，用官话道："六年之前，虹口发生了一次车祸，撞倒了一根电报杆，那应该是上海滩第一次车祸。你有印象没？"

记者点点头。那会儿汽车还是稀罕物，撞倒的又是苏松太道的线路，着实哄传了一阵。他忽然想到什么，啊了一声，姚英子一撩长发，毫不避讳："没错，是我撞的，我还因此受了伤，幸亏被一个路过的医生所救。你知道，一个人在救人的时候，总有一种特别的魅力。那一次车祸，让我坚定选择做医生，既为赎罪，也为报恩，更是想去体会救死扶伤的魅力。"

这故事太有新闻价值了。记者两眼放光，又问道："那你为什么会选择总医院就职呢？因为你父亲也是红会名誉董事吗？"

面对这个问题，姚英子的脸微微发烫。但一想到他也许会读到这则报道，她鼓起勇气道："因为救我的那个医生，是圣约翰大学医学部毕业的啊，距离这里不远，我时常可以去看看。"

记者很是兴奋，这故事太精彩了，连忙叫来摄影师，举起镁光板要拍一张合照。孙希轻车熟路地摆了个姿势，姚英子却有些懊恼，她平时不怎么爱化妆，今天只是简单梳洗了一下。万一这照片在报纸上被他看到，他会不会笑我蓬头垢面？她想到这里，伸手不自觉地捋起头发来。

记者让两个人站好别动，正要指示摄影师开拍，却听旁边一声大喝："等一下！"

曹主任不知从哪儿钻出来，用肥厚的手掌挡住摄影师的镜头，眼睛瞪得比铜铃还大，拼命瞪向孙希。后者不明就里，曹主任看看记者，踮起脚尖用极低的声音吼道："你辫子呢？你想让报纸说我们医院都是乱党吗？"

孙希一摸后脑勺，这才反应过来，起床太匆忙忘了装假辫子。

他吐吐舌头，对姚英子说"你替我挡一下，我回去拿"，然后把她往镜头前一推，转身朝宿舍跑去。不料方三响正扛着几张条凳路过，两人几乎迎面撞上。方三响躲闪不及，一张条凳从肩上滑落，朝着孙希的脸上砸过来。

这一瞬间，羞涩扭捏的姚英子，狼狈躲闪的孙希，还有恼怒的方三响落入了同一个取景框内。咔嚓一声，镁光板升起一团烟雾。这三个人的身影和那一栋挂着横幅的小楼，便永远凝固在了底片之上。

接下来的几天时间里，红会总医院开始慢慢地运转起来。沈敦和认为目前新医生们尚不能胜任开诊要求，因此要求所有人半天在医院实习，半天在医学堂继续培训。直到他认为这批医生够格了，才会对外开放——唯一的例外只有孙希，他跟着峨利生医生。

红会医院暂时只分了内、外两科。姚英子还没想好下一步选哪科做主业，一会儿在医学堂听课，一会儿跑去爱克司电光室瞧新鲜，行踪飘忽。反正她家庭背景特殊，曹主任也不去管，随便她去哪儿。

三个人里，只有方三响最为忙碌。他白天上班、上课，晚上还要兼职陪护病人，全靠身体底子好在硬熬。孙希和姚英子都很好奇，他这么爱财，吃穿却俭省得很，到底钱都花哪儿去了？

忙碌了足足一周之后，杜阿毛再次拜访，还带了一张帖请他去赴宴。方三响跟曹主任请假，曹主任说"你是该好好歇歇了"，痛快地予以批准，但不忘把他今晚的值班费扣除。

杜阿毛叫了一辆马车，带着方三响去了闸北。其时淞沪铁路已然修成，闸北附近商栈云集、店铺连绵，虽不及租界洋气整洁，但繁盛程度有过之而无不及。

马车停稳之后，方三响掀帘下车，发现眼前是一栋三层中式木楼，亮瓦雕栏，门口高高悬着一块祥云形状的幌子，上书四字："祥园烟馆。"

杜阿毛笑道："本来该带你去四马路吃夷菜。可刘老大嫌夷菜馆里那些仆欧伺候不周，还是自家地盘自在些。"他伸手一指楼内："一楼吃饭，二楼叉麻将。方大夫你要有烟霞癖，馆里都是上好的印度公班土，我从隔壁庆春楼叫个姑娘来，又打烟泡，又会唱曲捶腿，老适意了。"

"吃饭就好。大烟有害健康，我劝你不要抽。"方三响有些尴尬地回答，眼睛都不敢左右乱瞧。杜阿毛看出来了，这位年轻医生只要一离开医院，就畏缩得像个鹌鹑。他暗自笑了笑，把方三响带进楼里雅间。

馆里收拾得颇为干净，只是空气中弥漫着一股大烟味。雅间里一张大圆桌，桌子一圈坐了八九条汉子，个个袖口内卷，面色凶恶。主座是一个穿着开襟白褂的光头男子，长脸狭瘦，双腮没什么肉，双目却精光四溢。方三响被他看了一眼，如同被一根钉子扎中。

"方大夫是吧？兄弟我是刘福彪，闸北跑旱码头的，请坐。"刘福彪苏北口音很重，他敛起目光，叩了叩身前的小茶碗。其他人也照样叩了几下，瓷声清脆。这是青帮礼仪，意思是有贵客上门，叩瓷代礼。

方三响不明白这些规矩，拱了拱手，然后一屁股坐下。一个汉子觉得他无礼，眉头一横，正要呵斥，刘福彪却摆摆手，端起酒盅道："刘福山是我族中小弟，这次捡回一条性命，全靠方医生援手。我听阿毛讲，他脖颈子都砍断了，你竟然都能救回来，难得！来，我先敬你一杯！"

说完刘福彪仰脖一饮而尽。方三响也端起酒盅，黄酒顺着食道滑下去，别有一番畅快。他搁下酒盅，认真道："令弟是脖颈动脉破裂，不是断裂。若是断裂的话，那我们一点办法都没有了。"

"哦？那你们是怎么救下他的？"刘福彪很是好奇。

方三响索性拿起两根筷子，讲解起止血术和血管吻合术来。在座的都是刀头舔血的江湖好汉，可听他讲怎么用刀剪伸进肉中结扎血管，脸色都变得有些难看。尤其刚才那要开口呵斥的凶汉，腮帮子微微收缩，好似要吐出来。

刘福彪瞪了他们一眼，笑骂道："平时听你们灌黄汤、吹猪尿泡，个个都是关老爷下凡。真到刮骨疗伤，都尿了吧？还不如方医生一个年轻人。"他手一挥："行啦，方医生，马上要开席，就先不讲了吧。"

自家主人请客，厨房上菜速度快得很。不一会儿工夫，桌子上就摆满了热气腾腾的盘碟。响油鳝糊、油爆河虾、黄焖栗子鸡、春笋秃肺，一眼望上去油汪汪，香气扑鼻。

刘福彪道："方医生多包涵。我们跑码头卖的是力气，就喜欢浓油赤酱，上不了台面。好在食材都是苏州河里刚打出来的，还算新鲜。"方三响是东北出身，吃饭口味偏重，这样的菜肴正合胃口。正好过去一周他也累坏了，毫不客气，正准备夹菜，却发现其他人都没动。

方三响觉得奇怪，只好也把筷子放下。这时刘福彪拿起自家的一双筷子，在碗碟上依次敲上一记，其他人这才纷纷用筷子头也敲过一圈碗碟。杜阿毛知道他是外行，悄声解释了一句。

原来这是青帮里的规矩，名曰"劝钟"。青帮创始三祖翁岩、钱坚和潘清，都曾受教于罗祖教下，算是禅宗一脉，因此立下一条戒律。虽然徒子徒孙不必忌荤腥，但帮内聚餐时，须得由辈分最长者在每道荤菜碗碟敲击一下，寓意撞钟警醒，慎少杀生。余众附从跟敲，以示不忘源流。

众目睽睽之下，方三响只好也学着他们，拿筷子头每只碗碟敲了一记。席间气氛为之一松，众人开怀畅吃起来。

方三响吃菜之余，不忘开口询问，问他们是否见过一个嘴角左边有两颗黑痣的人，也许是日本人。刘福彪想了想，说没什么印象，问是什么人，方三响却不肯说了，含糊地夹起一筷子鳝丝，就这么遮过去了。

酒过三巡，伙计撤去了一些残碟，重新端上一盆菜。盆里的高汤清澈微白，里头炖的笋段淡黄、咸肉暗红，还有几块炖出乳白汁水的肥蹄髈，光看着便令人食指大动。

"先前那些菜，都是我们帮里自己厨子摆弄的。这道可不一样，新聘的三林大厨，手艺很不错，最拿手的就是这道腌笃鲜。"杜阿毛夸耀道。

方三响的筷子摆动，冲着汤里一块咸肉就去。杜阿毛忙拦住道："医学你最懂经，说到吃食还得听我的。这腌笃鲜是时令菜，咸肉只用来吊鲜味，不必去吃，真正好的是经冬的竹笋，鲜得能咬到舌头。"

周围的人都哄地笑开来，仿佛笑这小医生没见识。方三响面色一红，当即搁下筷子。众人拿筷子敲过一圈，他一动也不动。杜阿毛殷勤盛起一碗清汤，放了几块嫩笋，他只去吃别的。

刘福彪又喝了口黄酒，有意无意道："方医生，你那家医院薪资是多少？"方三响如实道："我还在实习期，一个月两元两角，包三餐住宿。"

刘福彪闻之失笑："这忒寒酸了，祥园烟馆的门房也不止拿这些。那敢问每个月收的红包呢？"方三响道："红会医院还没正式开业。就算开业了，也只收号金，不收诊金。"

席间众人忍不住喷饭，这医生真是个憨大，怕是连红包都没听过。刘福彪眯着眼睛，夹了一口冬笋在嘴里嚼动："明人面前不说暗话，方医生何不辞了那份工，来我这里？只要你在三祖牌位前磕了头，拜我做师父，从此就是青帮中人，在座的都是兄弟。我资助你在闸北开个跌打诊所，光是码头的生意就做不完。"

方三响愣了愣。他先前以为，刘福彪会请他业余时间来出个诊，可没想到对方想要的更多。他迟疑片刻，摇头道："不成。我是约定生，跟红会签了契约，违约要吃官司的。"

刘福彪眼神露出凶光："这还不简单？衙门里哪个推官来判，我叫人给他家里扔只斩头鸡，包你稳赢。"

这额头碰到天花板的大好事，方三响却只是摇头。他只认准一条，自己这条性命是红会救下的，如果中途毁约，有违方家本分。父亲方大成没留下什么东西，但这句话他一直记着。

宴席上的气氛一下子紧张起来，其他人小心翼翼地观察老大的神态。可刘福彪没有发怒，他缓缓端起酒盅，手腕一倾，半盅黄酒洒在地上：

"方医生，我同你讲一件事情。好几年前，我刚从苏北到上海，有个拜了把子的好兄弟，在租界巡捕房里做事，他人很勤勉，又特别敬业。有一次，他在福州路上捉飞贼，被狠狠捅了一刀，肚肠都流出来了。我们赶紧把他送到附近的医院，结果洋人却不肯收。你知道的，租界里的医院不能随便进，有给洋人看病的，有给华人看病的，互相不能通融。结果我们只能再转送去肯收华人的医院，这么一折腾，人在半路就没了。

"华人巡捕的薪水，是巡捕房最低的，别说阿三，连安南人都比他们赚得多。那些医院，连阿三和安南人的亲属都能进，唯独华人不能。我那兄弟，像狗一样给洋人卖命，可到头来，死了连租界医院都没资格进，只能像一条狗一样在路边等死。可有什么办法呢？医院都是洋人开的，医生也只有洋人能当。他们说治就治，说不治，你只能等死。"

刘福彪攥着酒盅，指节发红，几乎要把它捏碎："我本来也想去做巡捕，就因为这档子事，才转投了范高头。我一直在想，如果当时华人医生再多点，也许我那兄弟还能救回来。这念头想了许多年，都变魔怔了。可惜上海滩这么大，学医的中国人实在太少，少数那么几个，也都是大富豪们的座上宾，可轮不着我们这样的人享用——我请你来开诊所，可不是为了我自己，是为手下这几百号兄弟，希望也有医生能管管我们，不必再像我那个兄弟一样死得冤枉。"

他这一番话，说得情真意切，席上其他人都垂头不语。方三响愣怔了一阵，勉强开口道："我与医院实有契约，确实不方便自己出来。但您这里有需要，可以随时去找我，即使我不在，亦有其他医生。红会总医院的宗旨是人道主义，绝不会对任何人见死不救。"

刘福彪眼睛眯得更细了，轻轻把酒盅搁下。他身旁一个汉子怒道："姓方的，师父都这么说了，别给脸不要脸！"杜阿毛怕事情闹僵，出来打圆场："方医生你再想想，不必这么急着回答。"说完又转向刘福彪，"老大你不是还有别的事要找方医生吗？"

刘福彪点点头："一码归一码。你救了福山，原是该感谢的，来，喝酒！"

方三响举起酒盅，硬着头皮干了一杯，觉得酒意翻涌。两人刚喝完，门咣当一声被打开，两个五花大绑的人被人一推，膝盖双双跪在门槛上，疼得嗷嗷直叫。

"那天方医生你救下福山的时候，应该也瞧见砍他的两个人了。今天请你相看一相看，是不是这两个。"刘福彪看也不看他们，只是淡淡道。

方三响面色大变，感觉酒意一下子冲上头来。这两个人他认得，正是那天砍伤刘福山然后逃开的两个农夫，没想到他们居然被绑进了祥园烟馆。刘福彪不是讲道理的人，方三响救了他弟弟，尚且要被威胁加入青帮，这两个砍伤他弟弟的人，下场不问可知。

刘福彪追问："是不是他们？"

方三响咬了咬牙："正是，不过……"刘福彪没容他把话说完，朝那几个打手道："送去黄浦江擦船底吧。"方三响就算不熟切口，也听得明白，刘福彪这是要把他们活活沉江。

可是，整件事明明是刘福山仗势欺人在先，他们忍无可忍反击而已，就算按大清律判，也该是无罪！

那两个农夫不住地哭泣求饶，其中一个屁股下甚至飘来一阵腥臊，吓得失禁了。杜阿毛叹了口气："好好跟你们讲茶，你们偏要瞎七搭八。非要死到临头，才来告饶，晚唻晚唻！"这时他听到一阵椅子腿划过地板的尖锐声，然后方三响仗着一股醉意霍然起身。

"刘老大！"他低吼道，"我救了刘福山的人情，你认不认？"

"嗯？"刘福彪没想到方三响敢对他这么说，可前面他把话说得很满，也只好说，"自然是认的。"

"好！我就用这个人情，换他们两条性命！"

刘福彪脸色登时阴沉下来，两排黄牙咯咯磨动了几下。杜阿毛见势不妙，赶紧抱住方三响："吃多了老酒，醉了醉了。"

方三响把他推开，声量更大了："他们没做错事，为什么该死？"——这句话，在过去六年里无数次地回荡在他的噩梦中。今天趁着酒劲，他终于有机会发泄出来。

"我刘某人做事，什么时候是按对错分的？"刘福彪阴恻恻道，"倒是方医生你要清楚，人情用掉了，你我之间以后就没什么情面好讲了。"

"救他们的命！"方三响半点犹豫也没有。

"好，青帮义字当头，这一次就遂了你的愿。"刘福彪一摆手，那几个打手把两个农夫扶起来，松开绳子。他端起酒盅来："可砍我兄弟那一刀，可不能白饶。那天拿镰刀砍的是谁？"

其中一个年轻的怯生生站出来。身后打手揪起他右胳膊，垫着膝盖狠命一撅，咔吧一声，那人发出惨叫，臂骨应声而断。另外一人也被同样地折断胳膊。方三响大惊，气得要冲上前理论，却被杜阿毛死死拦住。

刘福彪面无表情地端起酒盅："自家兄弟饮酒！"然后转过脸去，不再理睬。

杜阿毛把方三响送出烟馆，小声埋怨道："方医生你酒品差得很，害得我两面吃夹档（两头为难）。等回去酒醒了，再好好想想。只要你答应来闸北开诊所，老大也不会记仇。"

言外之意，方三响若是不答应……可惜这会儿他酒意翻涌，通红着脸压根没听见，晃晃悠悠迈出祥园烟馆。身后忽然传来扑通两声，一回头，两个农夫也被扔出来了，面朝下趴在地上，背心各有一个脚印。

看来刘福彪还算言而有信，饶过了他们的性命。

方三响赶紧俯下身，去查看他们的伤势。他们的右胳膊弯成一个奇怪的角度，初步可以判断是尺骨上端的肘关断裂，至于是斜形还是螺旋形骨折，得用爱克司电光机照照才知道。

万幸的是，两人都不是开放性骨折，否则手术后的坏疽会要了他们的命。

"我带你们去红会总医院，这个骨折不尽快处置，会落下残废。"

方三响一边略带醉意地嚷着，一边在街上巡看，想找一根硬物来做临时固定。他好不容易捡到一把烂扫帚根，起身一回头，烟馆门口却已是空荡荡了。那两个农夫估计已被吓破了胆，连方三响都不想再接触，拖着断手直接跑掉了。

这可不是方三响意料中的发展。他捏着扫帚，呆愣愣地站在原地，有些不知所措。直到隔壁庆春楼上的姑娘们探出窗户，吴侬软语调笑，方三响才回过神来，拖着沉重的步子朝苏州河南岸走去。

他一贯节俭，既舍不得雇黄包车，也不想去坐电车，干脆徒步回去。

要过苏州河，这一带最快捷的是走老垃圾桥。这桥连通着北浙江路，平日多有垃圾船从桥下经过，故而得名"垃圾桥"。后来西藏路桥成为又一座垃圾桥，此桥便改名"老垃圾桥"。这里原先是座木桥，四年之前被改成了一座铁桥，上头桁架交错，状如鱼骨，煞是壮观。

方三响晃晃悠悠走到桥上，脚踩砖路，手扶栏杆。清凉的河风一吹，他的酒意消散了不少，可烦闷之意反倒更浓。刚才那一遭事情，让他浑身充满无力感，那一个无法拯救别人的噩梦又回来了。

方三响一直以为，学了医，让自己变强，便可以摆脱这种无力感，可事情不似他想象中那样。他苦苦思索着，不知不觉走到老垃圾桥中段，忽觉有些刺眼，不由得举头朝东边望去。

只见蜿蜒的苏州河上空，薄云倏然被夜风扯散，底片上显影出一轮乳白色的皎洁明月。今夜恰逢月中，那明月的形状极圆，色泽也极柔，与他在关东看到的并无二致。方三响记得，他小时候每次到了月中，都会爬到村里最高的树上，让自己沐浴在一片月光里。他从未见过亲娘，但总会猜测那种被妈妈怀抱着的感觉，应该和被月光照着一样舒服吧？

到了上海之后，他一直忙碌于学业与生计，再没有好好欣赏过月光。此时无意中又见到了满月，方三响不由得停下脚步，渴望再次找到被怀抱住的温柔。

可惜这美好的陶醉并不长久，方三响忽然听到沉重的脚步声从背后传来。他一回头，看到一个魁梧的黑影，正不怀好意地接近他。

这人他认得，胸口用红绳挂着个小佛像，吃饭时就坐在刘福彪身旁，还呵斥了他几句，好像叫樊老三。

"嘿嘿，方医生你好哇。"樊老三从腰间拔出一把斧子，面色狰狞，"这次让你全身离开祥园，以后师父怎么服众？他面皮薄，重规矩，只好让我这做弟子的拼了，哪怕被责罚，也要替师父出气。"

话音刚落，斧子已经带着风劈下来了。方三响没练过武，可一直陪父亲在深林子里打猎，打熬得眼明手快。一见对方动手，他第一时间后退了半步，堪堪避开斧锋。

他虽然酒劲未过，但基本判断还是有的。对方是老手，又有武器，绝不能硬拼。方三响大吼一声，抬腿往樊老三腹部一踹。樊老三一扎马步，运气抵御，身子居然只是微微一晃。

他微觉得意，可下一瞬间才反应过来，方三响踹人是假，借势反弹往外跑才是真。就这么一恍神耽搁，医生已经奔出去十几步远。

樊老三大怒，迈步朝前追去，眼看要到桥头，脚下却是一个趔趄。原来这座钢结构的老垃圾桥，在两端桥头都放着一根粗大的铁锁链，这是避雷用的地线。方三响跑过来时，顺手扯动锁链，在身后略微一盘，成功把大汉耽搁了几秒。

樊老三久在码头与人争斗，经验比方三响丰富得多。眼看对方占了先机，他索性把手里的斧子朝那边一甩。只见斧子在空中风车似的旋了几圈，握柄正敲中了方三响的后脑勺。

方三响顿时眼前一黑，脑后剧痛，速度缓慢下来。樊老三哈哈一笑，再次追上去。方三响晃晃悠悠朝前跑去，可后脑的伤势实在影响太大。此时街上空荡荡的，连个求救报警的机会都没有。

不知为啥，这种生死攸关的时刻，他反而有种隐隐的快意。

眼看就要被追上了，方三响忽然看到前方有两道白光，正迅速接近。他顾不得想太多，飞身扑了上去，双手挥舞着求救。汽车猛然刹住，他与司机互一对视，顿时一愣。

是姚英子？她怎么跑这里来了？

这时樊老三已经在后面嗷嗷地追上来，方三响顾不得多解释，沉声道："遭贼了！快走！"拉开门上了车。

姚英子吓了一跳，这一愣神的工夫，追兵已经快摸到车头灯了。她一踩油门，方向盘一摆，车子不躲闪，反而直直顶了过去。樊老三吓得朝旁边一闪，车子趁机从他让开的大路上疾驰而去，一会儿便不见了踪影。

不一会儿工夫，车子开回了红会总医院，停在了宿舍楼下。方三响推门出来，跟跟跄跄冲到树丛里，开始呕吐起来。他本来就喝多了酒，再加上晕车的毛病，这一路难受坏了。若不是姚英子严厉警告，只怕半路就全吐在车里了。

姚英子厌恶地耸了耸鼻子，从小包里拿出一块手帕递给方三响。方三响擦了擦嘴，把手帕递还，心有余悸："下次我再也不坐你的车了。"姚英子俏眉一立，不悦道："这条送你，龌龊死了，我还有很多！"

方三响伸出手。

"干吗？"

"你既然有那么多，再给我一条。"

姚英子还没见过这么理直气壮的，可随即发现，他后脑勺血肉模糊，是刚才被斧子柄砸的，要手帕是为了捂伤口。

"亏你还是个医生！怎么可以这么处理伤口？"姚英子大惊，"我给你去院里拿药和纱布去！"方三响一把拽住她胳膊："不用了，用了医院的东西，曹主任要扣钱的。我自愈力强，两天就起痂。"

姚英子瞪着这个要钱不要命的悭吝人，觉得这人脑子一定有病，要么就是别有隐情。她脑子转得飞快："难道说……他暗中跟刘福彪有勾结，怕让院方知道给他开除了？"姚英子越想越觉得合理，越觉得合理就越生气。你悭吝一点无所谓，但去跟黑帮勾结，太不珍惜自己的医生身份了。

"我告诉曹主任去，看他怎么说。"姚英子甩开他的胳膊，要往医院去。方三响赶忙又去拽住，姚英子"啊"了一声："疼死了，快放手！"方三响只好松开手。

姚英子揉着手腕，气呼呼地说："你跟那个青皮流氓，到底怎么回事？"方三响被这个大小姐逼得没办法，只好如实把经历说出来。

姚英子听得入神，连手腕都忘记揉了。他们三个人无意中救下那个刘福山，居然还有这么一段后续。她打量了方三响一番，对这人有所改观："他出钱给你开诊所，多好的事情，可比红会的薪水高多了，你真不去啊？"

"我需要钱，但我只尽着本分去赚。"方三响正色道，"何况六年前，我在关东是被红会救了性命；这六年里，是红会出钱教了我这门手艺。我若中途跑掉，岂不是忘恩负义？方家的脸都要丢尽了。"

姚英子先前只知道他是战争遗孤，可没想到居然是由红会救得性命——这渊源，甚至比她还深。

"所以我不能离开总医院，希望姚……呃……姚小姐你别说给曹主任听……"方三响曝着牙花子，别别扭扭地恳求道。

话说到这份上了，姚英子也不好逼迫太甚："那这样吧，你先回宿舍。我去医院弄点酒精和棉纱布，先给你清创。我去拿，曹主任不会问什么。"

"红汞就行，那个刺激小一些，也便宜……"

姚英子本想说这点小钱还算计什么，蓦然想到孙希那个"蒲公英"的比喻，觉得还是别刺激他的自尊心为好，便点头说好。

方三响向她道谢，捂住手帕匆匆回自己房间了。姚英子目送他的背影消失在楼门口，揉了揉手腕，转身朝医院楼走去。

远处小楼在黑暗中矗立着，只亮着两三盏昏黄的灯，仿佛一个人睡眼迷离，即将睡去。她的一位英语家庭教师说过，医院里面常年积聚着人类的喜怒哀乐，是最容易产生灵魂与意志的地方。它会拥有什么样的灵魂，取决于里面是什么样的人。

姚英子心想：什么赋予灵魂，这不就中国说的"成精"吗？她看着远处的景象，忽然好奇，如果医院成精的话，会是什么模样？很多影子在她脑海里走马灯似的闪过，最终定格成一个穿着白大褂的年轻人，虽然面目模糊，可形象又清晰无比。

"他应该从南非回来了吧？不知去了哪里高就，也许就在上海。还有哪里比这里更适合行医呢？"

她想着这些，刚走过宿舍楼，一抬头，忽然发现前方路灯下有一个人影，脚边一个藤箱。这影子挺拔匀称，她很熟悉，甚至可以说是她最熟悉的身影之一。

"英子。"一个女子的声音传过来，带着淡淡的广东腔，清脆而富有力量。

"张校长？"

姚英子睁大了眼睛，旋即面露惊喜。她想扑过去给对方一个拥抱，冲到一半却停下脚步，面露畏怯。因为路灯下的张校长，左手垫在右手肘关节处，右手食指有节奏地点着太阳穴——这是张校长的招牌动作，要蓄势批评人了。

若说这世上有一人能镇住姚英子的话，不是她爸爸，也不是沈敦和，而是这位张竹君校长。

事实上，莫说姚英子，就是沪上那些眼高于顶的报章主笔，提及张竹君时，都会恭称一句"岭南女侠"。她是广东番禺人，光绪二十六年（一九〇〇年）毕业于南华医学堂，与孙逸仙算是校友，是大清极少有的几个女西医之一。张竹君极有主张，一毕业便带头捐献首饰妆奁，建起了褆福、南福两座医院，面向贫民开设义诊，开岭南之先。

光绪三十年（一九〇四年），她只身来到上海，创办了沪上第一家女子专科医校——女子中西医学院，担任校长，亲自授课，声言要为女子在医界争得平等之地位，名气极大。

姚英子本来打算追随颜福庆的步伐，去圣约翰大学念书，可惜那里不招女子。她偶尔读到《申报》对张竹君的报道，便义无反顾地跑来女子中西医学院，一读便是六年时间。张竹君对女学生很关心，周详备至，但治学极严，轻则训斥，重则鞭笞。所以姚英子对她又是极敬佩倾慕，又是畏惧到了骨子里。

"您……什么时候从广东回来的？怎么不提前拍个电报？我好去接您。"姚英子问。

"哼，我刚下火车，本想先来探望一下你，却被我看到这种事。"张竹君淡淡道。她鼻翼两侧的法令纹朝中间绞了一绞，姚英子立刻感觉被掐住了脖子似的。

"学生……学生没干什么呀！"姚英子有点莫名其妙。

张竹君一指宿舍楼门口："唔好讲大话（不要说谎），我亲眼见你刚和一个男子从车上下来，互相拉拉扯扯。这么晚了，你们是去哪里了？"

姚英子愕然张嘴，知道这误会大了，可又有点不服气："张校长，怎么您也跟封建家长似的？您不是常说，要砸烂父母之命、媒妁之言这样的陋习，恋爱自由是女子争取权利的第一步吗？"

张竹君恨铁不成钢："你毕业离校时我叮嘱你的话，可是全忘啦？我不是不许你谈，如今你连实习期都没满，诸事未成，就谈起朋友来，还有精力在医学上钻研吗？"姚英子见校长真动了怒，赶紧拉起她的手来，解释了一通。张竹君面色稍霁，将信将疑道："所以你只是偶尔路过，救下一个同事而已？"

"对啊，今晚之前，我都没怎么跟他讲过话。您说我会喜欢那样的人吗？"姚英子简单地讲了讲方三响的情况，张竹君这才放下心来，可很快又眯起眼睛。

"可北浙江路离这里好远的，也不在华格臬路附近，天光都暗了，你开车去那里做乜（做什么）？"

张校长每次发出质疑时，眼角都会朝两边微挑。她的颧骨很高，嘴唇微薄，这么一挑，整个脸型会变得尖锐，仿佛一把匕首抵近。

姚英子有点慌乱地回答："随便开车去兜风嘛！"

这话说得半真半假。她无意中遇到方三响是真的，但可不是兜风去的。那天下午，孙希故意气跑了她，然后只身去了闸北。姚英子一直很好奇他去那儿做什么，这才决定去偷偷探查一番，没想到居然会撞见方三响。

当然，这是绝不能说出口的，否则张校长非气死不可。

好在张竹君没在这个话题上纠缠太久："你先去拿药给他吧。要记得检查一下创口周围，有无骨折迹象，不要用眼睛，用手去摸——我就在这里等你。"

"您怎么不去医院里等？那边有接待室可以坐。"

"沈敦和的地盘，我不要进去。"张竹君摇摇头，眼神里闪过一丝不屑。

姚英子知道校长的脾性，也不多劝，赶紧跑去医院拿上东西，迅速送回宿舍。方三响正要道谢，姚英子却不敢再多说话，替他清完创，赶紧又跑到楼下来。

张竹君此时仍站在路灯下等候着，腰杆挺得笔直。她留着一头利落的齐耳短发，穿的是男式长衫，脸上略无粉黛。头顶的昏黄光亮洒下来，深陷的眼窝里投出阴影，让一双杏眼显得格外深邃。

姚英子跑回到校长身边，大口大口喘息。张竹君摸了摸她的头发："虽然这次是误会，可英子你要记得。女子欲要争取独立之地位，必先有独立之事业。你白白读了几年医科，难道甘心回家里相夫教子吗？"

姚英子亲热地挽起老师胳膊："放心吧，我现在还没考虑过那种事。"

张竹君环顾四周，语气缓和了些："在这个老大帝国里，做女人不易，做女医士更不易，未来会有无数歧视、偏见、辱骂和鄙夷泼过来。我们若要做出令男子哑口无言的事业，帮更多女子同胞摆脱压迫，总要在其他方面有所牺牲。这是先行者的命运。你明白吗？"

姚英子乖巧地"嗯"了一声。张校长已经三十二岁，身边不乏追求者，可至今未嫁。她说出这番道理来，所有女学生都是极服气的。

"好了，不说这些大道理了。"张竹君挽起她的手，"跟我说说，你进了这家红会总医院之后，都做了什么？"

"挺好的呀！"

"别用这种模糊的词，医生讲话要精确，容不得含糊！"

这一下姚英子可有点尴尬。总医院刚刚落成，还没正式开诊。她内、外科都待过，药房、割症室到处溜达，没事还去摆弄一下那台贵重的爱克司电光机，过得自由自在。她扭扭捏捏地讲完，张竹君的眉头又皱起来。

"我在学校里就跟你说了，让你尽快定下专业方向。你个百厌星都当耳边风了？"

"我这不是还没想好吗？"

"妇科、幼科、五官科、骨科、牙科、传染病……随便哪个分科，都够你钻研几十年的。你这不是学医，是玩医！"张竹君训斥道。她太了解自己这个学生了，聪明是不缺的，人品是善良的，唯独带着富家大小姐的散漫习气，没有危机感，做什么都像在玩。

"我当初劝你不要来这家医院，你偏要来。你个衰仔年纪小，不懂这些，那个沈敦和难道也不懂？他把你扔在这么个偏僻地方，不闻不问。我看哪，他是存心要废掉我一个好学生！"

张竹君一提这个名字，眼神里就射出危险的光芒。

这是姚英子最无奈的一件事。这位张校长不知是八字还是血象跟沈伯伯不合，对沈伯伯极有意见，逮到机会就要开言嘲讽。姚英子毕业后来红会总医院，恳求了无数回张校长才勉强同意，但一直计较到现在。

"不要因为你们两家是世交，就觉得他是好人。"张竹君恨恨道，"沈敦和办慈善名头很大，可内里的龌龊，很少有人知道。你非要来这家医院，我拦不住，但如果他们要搞出些事情来，我可不会容忍。"

姚英子两面吃夹档，露出苦相。张竹君拍拍她的肩膀："好了，这都是大人之间的事，你们小孩子不必参与。你目前最关键的，是尽快把专业定下来，别耽误时间。"

她一边说着，一边从藤箱里摸出一个布袋："我给你带了几块普宁南糖，赶上初春还不会坏，趁新鲜吃吧。"

一听她这么说，姚英子知道训诫总算结束了，如释重负，雀跃地接过布袋，从里面拿出一块放到嘴里。这东西是用猪油和麦芽糖熬成糖浆，再浇在炸好的花生上头，吃起来外软内酥，香甜醇厚，比之巧克力毫不逊色。

张竹君见她吃得开心，无奈地摇摇头，说自己也差不多该回去了。姚英子嘎巴嘎巴嚼着南糖，自告奋勇要开车去送。

两人朝着凯迪拉克走去，他们都没听见，路灯上方忽然传来轻轻的"咔嗒"声，二楼的一扇窗户悄悄关上了。孙希趴在二楼床上，放开屏住良久的呼吸，眼神在黑暗中变得复杂起来。

他本来都要睡了，可忽然听见楼下有人讲话。孙希偷偷摸摸地把窗户打开一条缝，支棱着耳朵，把姚英子与张竹君的对话听了个全。孙希无意窥人隐私，可张竹君那句话在他心中激起波澜：

"沈敦和办慈善名头很大，可内里的龌龊，很少有人知道。"

冯煦交给孙希的任务，他一直没找到突破口。眼下听张竹君的意思，她似乎对上海万国红会的善款弊案有所了解。

要不，去找她聊聊？不过这位张校长看起来不太好惹……

孙希顺手把冰凉的棉被往上扯了扯，忍不住长长叹了一口气。也不知是因为湿冷的被窝还是因为别的。

而在他的隔壁，方三响也在辗转反侧。他的原因倒简单，纯粹是疼痛无法仰卧的缘故。

次日一早，孙希从房间出来，看到旁边方三响也走出来，两个人都顶着浓重的黑眼圈。因为之前典礼上的口角，他们彼此相见，还有点尴尬。最后还是孙希先打破僵局："你后脑勺怎么了？"

"不小心撞伤了。"方三响含糊地回答。

其实孙希早知道怎么回事，不过这棵"蒲公英"受不得刺激，他便立刻转了话题："哦，对了，今天峨利生医生有个小研讨会，要讨论血管吻合术中的动脉痉挛处置。你上次露的那一手，他很感兴趣，要不要一起去？"

"不了。我那只是救个急，上不得台面。"

"峨利生医生对那招评价很高呢，他说医生既需要精细严谨，同时也该像狮子一样勇敢。不考虑来我们外科吗？"孙希笑嘻嘻说。

"我跟曹主任说了，我会去报内科，补贴虽然不如外科，但空闲时间多一点。"

"内科分支可多了，说不定我能给你些好建议。有没有具体方向？"

方三响看了他一眼："聋哑病相关，至少能清净点。"

"……喂！"

两个都是年轻人，几句话聊下来，那点不愉快也就没了。两个人一起去膳食处随便吃了口早饭，走到医院楼前。让他们惊讶的是，一贯爱迟到的姚英子居然早早就到了，还一本正经地跟曹主任讨论着事情。

方三响看到她在，表情一窘，不知该不该主动打招呼，旁边孙希已经大大咧咧扬手示意。曹主任一见孙希来了，先检查他有没有戴好假辫子，然后没好气地甩过一张《申报》来："瞧瞧你们俩。医院的脸面都丢尽了！"

报纸上有一条特别报道，标题是《六年前离奇车祸牵奇情，名姝报恩学医入红会》，内文写得颇有传奇小说色彩，仿佛记者就在现场。文章对姚英子评价颇高，对红会总医院亦不乏赞美之词，唯独配的那张照片不太对头：前头姚英子略显腼腆，这也就罢了；后头孙希与方三响相撞的狼狈模样，居然没被处理掉。

万幸照片精度不高，看不出孙希没戴假辫子，否则曹主任要上门去求报纸撤稿了。

方三响趁曹主任在训斥孙希，对姚英子小声说："昨天谢谢你……"顿了顿，又一本正经补充道："两块手帕，还有这份人情，我会还的。"

姚英子心说你昨天可差点给我惹了个大麻烦。她眼珠一转，促狭道："好啊，你打算怎么还？"方三响"呃"了一下，猛然卡住了。姚英子见他面露窘迫，鼻尖居然微微沁出汗来，突然又于心不忍。

这家伙只是有点认真过头，其实人还不错。为了两个素不相识的农夫，他敢和刘福彪那样的大流氓闹翻，这得需要多大的勇气。

"好啦，好啦，你请我去荣顺馆切个腌笃鲜好啦。那里都是浦东的师傅，总比闸北青帮的手艺好。"姚英子笑道，"最多我吃笋片和蹄髈，你吃咸肉。"

这边厢曹主任刚完成训诫，就见一个人风风火火闯进楼里。方三响一见是杜阿毛，不由得大惊，以为刘福彪这么嚣张，直接打上门来了。可再一看，他神情惶急，连脚下的鞋子都少了一只，不像是来寻仇的。

"方医生，方医生……"他一进门就连声喊起来。曹主任很不高兴地呵斥道："这里是医院重地，不要喧哗！不要喧哗！"杜阿毛却已看到方三响，几步要冲过来，脚下突然一软，瘫坐在地上。

方三响走过去，发现杜阿毛的状态有些异常，面色煞白，尤其是口唇和指甲隐隐发青。这时孙希和姚英子也围过来，迅速检查后发现他心率过高，额头发烫，姚英子还闻到一股奇怪的臭味，一低头，发现杜阿毛的裤子被可疑的液体洇湿了，不由得喉咙一呕。

杜阿毛虚弱地嚷道："伤寒！伤寒！他们发伤寒了！"曹主任一听这两个字，双颊一颤，第一时间朝后倒退了十几步，嗓音变得比平常更尖厉，像只被踩住脖子的公鸡："册那！伤寒啊！快！快把他抬出去！"

也不怪曹主任如此惊惧，伤寒二字，对上海人来说如阎王宣旨。它几乎每年春秋之季都会暴发一到两次，染疾者少则几百人，多则上万人，极为可怕，与霍乱并称"时疫双煞"。

这时候正是上班时段，楼门口聚着很多医护与院工。他们听到曹主任这么一嗓子，不明就里，都有些慌乱。一时间人头攒动，混乱不堪。就连孙希与姚英子，都下意识朝后退去。

只有方三响还保持着冷静，大声喊道："不要惊慌，伤寒不会通过空气传播！"孙希一拍脑袋："对呀，我怎么忘了，伤寒是粪口传播，简单的接触不会有事。"可让他这么靠近一个上吐下泻的病人，孙希总觉得有些心理障碍。方三响却不怕这个，俯身将杜阿毛搀扶起来，送到旁边的躺椅上："到底怎么回事？"

杜阿毛断断续续地讲了起来。原来昨晚方三响离席之后，刘福彪和几个弟子、手下又吃喝了一通，当晚抽了一阵大烟，叉了一会儿麻将，索性在烟馆留宿。结果到了清晨，陆陆续续都猛烈腹泻起来，连带着剧烈腹痛和发烧。

也不知怎么传的，烟馆里的人都当是伤寒病，吓得立刻全逃走了，连附近的医生都不敢进来。官府的人赶到以后，只把周围封锁起来，不让人靠近。事实上，往年华界只要有伤寒闹起来，能做的就只是断绝接触，坐等病人自愈，或者死掉。

杜阿毛的腹泻症状，比其他人要轻些。他总算还讲义气，自忖在闸北得不到帮助，便寻了个机会偷偷溜出烟馆，来红会总医院求援。

姚英子冷笑："这年头报应来得真快啊！昨晚还在追砍医生，今天倒过来求治了。"杜阿毛有点迷惑地转动眼球，似乎不明白她的意思。方三响摇摇头道："我们都是发过希波克拉底誓言的，总不能见死不救。"

可伤寒该如何救治，方三响有点含糊。"优等生，你治过伤寒吗？"他问孙希。孙希一摊手："我是外科专精，这些可不在行。不过闸北那边脏乱得很，暴发伤寒也不奇怪。"

他记得在去拜访冯煦的路上，看到沿街满是各种垃圾，污水肆流，早春三月就弥漫着熏人的味道，蝇群缭绕、老鼠钻行，估计再过十几天，蚊子也该上阵了。这么肮脏的环境，什么传染病暴发都不奇怪。

方三响瞪了他一眼，现在发这种感叹有什么用？

"这恐怕不是伤寒，我的孩子们，你们应该缩减在课堂上打瞌睡的时间。"

一个声音忽然在身后响起。两人转头一看，一个留着浓密络腮胡的洋人双手插在兜里，笑嘻嘻地走过来。

这是柯师太福医生。他是红会总医院负责内科的主任，爱尔兰人，业务精熟，性格却跳脱得像个意大利人。在红会医院，外科是峨利生掌管，内科便是这位说了算。他一出现，方三响和孙希赶紧起身让开。

柯师太福教授径直蹲下去，一边给杜阿毛检查，一边用汉语念念有词："诊治病患就像对付女人，你千万不可自作主张，得仔细观察她。她的心情不会直接告诉你，可全写在身体上了。"

方三响和孙希对这位的轻浮作风早习惯了，静等着下文。

"你们看，虽然患者有头疼、高热、腹泻的状况，但他的肝脾并不肿大，皮肤也没有浮现玫瑰疹。这些都是判断伤寒的重要依据。从腹泻频率和喷射呕吐的情况来看，我认为更像是赤痢。"柯师太福医生站起身来，像是在课堂上一样发问，"他们的发病时间是怎样？"

方三响详细询问了杜阿毛，得知刘福彪他们是从早晨六点左右陆续开始腹泻，发病时间所差无几。

柯师太福医生若有所思："伤寒的潜伏期最快也要一周。这九个人就算同时感染，根据体质不同，发病时间也不会巧合到同时。这甚至不是医学问题，而是概率问题。"

"而且伤寒起病缓和，很少会来得这么急？"方三响也回忆起教科书上说的了。

"很好，如果你不用疑问句就更好了，很少有女人喜欢不自信的男人。"柯师太福医生眯起眼睛，"更大的可能，是急性赤痢——我问你们，痢疾传播的三种主要途径是？"

"苍蝇蟑螂、污水和被污染的食物。"

"很好。考虑到患者几乎同时发作，我们不能排除一种可能：昨晚他们或许同桌进食过。"

他话一出口，方三响、孙希、姚英子脸色齐变，后两人看向前者的眼神都变了。方三响也有些惊慌，连忙举起手道："我没有任何不舒服的地方，哎呀……"

远处的曹主任本来要凑近，一听这声哎呀，吓得又躲远了几步。原来是方三响急于澄清，扯动了后脑的伤口。孙希伸手去摸他额头，见一切正常，才满腹狐疑地放开了手。

姚英子见瞒不下去了，便简短地把事情原委说给曹主任和柯师太福医生听。曹主任听完气得直哆嗦，可又不敢靠近去训斥，只能用食指对着方三响抖动。

楼前的这场混乱，终于把沈敦和也惊动出来。曹主任一见他到了，立刻跳过去告状，可沈敦和听完之后，没有发表任何意见，先走到柯师太福医生身旁。

柯师太福医生讲出自己的判断，然后说："我去给患者做一个血涂片，顺便取些大便样本，数一下菌群——哎呀，真是美好而充实的一天。"

杜阿毛被两个院工抬走时，抬起头连声喊着："不只我，不只我啊！他们还在烟馆里，求求你们去救救他们！"他的呼喊逐渐远去。沈敦和背起手，扫视在场的三个实习医生。

"这么说，在闸北的烟馆，这样的患者还有九个？"

"是的。"方三响道。

"我去过几次闸北，那里的环境很糟糕。无论赤痢还是伤寒，一旦暴发，一定会引起大范围的感染。"沈敦和忧心忡忡。

只有曹主任听出了端倪，赶紧说："我会立刻通知上海自治公所，他们不是有卫生处吗？"

其时朝廷刚刚颁布《城镇乡地方自治章程》一年，上海开设了自治公所，在华界城厢实行市政自治，卫生正属于其辖下。

沈敦和问："在过去三年里，上海华界一共出现过几次传染病暴发？"曹主任胆子虽小，可记性特别好，立刻报出了数据："七次，两次赤痢、三次伤寒，还有一次白喉和一次吊脚痧。"

"面对疫情，华界官府做过什么吗？"

"呃……封路啊，收尸啊……"曹主任说到后来，自己都觉得不合适了。

沈敦和缓缓道："落成典礼上的演讲，你们都听到了。红会总医院的定位很明确，就是服务于华人公众。而这个服务的一项重要内容，就是防治时疫，填补官府工作的空缺。"

"可是……"

"这家医院是用社会善款建造的，如果碰到公共事件，我们却拒绝介入，那么它就失去存在的意义了。"

曹主任擦了擦额头上的汗："可是我们没有足够的人手。内科的正式医生只有三个，剩下的都是没毕业的实习医生，他们能干什么？"

沈敦和笑起来："这一次时疫还未扩散即被发现，对这些孩子来说，难道不是一次很好的实践机会吗？"

曹主任悻悻无语。沈敦和看向方三响、孙希和姚英子："本院的第一个病人，就是你们三个一起救治的。既然这么有缘，这一次的闸北时疫调查工作，也交给你们三个好了。"

"能不能别让英子……"曹主任刚说一半，话就被姚英子的眼神堵了回去。

这时孙希有点委屈地举起手来："我是外科，也要参与疫病防治吗？下午我还有个枪弹取出术的病例研讨。"柯师太福医生拍拍他的肩膀："我去找峨利生帮你请假。医学理论分内、外，人体可不分。想搞清楚这个精妙物体的运转方式，只关心一部分是不对的哟。"

孙希也只好唉声叹气地表示同意，还不忘哀怨地看了方三响一眼。

"你们的任务很简单，找到疾病源头。"沈敦和又叮嘱了一句，"但要记住，现实比课本更复杂，尤其是在疫病领域。"

三人齐声应和，然后匆匆各自去准备了。

望着他们三个稚嫩的背影，曹主任忍不住又念叨了几句。柯师太福医生觉得好笑，看了他一眼："我说老曹，你担心太多，可是会伤肾的，害人害己。"

曹主任一哆嗦，强行舒展双眉："这三个家伙，医院落成还没一周，已经招惹了报社和黑帮，连朝廷都差点得罪！真不知道未来还会闯什么祸！"

"未来吗？"柯师太福医生面色略显凝重，"老曹啊，我总有一个预感。"

"哦？您说，您说。"

"我感觉，一股席卷中国的风暴，就快要来了。这家医院也许要面对更加复杂的局面，这些未经人事的小家伙，得尽快成熟起来才行。"

曹主任哈哈大笑："医生您是英国人，对中国了解不够深哪！"

"我是爱尔兰人，谢谢。"

"好，好。我告诉您吧，如今宣统皇上春秋正盛，大清未来只会越来越安稳。"

见曹主任说得无比自信，柯师太福医生"哦"了一声，不再说什么。

半个小时之后，方、姚、孙三人抵达了祥园烟馆。几个黑瘦的兵勇挪开拒马，一个卫生处的官员与他们三人接上头，絮絮叨叨地介绍起情况来。

暴发时疫之后，自治公所第一时间派人封锁了烟馆进出口，并在附近洒了几圈石灰。不过他们能做的，也仅此而已了。整个上海只有十九家正式医院，绝大多数设在租界内，华界的医生数量本来就少，还都是分散开诊，卫生处根本没有足够的专业力量。

若红会总医院不派人来支援，他们只能按老法子，让里面的人自生自灭。

但卫生处官员明显没想到，总医院派来的居然是三个年轻人，而且有一个是……女的？他上上下下打量了一番，眼神里满是不信任。

"方医生、孙医生，这边走。这位，呃，姚女士还是在门口等着吧。"官员说，"瘟神在室，女的进去不太吉利。"

姚英子眉头微微一皱，方三响停下脚步，看向官员："请你叫她姚医生。她和我们一样，都是受过专业训练的医生。"对方还要说什么，孙希拽住他胳膊到一旁，笑容可掬地小声补充："姚永庚知道吗？他家千金。"

官员吃惊地又看了眼姚英子，仿佛不相信一个有钱人家的千金会自蹈险境，末了只好默默退开。

"谢谢。"姚英子小声说。孙希不以为然地摆了摆手，而方三响已经先一步踏入馆内。

这是方三响第二次踏入此间，不过相隔十几个小时，气氛已变得截然不同。

昔日喧闹鼎沸的馆内，如今却静得如同义庄。除了刘福彪和那八个倒霉手下躺在大烟榻上奄奄一息，其他人跑得干干净净。屋子里除了呛人的大烟味，还多了刺鼻的屎尿味，刺激得让人几乎睁不开眼。

祥园烟馆和其他老烟馆一样，有一个极不健康的习惯：他们几乎不会开窗通风，让大烟味日复一日地缭绕、沉积，美其名曰"养厚味"。哪家的烟味厚，烟客就觉得哪家更靠谱。

所以他们三人一进馆内，先把所有的窗户、大门都打开，尽量保持通风。运气还不错，刚开完门窗，就有一阵微风穿堂而过，把秽味荡涤到可以容忍的地步。

三人走到烟榻前，挨个审视过去。昨晚还生龙活虎的青帮汉子们，如今却瘫软在榻上，一个个面容枯槁，整个人都陷入自己排泄出的恶臭里。排泄物半糊状半水样，红白相间，煞是吓人，里面还泡着熬了一半的大烟膏子。几个净桶歪倒在一边，来势太猛烈，根本没来得及用。

方三响看到昨晚袭击自己的那个家伙，像是虾米一样弓着身子，一层汗水浮在油腻的面孔上，几乎快屙得脱了形，不复昨日的凶悍。而旁边单独一榻的刘福彪，更是憔悴得不像话，眼窝深陷，枭雄气势被持续不断的腹泻冲刷得涓滴不剩。他似乎还残留点精神，睁开眼睛看到方三响。

"放心好了，这一次有医生来救你，不会和你那兄弟一样。"方三响低声道。刘福彪哼了几声，不知想表达什么，很快又把手无力地垂下去了。

三人分别检查了三个人，然后在房间外面碰头商量。青帮汉子们的症状跟杜阿毛差不多，发烧、呕吐、腹泻以及腹部剧痛。不过无论症状多严重，身上都没见到玫瑰疹。

综合其他指征，这几乎可以断定不是伤寒，看来柯师太福医生的直觉是对的。方三响跟其他两人暗自松了一口气。赤痢虽然可怕，但跟伤寒比起来，还是小巫见大巫。

孙希不放心，还带了本英文的传染病学教材来，当场对着患者辨认了一下。

虽然他们的任务是找到污染源头，但也不可能放任九人在这里。他们腹泻得太厉害了，必须尽快补水，否则很容易造成脱水性休克，会出人命的。

"我们分一下工。"方三响对其他两人说，"我来采集那九个人的血样和粪便样本；孙医生，你去找自治公所的警察，想办法找到离开烟馆的那些人，源头找出来之前，别让他们乱跑；姚医生，你到附近的老虎灶弄点热水送过来，让他们保存体力。"

其他两个人听出来了，方三响这是把所有的脏活和累活都包揽下来了。孙希倒乐得轻松，姚英子却很不满："你觉得我们会拖你后腿吗？"

方三响摇摇头："不，我只是想知道，为什么我会没事。"

这确实是一桩最大的怪事。当晚青帮汉子们吃过饭之后，除了吸食几口大烟，没再吃别的，那顿饭的嫌疑最大。但方三响昨晚也同桌进食，而且吃得不少，怎么会安然无恙？

姚英子知道他不愿意欠人情，耸耸肩："好吧，随便你。"

其他两个人退出烟馆，各自去忙分配的任务。方三响独自站在屋里，呆了呆，从绣着红十字的挎包里取出几个深色玻璃瓶，也不嫌地上有多脏，直接趴下开始搜集起来。

九个人的粪便、脓血和尿样，都需要分别搜集，依次编号，再用橡皮膏贴好。这是个既细致又肮脏的活，好在方三响早就习惯了。跟满是难民与伤员的营口港医院相比，这里简直干净得像皇宫。

他搜集完成之后，卫生处那边也把热水送来了。同时抵达的，还有总医院那边传来的消息。工作人员在杜阿毛的粪便里观察到了福氏志贺菌，证明他们三个的判断没有问题。

方三响与姚英子给热水加了几撮盐，给那九个人硬灌进去，让他们稍微恢复了一点精神，然后叫卫生处的人帮忙抬上马车，尽快送去总医院救治。

可卫生处的官员不肯配合。方三响解释说赤痢只会通过粪口途径传染，不会通过空气传播。可那官员拒绝放行，仿佛那九个人一旦离开烟馆，就会化为瘟疫四处传播似的。

方三响和姚英子好说歹说，卫生处的官员把他们俩拽到一边，一脸苦笑："我是相信两位的，可周围那些老百姓都迷信得很。众目睽睽之下，你们要没点说法就把他们运走，只会引起骚乱。我也不好交代。"

他说得客气，但态度坚决。方、姚二人面面相觑，只好再度回到烟馆里。

为今之计，只有找到传染源，才能打破僵局。他们总算明白，为什么沈敦和院长说现实比课本更复杂了。

孙希一直没回来，他们两个人在烟馆里来来回回转了几圈，最后走入昨晚的雅间。

只见桌子上的碗筷碟盘堆得乱七八糟，残羹冷炙，一片狼藉，还没来得及收拾。姚英子嗅了嗅，眉头轻皱："这样的菜色也好请人吃饭，我闻都不要闻。"

方三响盯着桌面上的那些油乎乎的碟子，陷入沉思。

赤痢的传播途径是什么？教科书上只说了是以苍蝇蟑螂、被污染的食物与水源为媒介的粪口传播。这是一种高度概括的说法。至于现实中的传播过程，却没那么简单。也许是几条路径的复合，也许是一个匪夷所思的情形。这需要的不光是洞察力，还要有想象力。

眼前这个餐桌，很可能就隐藏着传染的根源。可他们眼下没有检验工具，不可能做现场检验。

那要怎么办才好呢？

姚英子好奇地碰了碰一个酒盅，又嫌弃地拿开手指。她见方三响在发呆，道："文明书局出过一套英国小说，叫《福而摩司包探勘案记》，你看过没？"

方三响平时啃专业书已很吃力，又忙着兼职做工，哪有时间看闲书，只是摇摇头。

"书里有个伦敦的大侦探，叫福而摩司，是个料事如神的诸葛亮，什么都瞒不过他。哎呀，应该让孙希来讲，他一定知道得更清楚。"

"你到底想说什么？"方三响有些不悦。

"这个福而摩司在书里讲过一句话，我印象很深。他说只要把一切不可能都去掉，剩下的就是真相。"姚英子双眸闪动。

方三响还是没懂她的意思。姚英子气得敲了他脑袋一记："榆木棺材头！你想想，同桌十一个人，只有你没事。那么一定有什么事情，是他们做了但你没做的。"

"我们在一起吃饭啊，还能有什么……"

"对啊，吃饭。那你想想，有什么菜他们都吃了，唯独你没吃？桌上一共这十几样菜，逐一排除，难道还想不到吗？"

"腌笃鲜？"

经姚英子一提醒，方三响一下子想起来了。当时他因为被人嘲笑不会吃，出于自尊心，干脆碰也没碰那盆东西。

"是了！桌子上的其他菜我都吃过，唯独腌笃鲜没有！"

姚英子本想说你口味还真不挑，猪食也吃得这么高兴，可考虑到蒲公英的性格，忍着没吭声。方三响围着餐桌转了一圈，腌笃鲜的汤盆还在，但里面一点渣都没剩——看来这大厨手艺很受欢迎。

答案昭然若揭，应该是这道菜受到志贺菌污染，才导致的这场悲剧。他本想把汤盆拿回去检验，可脑子里一转："不对。"

"什么不对？"

方三响把孙希留下的那本传染病书翻开："你看，书上是这么说的——痢疾杆菌在一八九八年由日本学者志贺洁发现，故名志贺菌。该菌对酸性物质、高温十分敏感，日光直接照射三十分钟或六十摄氏度加热十分钟即可被杀死。"

"这怎么了？"这次轮到姚英子有点糊涂。

"腌笃鲜要炖煮多久？"

"我家厨子做的话，怎么也要两个小时才能入味……啊！原来是这样！"

姚英子一下子明白了。就算腌笃鲜的食材被痢疾杆菌污染，可在火上炖过两个小时以后，什么细菌也都死光光了，怎么会传染给人？

事实上，预防痢疾最重要的一条措施，就是喝热水、吃熟食。

这一下，又进入死胡同了。方三响再也想不出，除了腌笃鲜还有什么他没吃的。他只好提议去厨房看看，于是两人顺着雅间旁边的一条小走廊，来到了祥园烟馆的后厨伙房。

上海有句俗话，叫"交友莫探底细，吃宴莫近伙房"——交朋友不要太刨根问底，否则连朋友都没得做了；参加宴席，不要去厨房里看，怕你饭菜都吃不下。

祥园烟馆的伙房，极其生动地诠释了这句俗语。厨子们此时已经逃走了，满地都是烂菜叶子、鱼鳞、肉皮；泔水缸上搁着块板子，新鲜猪肉就扔在上面；灶边就是个大垃圾堆，一挥手能炸起来一片绿豆蝇。那些苍蝇盘旋几圈，旋即落在一把脏兮兮的菜刀和案板上，因为那里有一块块从未洗过的黑色血渍。

房梁上吊着几块看不出颜色的火腿和熏鱼，居然有白色的蛆头从肉皮底下探出来，饶有兴致地摆动着。

方三响还没什么，姚英子先忍不住捂嘴干呕起来。他赶紧过来询问，姚英子却恼怒地一把推开他："你吃过这个厨房里的东西！你也是病菌！别靠近我！"

方三响这下可犯了难，他刚才是发愁找不到污染源头，可现在这源头……实在太多了，反倒不知该如何下手才好。这种卫生状况，能坚持这么久不出事，才真的是奇迹。

关键是，这些污染没法直接证明痢疾的来历，毕竟端上桌的饭菜都是加热过的。虽然也有几盘小凉菜，但他自己都吃过，并没有什么反应。

这条路，也没法进行下去，调查又陷入了僵局。方三响只好在厨房来来回回地转悠，希望能找到什么线索。

"说起来，刘福彪又逼你拜师，又暗中袭击，你怎么还这么上心地帮他？就不怕变成东郭先生吗？"姚英子好奇地问。

"现在我是医生，他是病人。医生拯救病人是天职，这跟旁的恩怨都无关。"

听到这话，姚英子心中不禁一动，一个身影似乎又浮现出来。她霎时心跳有些快，为了掩饰，随口抛出一个问题：

"那万一你俩仇深似海呢？比如说他跟你有杀父之仇，你救不救？"

方三响正在弯腰观察炉灶，听到这个问题，肩膀一颤。在漆黑的炉膛内，蓦然闪过一张脸，那是一张和尚的面孔，嘴角有两颗黑痣。他赶紧移开视线，漫无目的地在厨房里扫视，扫过灶台，扫过铁锅，扫过铁锅旁边的一筒竹筷，只求那幻觉尽快消失。

姚英子一下想起来，方三响是战争孤儿，这问题问得太不妥当了。她连忙说她是随口瞎讲的，别当真。冷不防方三响伸过手来，紧紧抓住她的手腕：

"我……我知道了！我知道了！"

"快放开我！你知道什么？"姚英子一心只想把那只刚摸过灶台的脏手甩开。

方三响放开她的手，冲回雅间，小心翼翼地把腌笃鲜的汤盆拿出来："我知道了！罪魁祸首，就是这个汤盆！"

"刚才你不是说加热后不会有志贺菌吗？"

"食物当然是干净的，但这个汤盆就不一定了。如果它本身已受到污染呢？"

姚英子先是眼睛一亮，可随即又疑惑起来："就算汤盆被污染，但腌笃鲜的鲜汤可是高温的，一浇下去不就把细菌全烫死了吗？"

方三响摇摇头，用手指虚点了一下汤盆的边缘："这个汤盆的里面是干净的，可你看这一圈盆边，还有容器外侧，都是热汤接触不到的地方，说不定上面有志贺菌。"

"难道……难道他们被传染，是因为去舔汤盆边缘吗？恶心！"姚英子几乎要尖叫起来。

方三响哭笑不得，拿起桌子上的一把竹筷："不是……他们青帮有个规矩叫劝钟，每道菜，得轮流拿筷子敲一下边，才开始吃。唯独腌笃鲜上来的时候，我心里有气，就没跟他们一起敲。"

姚英子撇撇嘴，心想这都是什么臭规矩："那我不明白了。你要说餐具被污染，应该都污染才对啊，怎么只有这个汤盆闹出事情来了呢？"

"杜阿毛说过，其他菜都是烟馆原来的厨子做的，唯独这道腌笃鲜，是从三林刚请来的大厨做的。"

这下子，整个传播过程算是推测出个大概了。

那位三林厨子手上，一定沾染着志贺菌，并且没有做过良好的清洁。他烹饪腌笃鲜时，用脏手拿起汤盆盛菜，再端上餐桌。刘福彪、杜阿毛等人拿起筷子，轮流劝钟，在汤盆边缘敲过一圈，让细菌全数沾在了筷子头部，直送口中。

方三响幸免于难，不是因为他拒绝吃腌笃鲜，而是因为他没参与最后这一轮的劝钟。

想到这里，方三响顿时冷汗涔涔，如果当时他随手敲上一记，此时肯定也已躺在病床上起不来了。

"糟糕，那个大厨可是已逃出去了！"

姚英子提醒道，方三响这才想起来，那个危险的传染源还在外头逍遥。万一他再去别家做菜，岂不又是一轮肆虐？

两人拿了汤盆，匆匆走回烟馆门口。恰好孙希和公所的人折回来，他们基本上把昨天逃出烟馆的仆役、丫鬟、厨子、账房、伙计都访明白了下落，目前并无其他人有赤痢症状。

方三响把发现简单介绍了一下，众人都吃惊不小，没想到这传播路径如此曲折。孙希说那大厨见青帮老大吃出了事，吓得连夜逃回浦东老家去了。自治公所和卫生处的人都很紧张，若那个猪头三在浦东再搞这么一轮，事情可就闹大了。

不过这些事情，自有自治公所去处理。他们的任务算是圆满完成。卫生处的那个官员也终于松口，允许他们送走病患。一方面是因为方三响找到了污染源头，可以向民众解释；另一方面，则是因为闻讯赶来的青帮帮众越聚越多，治安压力实在太大了……

在一群凶悍青帮汉子的注视下，民夫们把刘福彪等九人一一抬上急救马车，准备拉走。那些帮众还要跟随，却被方三响给喝住了。

他威风凛凛地站在马车前头，伸开双手，严厉地喝令两边退开。方三响如此不客气，居然没人敢上前炸刺，因为他们都知道，这小子先后救了刘福山、刘福彪弟兄性命。不知是谁带头，帮众哄然开始行礼，用对帮内长辈的礼节，来拜谢这一个二十岁不到的方医生。

方三响对这个可没兴趣，现在他对青帮规矩真是怕死了。一直到马车的影子消失在街角，他才长舒一口气，回过身去，指挥民夫用炉灰清理烟馆里的脓血粪便，以及清理整条街附近的垃圾堆、厕所，以绝后患。至于那个肮脏的伙房，自然也要彻底关闭消毒。

当所有的后续收尾工作都弄完，方三响、孙希和姚英子筋疲力尽地走出烟馆时，眼前的夕阳都快落山了。

"这一次任务，算是圆满完成了吧？"姚英子不确定地问道。

"当然啦，九个患者都送去医院，传染源基本也确定了，现场也清理完了。我想不出还有什么事情没做。"孙希叼着烟卷，深深吸着烟雾，懒散地眯起了眼睛。

"还有写报告。"姚英子提醒。孙希摆出愁苦的表情："我是友情帮忙啊，让外科医生写传染病报告，太残忍了。要不老方你去写吧。"

方三响对这个称呼有些不自在："当然由我来写。现在想想，我们可能犯错的地方太多了。也许会误信者的判断，当成伤寒来处理；也许会被汤盆误导，想不到青帮规矩这一个途径；也许把注意力都放在刘福彪身上，让那个大厨在外头逍遥。任何一个点出错，都可能导致一场大疫暴发。"

孙希赞许道："总结得很有水平嘛！英国有句谚语，一盎司的预防大过一磅的治疗。咱们这一次，可算是防患于未然了。"

姚英子很不满他这种居高临下的口气："你搞清楚，全程都是我俩在充满病原体的地方忙活。你一点忙也没帮上。"

"哎，一个一个寻人也很麻烦的好吗？"孙希委屈地辩解道，"这样好了，我请你们去荣顺馆吃腌笃鲜。"

"不要!"姚英子和方三响同时叫起来。他们对这道菜的心理阴影实在太大了。

"我看你们哪,是 once bitten, twice shy。"

"假洋鬼子,你就不会说一句'一朝被蛇咬,十年怕井绳'?"姚英子没好气地说。

孙希哈哈大笑起来,把烟蒂弹进苏州河,重新点起一支烟,顺手把火柴盒塞回兜里。此时在他的口袋底部,多了一张薄薄的名片。孙希的指尖在纸片上轻轻刮了一下,确认它还在,才徐徐缩了回去。

名片素雅,正面衬图是一丛墨竹,挺拔如刀。

三林大厨,可不是孙希在自治公所的唯一收获。

第四章
一九一○年六月（一）

上海法租界里有一条宁波路，毗邻宝昌路。路面平阔，一色沥青碎石铺就，两侧皆修有暗沟，上覆洋铁盖子。路边一排排小洋楼鳞次栉比，或是英吉利乡村风的尖顶花园，或是希腊拱券式的小楼，或是杂糅了拜占庭与文艺复兴风的法式折中主义塔楼。

即使在欧洲，也很少见到如此之多的建筑风格集中在一块。

若换作平时，孙希必然兴致勃勃地在宁波路上走一走，聊解对英伦的相思之苦。可如今他心神不宁地搅动着身前的咖啡，不时透过一扇帕拉第奥式大窗朝外看去。他即将要见的这个人，可是要打起十分精神来应付的。

上午十一点整，咖啡厅里的座钟准时敲响。仿佛算准了时间，一个三十多岁的男装女子踏着钟声走进屋子，左右看了看，径直朝孙希走来。

孙希赶忙起身，却不防撞到桌边，让咖啡杯里的棕汤洒出来一点。他狼狈地掏出手帕，胡乱擦了擦，这才重新坐下。又想到什么，他猛然站起来，替对方拉开椅子。

说来也怪，孙希平日见了谁都不怵，可一跟她眼光对上，却似老鼠见了猫一样——此人正是上海女子中西医学院的校长张竹君。

张竹君在对面坐定，先打量了他一番，似笑非笑："辫子呢？"孙希从怀里露出一截辫梢，甩了甩："租界里不查这玩意儿，我就给收起来了。"

"在哪里都不应该戴这种猪尾巴。"张竹君甚至不屑把声音压低。

"我小时候在海外长大，辫子一直没留起来，索性弄个假的敷衍一下。"

随即孙希自报了一番履历。张竹君听说他也是广东人，还是番禺同乡，态度和缓了些，不过她嫌孙希的粤语南洋味太重，两人最后还是改回了官话。

有身着蓝色制服的仆欧递过菜单，张竹君抬抬下巴："我对咖啡没有研究，你让他点。"孙希咬咬牙，点了杯最贵的维也纳奶油咖啡，笑着说："这里只有西饮，下次找个茶庄，我伺候您用几杯乌龙茶。"

"寒暄到此为止。说吧，一个红会总医院的高才生，来找我做什么？"张竹君双手抄在胸前，语带嘲讽，显然在来之前也做了一些调查。

"呃，实在是有件私事，希望能得到您的建议。"

张竹君道："你卖相这么好，直接去找姚永庚说不就行了？"

孙希一怔："我找姚永庚做什么？"旋即醒悟过来，这里面恐怕误会大了，连忙摆手道："不，不，我要说的事，和英子没关系。"他赶紧端起咖啡啜了一口，掩饰尴尬。

张竹君唇角微微翘起："既然不是为了英子，那就是冲着沈敦和来的喽？"

孙希"扑哧"一声，差点把咖啡呛进气管里。这位张校长未免也太厉害了吧？两人见面才说几句话，她就觉察到自己的真实意图了？

张竹君道："北洋医学堂的学生，一毕业便被分配到各镇新军做医官去了，前途无量。唯独你舍弃大好仕途，跑来这寂寂无闻的红会总医院做实习生。这样的履历都看不出猫腻，当我盲吗？"

张竹君到底是做医生出身的，孙希的履历中只露出一点破绽，便被她看得通通透透。

既然被人一眼看穿，孙希也决定不再绕圈子。他压低嗓子，把冯煦的任务讲了一遍，然后道：

"实在惭愧。那晚您和英子讲话的地方，就在我房间的窗台下。我听到张校长您说了一句：沈敦和办慈善名头很大，可内里的龌龊，很少有人知道——所以这次是想请教，您只是随口一说，还是握有什么实据？"

张竹君眉头微挑。她猜到这个小伙子与北边的大清红十字会有关，却没料到是冯煦直接安排的间谍。她手指在桌面轻轻敲击，突然反问：

"你年纪轻轻，为什么会蹚这趟浑水？公义？私仇？"

在那两道刺刀般目光的注视下，孙希张了张嘴，最终还是摊开双手苦笑道："不是因为什么大义，也没有什么私仇。只不过张大人掐着我的生活费，冯大人又允诺我可以公派出国，所以我一个学医的，才被迫成了间谍！可不是情愿的。"

张竹君盯着他，突然笑了："你知道医生最讨厌哪种病人吗？"

"得了性病的？"

"错，是那种不诚实的病人。明明有求于医生，却还要千方百计隐瞒症状，自作聪明，真是不知所谓。我行医这么久，医术不敢夸口，但辨认真伪的眼力还是有的。"张竹君一边说着，一边打量，"你这孩子浮夸了点，倒也算诚实。刚才你若有半点迟疑与伪饰，我起身就走。"

孙希一阵后怕。刚才若自己摆出大义凛然的姿态，只怕这件事已经办砸了……跟这位张校长谈话，真是得打起十二万分精神，真不知道姚英子是怎么在她的学校里熬过来的。

这时咖啡已经送到，张竹君拿起敞口小壶，把乳白色的奶油倾入杯中，让黑棕色的液体迅速变浅，一股香甜袅袅生出。她随意啜了一口："礼尚往来。我也回答一下你好了。我不喜欢沈敦和，既是出于大义，也是出于私仇。

"六年前日俄战争，沈敦和在上海筹办万国红十字会，呼吁各地捐款救援。当时我还在广东行医，看到这个倡议，深为触动，便募集了两万两捐款，动员数十名医生，以广东医界代表的身份北上。谁知抵达上海之后，沈敦和把银子收了，却不许我们广东救援队继续北上，说东北战乱频仍，形势复杂，不宜猝进，权且观望以策万全。

"他的理由自然是冠冕堂皇，可内心的想法休想瞒住我。我自行医以来，这样的男子眼神实在见过太多，无非是不信任女人为医，觉得她们前往战地救援只是徒增累赘。呵呵，那两万两银子，都是广东女界所捐，他倒不嫌脂粉味重呢。

"我争取了很久，未得允可，一怒之下干脆自己雇船带队北上。可惜刚到辽东，战事已经结束，我只好返回上海。沈敦和看不起女子行医，我偏要做出些名堂来，打肿他的面皮。不过若做这个事业，在广东是不行的，上海无论意识还是风气，都领全国之先，所以我便留了下来，创办了这所上海女子中西医学院。"

"所以……您怀疑沈敦和侵吞了那两万两银子？"

"他也许花在了正确的地方，也许没有，我不知道。但万国红十字会从来没有公示过账目明细。不止那两万两，我有理由相信整个募捐款项都存在问题。"

这倒是和冯煦的说法对上了……孙希心想。他急忙道："那您手里有证据吗？"

张竹君摇摇头："没有。这六年以来，我一直要求款项公示，可沈敦和百般推托，从来不把账册拿出来。偏偏这个人又很会折腾，又是关东善后，又是旧金山救援，又是建总医院，又是在报端发表各种宣扬红会理念的文章。大家被他的手段搞得眼花缭乱，我呼吁过很多次要清查账目，可惜应者寥寥。"

孙希一阵失望，这些信息并没有什么实质性帮助。看来自己还是想得简单了，冯煦背靠朝廷，都拿沈敦和没办法，遑论一个女医学校的校长？

张竹君敏锐地觉察到对方的情绪变化，轻轻眯起眼睛："我虽接触不到账册，可六年时间，多少还是知道一点他的隐秘手段。"

"嗯？"孙希精神一振。

张竹君从仆欧那里要来一支笔，在自己的名片背后唰唰地写了一个名字："你只要记住这个人就行了。他叫施则敬，是沈敦和的心腹，也是红会的会董之一。一应善款支给记账之事，由他掌管。你只要能接近他，那便有机会拿到账册。"

孙希诚惶诚恐地接过名片，放进口袋。虽说调查总算有方向了，可他一点也不感到轻松，心头反而愈加沉重。

"怎么样？是不是觉得，还是医学更简单一点？"

"Surely it is……（当然）"孙希一遇到无法回避的麻烦事，就会下意识用英文来遮掩。

"我告诉你，在中国，从来没有什么单纯的医学问题。"张竹君从椅子边站起身，把杯中咖啡一饮而尽，"时间还早，你陪我出去走走。"

她的口气很平淡，可完全没留出商量的余地。孙希虽觉纳闷，也不好深问，便连忙结了账，拿起大衣，殷勤地给张竹君把大门推开。

两人出了咖啡厅，在宁波路上向东漫步而行。此时夏意已盛，阳光如新鲜奶油一般流泻下来，无论是房屋还是绿植均浮起一层黏稠的光泽，惬意如欧洲风情。张竹君一路上欣赏着各色洋房，似乎兴味颇足。

"你可知道这一带为何全是各式洋房？"张竹君忽然问。

"法国人喜欢浪漫？"

"错！那是因为十年之前，法租界公董局通过一项《房屋建造法案》，要求在这一片区域建造须经批准，不得修建中式房屋。经过十年发展，这里几乎把中国味道全数摒弃，俨然成了模范殖民区——"张竹君说到这里，用拐杖随手朝前一指，"只有一个例外。"

孙希顺着拐杖朝前望去，看到在一片欧式风情的小楼之间，赫然矗立着一栋歇山顶五楹大殿，翘檐重瓦，漆红廊庑，看起来格外突兀。在那大殿的进门处，悬挂着一块黑底金字大匾，上书"四明公所"四字。

张竹君走到公所前面，仰头看了良久，忽然回首道："你可知道，为何在这一片洋房之间，会有这么一栋中式建筑？"

孙希摇头，他这里来得并不多。张竹君负手徐道："这座四明公所，乃是在沪的宁波同乡集资所建，殿后有二十多间义舍，哪位老乡身死不及回灵，就暂寄棺椁于此。只因此地被划拨给了法租界，公董局一直视这里为眼中钉，处心积虑想要拔除。同治十三年、光绪二十四年，法国人以棺椁不利卫生为由，先后两次要求筑路迁坟。宁波人奋起反抗，第一次死七人，第二次死十七人。法国领事不得已，只得同意保留此地。"

孙希张大了嘴巴，没想到这栋建筑背后，藏着这等血案，不由得多打量了几眼。张竹君道："姚永庚是宁波人，所以英子对这件事知之甚详，特意给我讲过。广东有句话：天上有雷公，地上海陆丰。我本以为海陆丰民风最为彪悍，没想到宁波人血性也这么足。"

"若不是宁波人那几十条性命，只怕公所早被夷平，换成了外国洋楼。洋人在中国各处跑马圈地，唯独在这个小会所碰了个壁。天下的道理，都被这个小小的公所说尽了：今日你退一尺，明日他们就敢进一丈，唯有团结抗争、不畏牺牲，才是自强之道。可惜啊，如今这个朝廷腐败、苟且，是怎么也不会明白的。"

孙希一听说起政治，下意识往后退了退。张竹君却没放过他："孙希你是个聪明人，你该知道，这样的天下，不能持久。与其戴一条假辫子，不如把心里那根真正的剪掉。"

"完了，完了。这要让曹主任知道，非把我扭送官府不可。"孙希心中暗想，有点口干舌燥。张竹君没有逼迫，只是冷笑一声："中国没有，也不应该有单纯的医者。这一点，你迟早会明白的。"

她信步走到公所里面，殿前有个香炉，上头积了厚厚一层香灰。张竹君恭恭敬敬上了一炷香，这才重新走出来，抬手叫了一辆黄包车。临走之前，她又探出头来："今日你来找我，真的只是为了沈敦和的事？"

"就这一件还不够麻烦啊……"孙希嘀咕了一句，面上挂着勉强的笑容，"下次我弄点好乌龙茶，伺候您品品。"

张竹君什么都没说，扬手让车夫走了。

孙希目送她离开之后，才长长舒出一口气来。这位张校长虽是女流之辈，可实在太强势，在她面前只有俯首听命的份。

他小心地把名片收好，然后也叫了一辆黄包车，直奔公共租界而去。车子即将接近外白渡桥时，远远可以看到在苏州河南岸有一栋哥特式的高大教堂。

这教堂叫作联合礼拜堂，位于苏州河与黄浦江的交汇口，毗邻英国驻沪总领事馆。距离教堂数米之外的花园里，是一家上海最好的汉弥登番菜馆，既能欣赏到黄浦江的繁忙兴旺，又可以看到苏州河的隽秀，是第一等的好去处。

孙希进到番菜馆之后，看到姚英子和方三响已经到了，坐在靠窗的西式方桌旁。他轻车熟路地把大衣交给印度仆欧，走过去落座。

姚英子不悦道："你怎么晚这么久？今朝是难得的休息日，不要浪费。"孙希笑道："我不是找红帮裁缝定做了西装吗？他们要补量一下尺寸。"

他一边说着，一边看了眼方三响。后者浑身不自在地坐在沙发椅上，动作拘束，连面前的刀叉都不敢触碰。孙希笑道："老方你怕什么？今天我们好好打一下姚大夫的秋风，又不用你破费。"方三响摇摇头："嘉勉状是给我们三个人的，吃饭费用自然是三人分担。"

他们前几日解决了祥园烟馆的赤痢，自治公所特意颁发了嘉勉状。虽然这只是个空头荣誉，但对他们三个实习医生来说，也算是一件值得庆贺的事情。于是姚英子提议出来吃顿饭，庆祝一下。

孙希正想借故出来见张竹君，自然举双手赞同。方三响却有些犹豫，他向来俭省，出来吃洋菜是极奢靡的事。最后还是姚英子说"你还欠我一个救命的人情，你去了咱们两清"，他才勉强同意出席。

现在他突然提出要分担餐费，姚英子登时不满："说好了我请，你充什么富贵阿公？"孙希也笑道："其实我很好奇，老方你平时没日没夜地做工，按说攒下来的钱也不少了，难道今天要一次出清（用完）？"

方三响闻言，立刻变得窘迫起来。姚英子咄咄逼人："你有钱，好呀，那都你出好了。"孙希见方三响额头隐隐渗出细汗，知道他当真了，赶紧打圆场："你们别吵了，我有一个办法。今天这顿，一分为三，main course（主菜）让姚大夫出，dessert（饭后甜点）我来出，appetizer（前菜）就交给方大夫你啦！"

姚英子拍手笑道："这个办法好！也算公平啦。"

方三响先前在同济上学时，是听德语授课。他的英语水平只限于知道一些基本的医学术语，日常用语却匮乏得惊人。他不知 appetizer 是开胃小菜，还以为孙希说的是三道大菜，心里算了算价格，咬牙应允了。

姚英子知道方三响没吃过西餐，径直把菜单拿过来，自作主张替他点了菜。方三响也不去管，专注于餐厅送的牛油面包。这东西是免费送的，香甜绵软，可以趁机多吃点。

孙希和姚英子暗笑他的吃相，又不敢公开表露。孙希拿起一个圆面包，慢条斯理地拿刀切开，往里涂牛油："哎，对了，三响，刘福彪后来又找过你没有？"

"找过，我没见。"方三响淡然道，继续把面包往嘴里塞。

刘福彪那一伙人当夜被送到总医院之后，在次日便脱离了危险，被青帮的徒子徒孙们接回家静养了。刘福彪派人携重金来了好几次医院，要感谢方三响，均被拒绝。

刘福彪没办法，只好让樊老三跪在医院门口，自扇了一天耳光，脸肿得简直没法看，引起了好多人围观。最后还是曹主任看不下去，好说歹说给劝走了。

"你小子脾气可真倔，青帮这么大人情，不趁机结交一下，反而一点面子都不卖。"孙希半是敬佩，半是埋怨。

"真要受了他的礼，以后便和青帮脱不开干系了。"方三响只是脾气耿直，却不傻。从那两个断手农夫的遭遇就知道，刘福彪那些人心狠手辣，走得太近迟早要出事情。

"哎呀，今天放假，你们不要说这些无聊事了。"姚英子一听这名字，就想起那间肮脏的厨房，做了个欲呕的表情，"不能说点别的？"

这时恰好仆欧过来，拿来一瓶红酒，给每个人浅浅地斟了小半杯。孙希端起酒杯转了转，一脸促狭："好啊，聊点别的——英子，你方向定了没有？"

"哎呀，烦死了。张校长催，沈伯伯催，连你也在这里老三老四。"姚英子一提这个，就苦恼地捧住了脸，"我们还不如聊青帮呢。"

"要不来外科吧，我罩着你。"

"不要，我听人说外科就是做木匠和学绣花，麻烦得紧。"

"那产科或者妇幼？我认识的女医生几乎都是选这个方向。"

"张校长也劝我朝这个方向走，可我一想到要应付小孩子就头疼。"姚英子一脸苦相。

方三响正色道："你还是尽早做决定比较好，样样都行，就意味着样样都不行。"

孙希怕他又讲出难听话来，赶紧拦住，举起酒杯道："好啦，酒也醒得差不多了，趁正菜没上，咱们干一杯。"

"以什么名目？"姚英子问。

孙希想了想："不为过去，不为未来，单为眼下的幸福生活。"姚英子说这个有意思，也举起了酒杯。两人看向方三响，他眼神闪动，犹犹豫豫举起杯子来。

三个玻璃杯在半空相碰，发出清脆的响声。

三人刚放下杯子，旁边过来一个人，先拱手说打扰，然后问：“是红会医院的姚医生和孙医生吗？”

孙希与姚英子一看，脸熟，是开院典礼当天替他们拍照的那个记者。记者拿出几张名片，满脸笑容地散给三个人。原来此人叫农跃鳞，是《申报》的长约记者，这是仅次于社评主笔的职位，能坐这位子的不是一般人。所以他头发不多，玳瑁腿的眼镜却很厚，额头朝前鼓出，显得既聪明又憔悴。

农跃鳞说本来今天在这里约了一位工部局的官员采访，恰好看到邻桌是前不久刚采访过的医生，便过来打个招呼。

“几位恕罪。鄙人刚才无意中听到你们的祝酒词，很有意思。《申报》最近在做一个提倡新生活的栏目，各界声音都有。鄙人想如果有医生能参与议论，当然是最好不过了——不知能不能随便说几句？”

这事自然让孙希出面最为妥当。他整了整领结，朗声道：“英谚有云：water under the bridge，这句话译作中文，是说过去的事情，纵然百般去想，亦不可挽回。而未来难以预期，譬如明日是否下雨，下个月是否地震，全是上帝的安排，非杞人所能揣测。所以只有眼前的确定的幸福，才值得我们祝福与珍惜。”

农跃鳞低头记录着：“那么请问三位，对时局是如何看待的？”孙希不由得皱皱眉头：“这跟时局有什么关系？”农跃鳞道：“既说眼下的幸福生活，是不是意味着，你们对时局还算满意？”

“我们是医生，研究的是人体组织，可不是人类组织。”孙希回答得很是机智。

农跃鳞扶了扶眼镜：“可医生并非生活在真空里。比如去年预备立宪，诸省咨议局请愿代表团上京，要求以一年之期召开国会，其中就有不少医生代表。这件事你们听说过吗？”

三人面面相觑，皆没有作声。农跃鳞又问：“那么对袁世凯、孙中山、宋教仁这几个人，几位有何评价？”

姚英子忍不住道：“农记者，你的栏目不是提倡新生活吗？与这些人有什么关系？”农跃鳞停下记录，正色道：“原先是皇家定策，百姓凛然遵行。如今人人都要参政议政，岂不就是一种新生活吗？诸位都是先进的西学精英，对时局难道一点看法都没有？哪怕是有什么疑问也行。”

饭桌的气氛变得有些尴尬。这时一直闷声不响的方三响却忽然开口道：“农先生，那些政治上的事我是不懂，不过我倒一直有一个问题，想得到解答。”农跃鳞眼睛一亮，这人在三人里最不起眼，但记者的直觉告诉他，这人背后似乎有故事可以挖。他迅速翻开一页新纸，捏住铅笔。

姚英子和孙希同时在桌子下面踢方三响，这么擅自做政治发言，只怕曹主任的血压又要上升了。可方三响恍若未觉，缓缓开口讲起老青山惨案来。

他口才欠佳，但这惨案是亲身经历，讲起来格外真切。孙希是第一次听说这段往事，姚英子之前知道一点，但并不详细。两个人同时缩回脚去，屏息凝神。

方三响从全村人被觉然所骗讲起，一直讲到父亲去世，拿起酒杯一饮而尽，然后眼睛红红地看向农跃鳞："……后来多亏了魏伯诗德先生与吴先生及时赶到，我才侥幸脱困。可有一个问题，我到现在都没想明白：为什么？为什么会发生这样的事？我们为什么要承受这样的命？"

农跃鳞沉默地写好最后一个字，把铅笔塞回胸口，道："这个问题，我没法回答你，不过我会把你的故事如实地登出来。这是一个好问题，乱世兵燹，个人遭逢，究竟是何道理？虽是一家之不幸，足以引起《申报》的读者们深思——未尝不是一种议政。"

他转头瞥了一眼，看到受访者已经走进餐厅，便对三人一拱手："感谢诸位谠论直言，克日见报。回头鄙人请客，替三位订上一年《申报》，闲暇时不妨看看。你不去关心时局，时局也会来关心你。"

农跃鳞走了以后，孙希看着方三响："啧，原来……你还有这么一段往事啊！"方三响怅然道："事情已经过去了，但我还过不去。"

孙希恍然道："难怪你见我第一面，就问是否见过嘴角生两颗黑痣的人。原来你一直在找那个日本间谍。"

"不错。他是我们沟窝村的仇人。我这些年来，逢人便问，就是不想放过一点可能。"

方三响说得咬牙切齿，眼圈泛红。孙希赶紧举起酒杯劝解道："别多想啦，所谓大难不死，必有后福。你如今能在十里洋场做起医生，这不就是后福了吗？来，来，喝一杯。"

姚英子也一起举杯劝起来，方三响不再推拒。三人又喝了一轮，前菜陆陆续续端了上来。孙希叉了一块红酒鹅肝放进嘴里，还没咀嚼，油香便在口中弥散开来，他深深吸了一口气："英国别的都冠绝寰球，唯独饮食这块差得太远，这一点不得不佩服法国人的精致。"

姚英子笑盈盈道："这里的大厨，在巴黎也是难得的。整个租界，不会有比他家更好的法餐了。"她见方三响还没动刀叉，催促道："哎，这 appetizer 可是你付账，不吃可就亏了啊！"方三响一听，这才单手拎起叉子，扎了一只焗蜗牛到嘴里，囫囵吞下去，活像猪八戒吃人参果。

三人毕竟都是少年心性，虽然各怀心事，可吃着吃着都放松下来。孙希故意插科打诨，说些欧洲逸事笑话，引得姚英子咯咯直笑。方三响说得虽少，嘴里却没停过，刚才的愁绪也便暂时忘却了。

酒足饭饱，结账时方三响才发现，中了孙希的小小圈套。他还要坚持，孙希拍拍他肩膀，笑眯眯道："今天就别死撑面子啦，你就让大小姐请一次。你辛苦攒的那些钱，还是留着礼敬佛祖吧。"

"嗯？"方三响眼神一闪，仿佛被发现了什么天大的秘密。孙希连忙解释："谁让咱们住一栋宿舍楼呢？每隔半个月发钱的日子，你就要去一趟静安寺。这也没什么，我也偶尔会去教堂呢，别太沉迷就好。"方三响没吭声，似乎完全不想提及这个话题。

姚英子见时间还早，提议说不如去新开的虹口活动影戏园看戏。这是上海第一家影戏园子，西班牙人投资的，放的多是从欧美舶来的镍币西片，每周只要有邮船抵达，都有剧目更新。

孙希举双手连声说好，方三响犹豫片刻，耐不住姚英子眼神恳求，只好表示赞同。

"什么是镍币西片？多少钱？"他谨慎地问了句。

姚英子道："美国的影戏院很便宜，一个人五美分，合不到两角洋，可以看足一天。他们五美分的硬币是镍质的，所以放的片子就叫镍币片了。"方三响一听，这个价格似还可以接受，松了口气，孙希揽住他脖子，笑嘻嘻道："我在伦敦看过，可比书本好看多了，会动的。"

"那不就是皮影戏？"

"你看了就知道！"

三人结了账，兴冲冲直奔乍浦路上的活动影戏园。恰好这周才运来了一批新的美国短片，门口观众如潮。他们坐进影戏园里，选了个一等雅座。这些影戏都是循环播放，坐多久都成，可以看个痛快。

孙希和姚英子之前都体验过，并不震惊，可以沉心揣摩剧情。方三响是头一回看，在黑暗中双目圆睁，舍不得错开一秒，甚至有几次下意识要躲开，生怕被屏幕上的马车行人撞到。

这戏园老板人概是走通了欧洲渠道，批发了一批法国的电影。本周上的片子，

105

除了美国的各种镍币电影，一半都是法国出品，诸如《惊马》《魔砖》《阿拉丁与神灯》，极尽魔幻传奇之能事。

放到最后一部法国片时，影戏的风格却突然一变。

这部片子名字叫作 *La Révolution en Russie*。先是一艘巍峨的大军舰徐徐入港，然后是一群水兵围着舰长起了争执，其中一名水兵惨被枪杀。紧接着，其他水手一哄而上，杀死舰长，发动哗变，然后是沙俄军队杀入港口。在一个望远镜的主观视角里，观众看到了陷入火海的港口、惊慌失措的民众，也看到了军队镇压水兵的残虐。那种绝望的压迫感，几乎要从简陋的幕布上洋溢而出。

仅仅三分半钟的长度，三人却觉得经历了三个小时那么长。

"这片子到底在讲什么？"孙希觉得有些口干舌燥。姚英子摇摇头："看装束像是俄罗斯那边的事，也不知真的假的。"

"我认识点法文，片子好像叫'俄国革命'。好家伙，毛子可真够凶暴的。"孙希小声说着。姚英子正想问什么是革命，忽然听到身旁沉重的呼吸声，侧头一看，方三响鼻翼翕张，拳头举起来又放下。

姚英子这才想起来，他爹和沟窝村村民就是被毛子兵打死的，此时看到这种场面，难免会触景生情。她跟孙希商量了一句，赶紧把他从戏园里拽出去透透气。

老板正在戏园门口招呼观众，孙希过去问了几句，回来说这片子拍的是1905年俄国革命。因为日俄战争失败，导致俄国掀起一股反对沙皇的热潮，兵变四起。有一艘叫作波将金号的战舰上的小兵不满压迫，愤然起义，却被沙皇派去的军队残酷镇压。有一个叫吕西恩·农居埃的法国导演从波将金号里得了灵感，拍了这么一部片子。

"俄国人真是太暴力了，吓死人了。"姚英子听完，吐了吐舌头，"跟那边一比，上海可真是太平多了。"

"以后还是少看这种吧，晚上会做噩梦。"孙希说得满不在乎，可心里蓦地想起四明公所，一种说不清的烦躁浮上心头，似乎隐隐有什么毛刺在摆动。

这时方三响走到他面前问："那些水兵为什么哗变？是因为活不下去了吗？"孙希愣怔了一下，说他没问那么细。方三响又问，那这个"革命"又是什么意思？为什么不叫叛乱？孙希本想解释一下，随即想起来，国内那些乱党好像最喜欢自称为革命党什么的，比如跟自己同姓还是老乡的那个孙逸仙，就……总之少说为妙，便一捶他的肩膀："哎呀，你不是老说捉大放小吗？片子都看完了，还纠结这些细枝末节做啥？"

方三响皱着眉头，试图从里面琢磨出点什么，姚英子却不耐烦地把他俩一推："走，走，我请你们吃梨膏去。"

街边就有卖梨膏的小热昏，用苏北话哼哼唧唧唱着："一包冰屑吊梨膏，二用药味重香料……"她买了三碗，三个人斜靠着戏院外的梧桐树吃起来。

"说好了，这个我请。"方三响严肃地说，从口袋里摸出几枚铜圆。

"老方你这可失算了。英子这个人，吃别的一般，吃起甜的没够。别看梨膏三个铜圆一碗，她能把你吃破产喽！"

姚英子羞恼地狠狠踩了孙希一脚，孙希赶紧躲闪，却不防撞翻了旁边卖茶叶蛋的土灶。火星飞溅，落到西装外套上，心疼得他赶紧伸手扑打。

方三响看着那两个人打闹着，心情渐渐放松下来。他依依不舍地用木勺舀出最后一点梨膏，甜丝丝的一入口，冲淡了口中的苦涩，只是戏园里的那段影像始终无法去除。

三人玩闹了一阵，天色黯淡下来。方三响说差不多该回医院了，姚英子提议说，回去的路上在外白渡桥上停一下，那里是欣赏落日的绝佳位置。

这座外白渡桥三年前建成，全钢架双孔结构，望之峥嵘威严，雄峙于苏州河与黄浦江的交汇处，外滩航运尽收眼底。外白渡桥在主道两侧铺了两条木板步道，外有扶栏，很多上海市民没事都会跑来这里看西洋景致。

他们三人走到桥中间的时候，天色已略晚。晚霞如被红葡萄酒泼洒浸润一般，微微透着酡红，酡红边缘还亮着一丝余晖，映在远处黄浦江的浩渺水面之上。那些悬挂着万国旗帜的大小船只穿梭如织，如行于彩云之中，不知疲倦。

玩了快一天的三人伏在栏杆上，凝望着这壮丽斑斓的景象，一时间竟无人开口。过了好久，姚英子轻轻叹道："真美啊，每次看都这么美。"少女踮起脚尖，努力让上半身朝桥外探去，想要伸手抓住最后一缕夕阳。

方三响有点紧张地把胳膊伸过去，生怕她掉进苏州河里："下次有机会，我带你们去东北，那里的落日不太一样，但也很好看。"旁边孙希刚掏出一支香烟，闻言不由得嗤笑道："要说泰晤士河的落日啊，你们可能没机会见到，那才真的是肃穆壮观。"

姚英子趴在扶手上，目不转睛地望着黄浦江的水线，太阳最后将在那里被吞没。她的双瞳里，似乎染上了云霞的颜色。

"从我小时候起，每次看到落日又是欢喜，又是难受。它好美，可这么美的东西，却一转眼就消逝了。我那时候就在想，如果一直能看到这样的景色，就好了。"

"傻丫头，你忘了时差吗？地球另外一面的纽约，如今可正是朝日初升呢。"孙希哈哈一笑，"太阳永远都不会变，变的只是我们而已。"

姚英子凝望远方，喃喃道："是啊，变的只是我们而已。"

"都是做医生的，明白这个自然规律。人终究会变老、得病、死亡。所以要及时行乐，别把自己弄得苦哈哈的——对吧？"孙希一边说着，一边用胳膊肘去顶方三响。方三响有点慌乱地答道："只要尽了本分就好。"

姚英子忽然转过身来，背对着夕阳。飞旋飘散的乌黑长发，短暂地遮住了她精致的面孔，只有那一双清澈的眸子露在外面，映着半明半暗的云霞。最高明的画师，也调不出此时此刻她双眼中的颜色。

那一瞬间旋身的美态，让另外两个人心中皆是一漾。

"如果以后能一直像今天这么开心，就好啦！"她的语气说不上是祈愿，还是感慨。

在她身后的远方，依稀可见外滩如群山起伏般的巍峨建筑。在落日与霞光的映衬之下，这一切景象都被镶嵌上一层温润的金边。深沉的阴影赋予了这景致西洋油画般的质感，庄严而富有神性，如天堂一般永恒存在。

一张八开大小的《通信晚报》飘落在车站地板之上，悄无声息。

读者并未俯身捡拾，反而匆匆离去。于是它便那么平平摊开来，任凭不同的皮鞋、布鞋踏过去，印上一圈又一圈雨渍。

这是沪宁车站自办的文摘汇报，只摘录前日各大报章的新闻，供乘客候车消遣之用。此时那些小号铅字浸没在水痕之中，如蚁集蜂攒，只能勉强分辨出它们的形体：

摘自《申报》六月十日："入夏以来，皖北惨遭水患，几于全境陆沉，无论冈洼，无无水之地，无不灾之区，举凡村镇、房舍、人畜以及上季所收之粮，皆为波涛席卷而去。"

摘自《新闻报》六月十日："亳州被雨难，城中屋宇倾圮者不可计数。涡水上涨，桥梁漂没，船只沉溺，两岸数百家尽付东流，田中秋禾摧折已尽。"

摘自《神州日报》六月十日："涡阳忽遇倾盆大雨，四境汪洋，涡河高与岸平，北关沿岸房屋漂流殆尽，河中尸骸随波而下。湖田已无粒米可收，高田之禾又为大风所偃仆，惨亦甚矣。"

即使报纸已被水渍洇得模糊不堪，这一条条记录看着仍触目惊心，其绝望惶急之情，跃然纸上。

更多的布鞋陆陆续续踏过来，很快将这张小报踩成一摊纸糊。而那些鞋子的主人，则在经过短时间的混乱之后，在候车室内站成了三排。

为首的两人，一个是外科兼解剖主任峨利生医生，一个是内科的王培元医生。他们身后则是十五名红会总医院的实习医护，方三响与孙希赫然在列。

他们每个人都斜挎两个竹布口袋，右手拎着一个贴着红十字标志的棕色松木箱。上海初夏的雨水，顺着他们身上的油布雨披边角不断滴下来，在脚下聚成一个小水坑。在队伍前方，还有两面白旗，一面上书"中国红十字会"，一面上书"华洋义赈会"。

昏黄的煤油灯下，沈敦和面色严峻地走到队伍面前，摘下了头上的礼帽：

"如今皖北水患频仍，眼见酿成奇灾。所谓养兵千日，用兵一时，诸君皆是总医院培养的精英，如今正有了用武之地。什么是好医院？不在于医院本身，而在于人。这是我红会专业力量第一次亮相，请诸君务求尽心竭力，不负所托……"

孙希站在队伍之中，双目平视着前方，耳朵里听着沈敦和的讲话，心脏嗵嗵地剧烈跳起来。红会总医院救援皖北的决定，是在两天前下达的。孙希偷偷给冯煦拍了电报请示方略，对方的回答却出乎意料："皖北事急，救难为先。"

冯煦做过安徽巡抚，消息灵通，他都说皖北事急，看来局势真的十分凶险。

孙希没奈何，只好暂且收起心思，只是心情依旧无法平复。看报纸上的报道，皖北是极凶险的地方，他没想到加入红会总医院后，不光要当间谍，还要冒险深入灾区腹地，这和他原来想象的医生生活可截然不同。

孙希苦恼地用右手拽了拽挎包，下意识地瞥了旁边的方三响一眼。后者足足挎着四个布袋，身上背带紧绷，纵横交错，看着好似五花大绑。方三响抿着两片厚嘴唇，蚕眉平对，全然不似队伍里的其他人那么紧张。

这倒不奇怪。别人还在上海读预科学校时，他已经在营口医院里救护伤员，这种场面早见识过了。

"喂，老方，现在可是快半夜十二点啦。"孙希用手肘碰碰他。方三响看了一眼车站天花板上悬吊下来的大钟，闷闷道："还有四分三十秒。"孙希笑嘻嘻道："不知道沈先生能给你拖延多少时间。"

方三响看了眼候车室的入口，外头漆黑一片，只有哗哗的雨声传来。沈敦和还在一二三四点侃侃而谈，旁边曹主任赶紧比了个手势，指了指车站钟。沈敦和意犹未尽地收了个尾，一抬手，曹主任递来了一个酒盅。他动情地说道：

"六年之前，万国红十字会救援辽东，沈某手中无医可用，一直深以为憾。如今红会终于有了自己的力量，再不必受制于人。今日壮士出征，沈某无以饯行。备薄酒一盅，略表心意，待诸君归来，再行庆功！"

听到会董如此激昂，队员俱是精神一振。沈敦和一饮而尽，然后把酒盅摔落在地，酒盅登时碎成八瓣。"登车！"

一旁的乘务员拉开铁滑栅栏，救援队员从检票通道鱼贯而入，朝站台走去。铁轨上早有一辆两车厢列车升火等候，这是专为总医院加开的专列，直抵南京。

孙希和方三响进了车厢之后，把东西都搁到行李架上，然后对坐在车窗旁。孙希伸出手："喏，愿赌服输。"方三响摇摇头，从腰间掏出一方白手绢，里面包着一把角洋。他一个一个数出来，似是不舍。孙希眼睛很尖："咦？这不是英子原来用的手绢吗？"

"我上次拿它包过头，她就不要了。"方三响数出六枚角洋，心疼地递了过去。

孙希笑道："我就说她不会来吧？皖北水灾可不比上海时疫那么小打小闹，水患、饥荒、瘟疫、乱民、匪患，哪个都是要命的事……谁敢把姚永庚的女儿送过去？"

话音刚落，他忽然发现车窗外的检票口一阵混乱。两人对视一眼，不约而同地把脸贴上玻璃，希望看得更清楚一些。

借助煤油灯的照明，他们看到在检票口前，一个娇小的身影欲要强行冲进来，却被沈敦和与曹主任联手拦住。孙希还没动，方三响已经张开双臂，两侧卡扣一扭，硬生生把车窗抬了起来。没了玻璃阻挡，声音清晰地传来。

"你们为什么不让我去？就因为我是姚家大小姐吗？"姚英子的声音穿透层层雨幕，充满愤怒。

曹主任拼命劝解，可惜声音太小，听不太清。过不多时，姚英子的声音又一次高亢起来："你们觉得我在医院只是玩玩，你们根本没把我当医生对不对？"

这一连串激烈的质疑，打得曹主任溃不成军，连连后退。孙希叹了口气，从怀里掏出一把角洋，扔给方三响："你赢了，拿这些钱去拜佛烧香吧——唉，没想到她真跑来了。"

方三响毫不客气地收起钱来："你那么精细的人，难道没发觉？咱们院里的人待她有些过分客气，看她的眼光好像看贵客似的。那些同事，哪个在做业务时主动找过她？换了你是英子，你会怎么想？"

经他这么一提醒，孙希回想平日里种种小事，还真是如此。比如中午去食堂吃饭，其他女孩子都是三五成群，却很少叫上姚英子。大部分时候，她都是跟孙希和方三响凑一桌。有一次孙希半开玩笑，问："你天天凑过来，是看中我俩谁了吧？"，结果被姚英子暴打了一顿——现在回想起来，她其实是没别的选择。

"英子聪明得很。她知道，这次是总医院第一次出战亮相，如果她去不了，以后很难在医院里立足了。"

孙希颇为意外地打量了他一眼："看你平时闷不吭声，原来观察得这么仔细。"方三响自嘲道："我是久病成良医。"他随即又轻轻摇了一下头："我担心的不是英子不来，而是她来了怎么办。"

"喂，喂，你赢了钱还卖乖，太过分了。"

"这次咱们可不是野餐郊游啊，我担心她会不会……"

方三响一边说着，一边把目光投向检票口。那边的争执快分出胜负了。在姚英子的猛烈攻势下，曹主任已然败退，沈敦和也快招架不住。

这时火车前方响起一声悠扬的汽笛，白色的蒸汽从车头横喷而出，眼看就要发车了。方三响和孙希都有些焦虑，探出头去，想看看到底什么结果。

那个娇小的身影突然钻过两人阻拦，噌一下钻过铁栅栏，朝着这边飞跑而来。可这时发车的哨子已然吹响，火车先是前后顿挫了一下，然后缓缓朝前开去。

那身影却没放弃，还在拼命追赶。她堪堪跑到车厢旁边，却来不及冲到车门——即使冲过去也没用，车门已经被乘务员锁上了。方三响果断把上半身探出车窗，拼命伸出手大喊："英子，抓住！"

姚英子咬紧牙关，加快几步，随着向前移动的车厢狂奔，一边把胳膊朝上伸去。方三响大半个身子往外一挺，用力抓住对方手腕。孙希在后头大叫："抓臂骨，别抓关节！"他立刻改换，抓到小臂桡骨中段，这才发力一拽。

他体格甚大，拽起姚英子来，如同东北棕熊抓一只兔子，登时让她双脚离地。方三响和孙希两人齐心协力，顺着车窗把姚英子拽进来。

在其他人惊骇的目光下，她一屁股坐在椅子上，大口大口喘着粗气，全不顾一头湿漉漉的散发。孙希从自己水壶里倒了杯罗汉果茶，让她小口慢慢喝，又递过一把小檀木梳子。方三响则起身去了另外一节车厢。

"你这胆子也忒大了，不要命了啊！"孙希惊魂未定，比她看着还紧张。

姚英子一边梳头一边道："放心好了。沪宁这条线上用的是太平洋式机车，锅炉起速很慢，肯定追得上。"

"谁问你机车型号了？！"孙希按住额头，一脸无奈，"你怎么就这么跳上火车了？"

"哼，我是红会总医院的医生，现在救援队出征，我为什么不能来？"姚英子气呼呼地说，"有本事他们派人去皖北，把我抓回去！"

"你知不知道，你一时冲动，害我输给蒲公英六个角洋？"

这次轮到姚英子一愣，随即不乐意了："你们两个赤佬，竟然拿这种事打赌？！"孙希说了说赌注内容，姚英子梳头的动作不由一顿，低头轻声啐了一口："这个蒲公英，真是自作主张！我可没他想的那么不受欢迎。"

这时方三响走回来，身后还跟着王培元、峨利生两位教授。原来他第一时间去通知了两位带队医生。两位医生听说姚英子居然强行扒上火车，都震惊不已。他们提起煤油灯，先检查了一下，确认她并无外伤，可怎么处置这个姑娘，却犯了难。

峨利生医生只管业务这一块，救援队的事务实际上由王培元医生全权负责。他是总医院唯一的华人教授，一时间全车厢的人都看向他。

王培元医生身材不算高大，圆脸圆鼻头，眉毛有点斑白，看上去慈眉善目，像一个老和尚。他在医院也是出了名的老好人，考试时总给学生加几分，最差的也能攀到及格线，总爱说一句话："我很欣慰。"

"哎呀，你这孩子，怎么这么乱来？"王培元有点心疼地埋怨了几句，转动脖颈去看贴在车厢门侧的线路图，"下一站在安亭，你赶紧下车吧！"

孙希提醒道："老师，这趟是给红会专开的车次，不到南京不停呀！"王培元用手去摸已经半秃的头顶，有些为难："就不能跟司机商量，稍微停一下放个人吗？"姚英子道："沪宁线是单线行车，时刻一耽搁，整个运行图都要乱掉的。"

王培元是传染病学的专家，对铁路运行不在行，这下子可犯了难。姚英子抓着他胳膊轻轻摇晃："王教授，你看我都上来了，就行行好嘛！您不是经常教导我们说医者需有大爱吗？我去皖北救人，这难道做错了？"

这一下可把王教授给问住了。他转头看看峨利生医生，后者全程扑克脸，对此不置可否。末了王教授叹了口气："好，好，你能有这样的觉悟，我很欣慰。既然火车停不下来，你就先跟着我们吧——可有一样，得听从指挥，可不能像刚才那样，说走就走了。"

"得令！"姚英子大喜，狠狠地拥抱了王教授一下，吓得他差点跌在地上。王培元在方三响和孙希两人脸上扫了一圈："你们这些毛躁小子……"话没说完，摇着头离开了。

姚英子得意扬扬地坐回座位上，孙希钦佩道："人家都是因材施教，你这是因材撒娇啊！对曹主任就来硬的，对王教授就来软的。"

"要你多嘴！"

姚英子拿起梳子来继续梳头，梳完才发现发夹不知掉到哪里去了。邻座一个留着短发的女孩子怯生生地伸出手，递来一段细绳："我这里有多的，用我的吧。"姚英子粲然一笑，道了声多谢，随手把头发绾了个简单的马尾辫。

孙希和方三响并肩坐在对面，注意到了她的细微变化，心中俱是一松。

经历了这么一段小插曲，火车恢复了安静。车轮有节奏地响着撞击声，车厢微微晃动着，像是一个摇篮。这些红会医护昨天一天都在忙着打点行装，疲惫不堪，不一时便头挨着头，昏昏沉沉地睡着了。

他们此时还不知道，这将是未来很长一段时间里，他们最安宁的一次休息。

六月十二日中午，这一趟专列徐徐抵达南京。没想到迎接医疗队的不是欢呼，而是一筐硬邦邦的冷馒头和一间简陋的私塾教室。

王培元一打听才知道，红会总部提前汇了活动经费给当地分会，谁知分会的会计居然卷款跑了。这一次红会一共派出了四支队伍，除医疗队之外，还有三支赈济队，算上雇用的民夫，得有二百多号人。那会计卷款跑了不要紧，这些人一下子可陷入了尴尬境地，进退两难。

这次救援淮北的大部分善款，是沈敦和在上海组建了华洋义赈会募捐而来，再发给红会，所以财务流程上有些混乱。

抛去总会为这桩丑闻焦头烂额不谈，医疗队在那间私塾里足足等候了一天，始终无法动身。好在王培元是南京人，他找到一个在金陵航渡公司的熟人，弄到一批船票，先行连夜渡过长江，徒步跋涉到浦口。

此时皖北传来消息，水灾局面愈演愈烈，难民大潮已逼近宿州、灵璧一线。王培元当机立断，不等赈济队跟上，先行北上救灾。

可如何北上，是个极大的难题。

因为连日大雨，浦口西北方的滁州也陷入了麻烦，池河、濠河、板桥河全面涨水，官道不通，乘船更加危险。医疗队要向北走，只有一条津浦铁路。可这条铁路尚在修建中，根本没有通行车辆。

最后还是沈敦和想了个法子。他给远在京城的冯煦拍了电报求援，冯煦找到督办津浦铁路的大臣徐世昌，给南段总局直接下达命令，协调来了一辆施工运料车。

于是这支医疗队坐在一大堆钢轨、枕木、道钉之间，一路叮叮咣咣地颠簸到了蚌埠集。

到了蚌埠集，便无法继续走了，因为前方就是淮河，大桥尚未修通。医疗队别无选择，只好先下车，去蚌埠集内休整，因为所有人都疲倦到了极限——这时已经是六月十五日。

"英子你没事吧？"

孙希伸出胳膊，示意她从车厢里跳下来。"还好……"姚英子还嘴硬，可她往下一跳，不防身子一个趔趄，差点从道砟上摔下去。孙希把她搀扶下去，然后转身顺手把宋雅也接了下来——就是借给姚英子头绳的那个女生。

两个姑娘的状态差不多，都是面容憔悴，顶着两个大大的黑眼圈，总是不停地用手指头捋自己的头发，感觉每一根都沾满了滑腻腻的煤灰。

过去的几天对她们来说，可真是前所未有的经历。事实上，对这支队伍里的绝大部分人来说，皆是破天荒头一次。每个人下了车厢之后，都有点恍如隔世的感觉。

远处方三响正挥汗如雨地把行李箱一一搬下来，只有他对这种艰苦见怪不怪。

在铁道工地附近驻守着一支蓝装军队，一问番号，原来是第三十一混成协的一个营。这个协是安徽唯一的新军力量，这次奉命为筑路提供保护。孙希心细，注意到这些士兵手里端的步枪已经打开了保险栓，子弹带也掀开搭扣，一副如临大敌、随时可以射击的架势，也不知是在防谁。

他们听说这支队伍是去蚌埠集，只是漠然地动了动嘴角，也不知是同情还是嘲弄。

王培元、峨利生两名带队医生招呼大家整队集合，简单地说了几句，然后徒步离开铁路工地，朝着三里之外的蚌埠集走去。

这附近最近下了不少雨，道路泥泞不堪。这一队人相互搀扶着，深一脚、浅一脚地朝前走去，泥水飞溅。幸亏在出发之前，王培元要求所有人统一换上短袍和筒裤，否则情况会更糟糕。

"孙希，还有多远啊？"姚英子第四次问。

"再坚持一下，快了，快了。"

"要是有车的话，踩一脚油门就到了……"姚英子嘟囔了一句。事到如今，她就算能返回上海，面子上也挂不住。自己义无反顾跳下去的火坑，只能自己往上爬。

孙希看出她的心思，道："到了蚌埠城里头，就能好好用热水洗个澡啦。我特意带了块香皂，消毒又去油。"

其实他自己也浑身发痒难耐，感觉衬衫和皮肤之间，紧贴着一层脏兮兮的汗盐，恨不得拿开水烫开才舒坦。

不过，比起身体上的不适，他心里更藏着一种郁闷。这次能坐运料车到蚌埠，是沈敦和与冯煦合力运作的结果。孙希不太明白，他们俩不是死对头吗？怎么突然又开始合作了？那夹在中间的自己到底算怎么回事？间谍的工作还干不干了？

孙希正低头琢磨这事有多荒唐，一时间忘了看前头。前头是个高土坡，他猛地撞到方三响的后背，差点弹回去跌下坡底。

"喂，老方你停下来也不提前说一声……"孙希刚抱怨到一半，突然停住了。

随后姚英子也气喘吁吁地爬到了坡顶，看到两个人都呆愣愣地站着，眼神发直。"你们两个看什么呢？"她一边问着，一边朝前方望去。

随着视野变化，一幅难以言喻的画面映入姚英子的瞳孔。

在灰蒙蒙的铅云之下，蚌埠集低矮的城墙下方覆盖着一层纷乱的杂色，青灰色、深褐色、浅绿色、暗肉色，它们被彼此分割成了无数细碎层叠的小点，密密麻麻地覆在城外的每一寸土地上。如果仔细看的话，会发现这些碎点竟是一个个人。

男女老少皆有，数量根本无法清点。他们聚在官道中央，聚在田埂塘边，聚在沟渠堤圩，聚在林木窝棚，像绝望的蚁群爬满所有能落脚的地方。没有棚屋，没有锅灶，连芦席和苫布都很少。

人群像一摊污泥一样涂在地面上，他们半裸着身体，露出黝黑的乳房或嶙峋的胸膛，姿态各异，表情却全都麻木得像是泥塑，仿佛被吸光了所有的精气。放眼望去，那层层叠叠的肢体上，分布着疽疮、癞癣、脓疖、斑疹、久不痊愈而腐烂的伤口……所有能用肉眼看到的人类病症，这里几乎都能寻见，显现出一片病态的斑斓。

虽然聚着如此之多的人，可周围十分安静。没有飞鸟，没有猫狗走兽，连树上的树叶都被摘光了，只剩光秃秃的树杈。一头大牛的骨架匍匐在一处污水坑中，骨架上的肉早被剔得干干净净，只剩无数苍蝇落在上面，舔舐着骨缝里的污血。一股源自屎尿沤集的刺鼻氨气，悄然弥漫在这方荒芜而拥挤的空间之中。

方三响、孙希和姚英子三人呆愣在原地，声带像被手术针缝住了韧带似的，无论如何也发不出声音。

这时宋雅也从后面跟上来，看到这情景，忍不住尖叫了一声。那一片斑斓的杂色突然起了变化。头颅纷纷从污秽中抬起，无数道呆滞的目光齐齐投注到这边来。

第五章
一九一〇年六月（二）

宋雅这一声尖叫，惹得其他人同时面色一变。

方三响反应最快，一把将她拽下坡去。孙希也赶忙推着姚英子，迅速撤回土坡的另外一侧。如果此时有听诊器的话，他们的心率只怕直逼一百七十，动脉几乎都要爆开了。

难怪津浦铁路要派军队护路，原来旁边麇集着这么多人。这些大概是附近逃难而来的难民，没想到已经冲到了蚌埠集前。

王培元与峨利生两位医生相继赶到，也被眼前的景象震惊了。王培元是经历过大灾的人，知道旱灾与水灾的难民形态大不相同。旱灾发生没那么迅速，难民会携带各种家当逃难；而洪水一至，势头迅猛，老百姓往往只来得及自己逃出来，什么都带不走。

所以水灾难民的收容与管理，极为麻烦。眼见蚌埠集前这一片混乱，王培元脸色变了数变，急得直搓手："这怎么行？这怎么行……这是要出大乱子啊！"

眼前难民少说也有几千人，卫生条件简直一塌糊涂。便溺遍地，污水肆流，大量蚊蝇滋生，更别说还有大量没有妥善处置的尸体。这样的环境之下，暴发任何一种传染病都不奇怪。而不远处的蚌埠集四门紧闭，似乎龟缩起来，不闻不问。

两人退回坡底。峨利生医生注意到，医疗队的大部分人脸色都变得惨白，他微微皱了皱眉头，大声道："你们为什么要害怕他们？我们来到这里的目的，难道不是帮助这些不幸的人吗？"

年轻的实习医生们垂下头。他们当然知道自己的任务，可那画面实在太惊人了，如同一把烧红的铁叉子直接捅进双眼，无关情怀，无关技术，那是直击心底的生理恐惧。

其实带这一队的本是柯师太福医生，可惜他身染疾病，峨利生医生便主动请缨前来。只见教授把旁边的长条箱打开，从里面取出一摞白底红十字的袖标，走到方三响和孙希面前，道："发下去，每个人都戴上！"

孙希是他最熟悉的学生，而方三响此时最为镇定。他们俩接过袖标，挨个给同事们发起来。无论男女，接过袖标的手都在剧烈抖动。峨利生医生没有出言安慰，他严厉地扫视了一圈，从长条箱里又拿出一面红十字小布旗，展开旗面，转身朝着坡顶爬去。

王培元有些担忧地喊道："现在过去太危险了！"

峨利生医生一脚已经踏到坡顶，回头道："我不是鲁莽，而是要给我们的学生补上最关键的一课，就是作为医者的勇气。"说完他一跃上坡，把手里的小旗高高举起。峨利生医生的这个举动，让医疗队的成员眼里燃起火光。毕竟都是年轻人，恐惧来得快，去得也快。先是方三响，然后是姚英子，接着其他人也陆续跟上，边戴袖标，边往上爬。

孙希没动，看着王培元。王培元自嘲地笑了笑："大家都这么热情，我很欣慰啊！倒是我，年纪越大，怎么胆子越小了？还不如一个洋人。"他抓了抓即将谢顶的头上的发丝，也跟着爬了上去，并刻意选择站在整个队伍的右侧。这样万一难民冲过来，他可以挡一挡。

坡顶突然冒出这么一个小小的标志，立刻被那一片难民注意到。那些逃亡者不知对方底细，也根本不认得这是什么旗，没什么动静。可随着队伍逐渐接近城门，他们看清楚了，这支队伍里每个人都拎着长箱子和布拎包，包里鼓鼓囊囊的。

这些细节就像是风吹过草地，引动一片羡慕、几缕惊疑和星星点点的渴望与贪婪，很多人眼神开始泛亮。难民群开始了小小的骚动。

峨利生医生走在最前面，目不斜视，大部队紧随其后，只有王培元不时转过头去，观察着周围的动静。

队伍穿过野地，沿着一条长满蒿草的沟渠朝前移动。走着走着，姚英子忽然觉得裤脚一沉，低头看去，发现一只脏兮兮的小手从蒿草丛里伸出来。她"啊"地叫了一声，本能地朝旁边躲闪，那小手没抓到，吓得往回缩了缩。

原来草丛里蜷缩着一个七八岁的小女孩。她全身只挂着一块污糟的肚兜，皮肉深陷，肋骨一根根凸起，一看就是长期营养不良。她大概是太饿了，一看到人来，便下意识地要来乞讨。

姚英子的惊叫把她吓到了，她赶紧惊慌地朝草丛深处缩回去。这时姚英子才看清，她的双腿蜷曲着，脚掌内翻，全靠胳膊在挪动身体。

妇幼保健是女子中西医学院的必修课，姚英子立刻判断出来，这是脊髓灰质炎，也叫小儿麻痹症，她应该是没得到及时诊治而导致下肢屈髋畸形。

她一个连走路都没办法的小女孩，跟着难民潮逃来这里，得吃了多少苦头。姚英子一想到这一点，心里登时软了，她蹲下身子，从怀里掏出半块吃剩下的巧克力，朝前递去。

小女孩不知道这是什么，可饥饿之人别有一种敏锐。她略带畏惧地缩了缩，用鸡爪一样的指头去试探。姚英子挤出一个和善的笑容，索性把巧克力往前伸了伸，轻轻放在她手心。小女孩战战兢兢地看了她一眼，得到认可后，才把东西放进嘴里。

只是轻轻一咀嚼，她双眼顿时睁得极圆，这世上还有如此美好的东西。小女孩的小嘴嚅动着，脸上露出陶醉的微笑。看到这笑容，姚英子恨不得把天底下所有的美食都拿给她。

后面的王培元医生看到这一幕，急忙要去喝止，可为时已晚。小女孩身后的蒿草丛急速摆动，像是有无数小兽穿行其间。一大堆孩子突然凭空冒出来，他们大多全身赤裸着，像草窠里的蚱蜢一样嗡嗡跳起，把医疗队给围住了。

姚英子的善心，给了他们极大的鼓励，原来找这支队伍是可以乞讨到好东西的。有的孩子跪在地上苦苦哀求，有的扯住队员们的衣袖裤管，有的甚至自作主张去翻长条箱。只有峨利生医生与方三响周围没有孩子靠近，前者是洋鬼子，后者的身躯有点可怕。

医疗队的队员们顿时不知所措。这些小乞儿都很可怜没错，可数量实在太多了，而且他们发现队员们不会恶声恶气地大骂，顿时胆量大了起来。像宋雅这种体形娇小的姑娘，被推搡几下就要哭起来。

更可怕的是，看到小乞儿们得手，附近的成年难民们也蠢蠢欲动，三两个地朝这边凑过来。

王培元救灾经验丰富，知道一旦这些灾民得到鼓励，整个医疗队都会"失陷"在这里。他狠了狠心，一把扯掉攀到宋雅背上的小孩，冲方三响喊道："三响，去把他们隔开！"

方三响利用高大的身躯，一挤一扭，便把靠近姚英子的几个孩子挡了出去。他双手一拎，像拎小猫一样抓起两个，扔回蒿草丛中。

在混乱中，姚英子看到那个小女孩蜷缩在地上，好几双光脚直接从她背上踏过去，便赶紧冲上去把她扶起，可这么一个举动，让周围的饥民们更是兴奋起来。

这时孙希及时冲过来，把她往回拽去，顺手从口袋里掏出一把铜圆，朝远处远远一抛，立刻引走了七八个小孩子。

就在医疗队与乞儿们纠缠时，蚌埠集头突然响起一阵急促的锣声。乞儿们一听这声音，立刻放弃了对这支队伍的围逼，转而朝着城门前拥去。事实上，整个城外的难民群都因为这锣声而蠕动起来。

狼狈的医疗队在王培元的带领下，迅速朝着蚌埠集靠去。在城门口，他们看到一队绿营装束的士兵手持马鞭和长枪走出来，人人都用布巾围住口鼻，赶出来十几辆驴车，每辆驴车都装着几口青灰大瓮，瓮口热气腾腾，有淡淡的米香弥漫出来。

在绿营的监督下，这些大瓮依次卸下，一字排开。难民们对这个流程很是熟悉，默契地排了几十条长队。现场没看到蚌埠当地官员或乡绅，只有面无表情的绿营兵们背靠城墙，横着长枪——与其说是维持秩序，更像是在提防着什么，与津浦护路队的神态差不多。

王培元眯起眼睛观察了一阵，神情越发严峻。这支赈济的队伍里没有医生，也没有任何人做登记——不像是赈灾，倒像是贿赂。

蚌埠集的城墙很是低矮，根本经不起冲击。目前这形势，很可能是官府与灾民形成的默契：我保你饿不死，你也别来烦我。

这种事在如今很常见。各地的父母官一遇到灾情，自家城门一关，舍点钱粮出去，只盼着把灾民打发过境了事，至于卫生状况什么的则一概不管。所以每次暴发灾情，动辄绵延数十州县，就是官府各扫门前雪的缘故。

峨利生观望了一阵，发现驴车上只有稀粥，忍不住开口道："这样可不行，只有粮食，没有青菜的话，很快就会暴发坏血病的。"王培元无奈地摇摇头，城外这个卫生状况，需要担心的实在太多了，坏血病已经不是最急迫的。

这个数千人的逃难群落的卫生状况恶劣到无以复加，俨然一枚定时器坏掉的定时炸弹，随时可能会爆炸。一旦出现疫情——无论是伤寒、麻疹、鼠疫、白喉还是疟疾——将会在极短的时间内扩散出去，造成极大的灾难。届时别说旁边的蚌埠集，整个淮南地区都可能会沦为人间地狱。

一想到这个严重后果，两位教授不由得心中发毛，一心想尽快进城，说服官府展开防疫工作。

蚌埠绿营对这一队古怪的人态度不甚友善，一个满脸横肉的把总直接喝令他们折返，宣称城门除施粥之外，不得开启，亦不允许闲杂人等进出。王培元手执官府文牒，反复表明身份，可把总坚决不同意。

医疗队遭到这种冷遇，队员们无不愤愤不平，脾气急的索性开骂起来。把总眼睛一瞪，要把他们都驱赶开。还是孙希想出个办法，他把峨利生医生往前一推，厉声道："这是英国公使代表，他担心大英帝国在蚌埠集内的利益受到损害，需要进城查看。"

那时节民怕官，官怕洋人。一看到高鼻深目的峨利生医生凑过来，把总先自矮了半分，又听说事关洋务，顿时没了抗拒的勇气，松口说得有当地人作保才成。

方三响很是不爽地哼了一声，洋人的面孔比中国人还管用，这可真是讽刺。孙希知道他的心思，拍拍他的肩："事急从权。"

幸亏蚌埠集里也有几个红十字会的通讯会员，身份还不低。王培生设法跟他们取得联系，他们出面作保，这才把医疗队顺利接进城去。

蚌埠集市不大，城内只有老大街、华昌街、太平街三条正街，比之上海远远不如。不过这里连接怀远、五河、凤阳、淮南各处，是重要的商业集散地，沿街一排排皆是木制厢铺与货栈，放眼望去比民房还多。

这一次因为皖北水灾，城里的行人明显变少，店铺也大部分上了门板，门口只留着一根拴驴桩子。其实敲敲门的话，店主全家多半还在，只是所有人都不举火烛，不发声响，像乌龟般缩在壳子里，巴望着灾难早点结束。

城里只有两家客栈，早已住满了因洪水而滞留的客商。在当地会员的斡旋之下，医疗队被安置在了太平街尽头的一处酱园库房里。这里地板上东一团、西一块全是酱油渍，医疗队的年轻医生们顾不得许多，把干稻草往地上一铺，直接躺在上头，呼呼大睡过去。

睡了三四个小时，姚英子被一股刺鼻的味道熏醒了。没办法，隔壁就是酱园的曲室，几百斤豆粕曲料正在里面发酵酝酿。虽然她在上海也见过浓油赤酱，可直接睡在酱油缸旁边，体验完全不同。

她厌恶地扯了扯长发，发丝有点发黏，除汗腻之外，上面又附了一层咸腥味。如果这时候能放一缸热水，用巴黎洗发水洗净头发，再换上丝绸睡衣，来一杯热牛奶，该多么惬意。

可浑身关节的酸疼，把姚英子拽回残酷的现实中来。滑腻的地板，阴暗的采光，肮脏斑驳的墙壁和无处不在的霉味，她僵硬着不敢动弹，只有胃袋微微翻腾着。有那么一瞬间，她甚至生出一种悔意，自己是不是不该扒上那辆车……

这时库房的门被推开，方三响提着四个水桶进来了。桶里是刚打上来的井水，桶底扔了明矾。其他人此时陆陆续续起身，他们都有些沮丧，连交谈的兴致都没有，默默地围着水桶洗漱。

城外的那一幕像一股浑浊的洪水，冲垮了这些年轻人所熟知的一切文明印象。他们无法想象，这一切竟然发生在和上海相距不过几百公里的土地上。

孙希见姚英子抱着双腿默然不语，把一块浸好的毛巾递过去："后悔跟过来了吧？"

"没有！我就是有点倦。"姚英子把毛巾扑在脸上，遮住表情。清凉的井水刺激着皮肤，让她稍微精神了点。孙希叹道："别逞强了，其实大家都是一般心思。这实在是太可怕了，《神曲》里描写的地狱景象，也不过如此。"

姚英子脑海里浮现出那个小女孩的眼神。自己连五分钟都忍受不了，她怎么能一直生活在其中？姚英子试着去揣摩她的处境，却发现那远远超过自己的想象。

他在南非的矿井里，是不是也这么难受啊？姚英子忍不住又想起那个挺拔修长的身影，她也曾无数次揣摩他的处境，同样无从着手。她所能想象出的最惨的画面，无非是满地尘土、一日两餐。

这时另外一个男生发出惊呼，一只硕大的老鼠从他头顶的房梁上飞跃而下，迅速逃出屋子。这引发了一场新的混乱。方三响摇摇头，又从外头端回一个大盆和一个木桶来。

盆里是用酱油炖的菜，黑乎乎的分不清什么种类，里面有零星几块肉，汤上浮了几丝油花。莫说跟上海馆子里的比，就是总医院食堂的菜都比它好上许多倍。旁边的木桶里，是满满一桶糙米饭，饭粒瘪黄，里面还有可疑的黑点。

众人一看这饭菜，毫无食欲，都不想吃。

孙希变戏法似的从怀里掏出一个油纸包，打开，里面是一包香气四溢的炖肉。旁边一个叫严之榭的胖同学叫道："这是老任桥牛肉，你哪里买到的？"

孙希得意道："我问城里的一家清真铺子弄的，据说是当地特产，尝尝？"

闻到香气，姚英子肚子"咕噜"叫了一声。可她看到纸包里除了牛肉还有牛心、牛黄喉、牛肚绒之类的牛杂，猛然想起城外那头被吃得干干净净的牛骨架子，忍不住张嘴欲呕。孙希赶紧把手一缩道："喂，喂，别弄脏了，这会儿找个能开门的铺子可不容易。"

严之榭对姚英子讨好道："老任桥牛肉里，最好吃的是清炖牛肚绒，用麻油浸拌过之后极入味。姚小姐若吃不惯下水，可以试试那个。"姚英子瞥了一眼，还是摇了摇头。

"你怎么有时间出去的?"姚英子忽然发现,孙希的黑眼圈很明显,猛然醒悟:"你是嫌这里脏,一直硬撑着没躺下睡吧?"——论起洁癖,孙希可比她严重多了。

孙希狼狈地辩解道:"Nonsense(胡说)!我睡得很好!"姚英子知道他脾气,一旦碰到难以启齿、无法回避的尴尬,就会试图说英语来逃避。看他的反应,果然是熬了一夜没睡。

孙希转身送到其他女生面前,可谁都吃不下,男生们肯动手的也不多,大家病恹恹的都没胃口。只有严之榭满不在乎地拿起几块,大口吞下。

他是浙江金华人,家里做火腿生意,是以养出一副老饕脾胃。平时在学堂里,他就三天两头出去打牙祭,哪里有美食都逃不过他的眼睛。

这时方三响走过来,把最后一桶水放下,道:"你们别聊天了,快点洗漱。等一下就要开会了。"他看了眼姚英子:"英子,如果你受不了的话,还是早点回去吧。"

姚英子眉头一立,正要反唇相讥,方三响的声音骤然提高,显然不只说给她听:"这里可不是偶尔闹闹赤痢的闸北,这里是实实在在的灾区,要死人的。如果你们连现在的状况都无法承受,说明还没准备好。"

严之榭抹抹嘴边的油,过来打圆场道:"大家初来乍到,难免不太适应嘛!好比广东人到了四川,肠胃也熬不住辣。"方三响瞪了他一眼:"这是一回事吗?"

方三响正经经历过战场,又在战地医院里实习过。他说出这一番话来,严之榭便不敢多说什么。姚英子气不过,忍不住反击道:"你怎么知道我没准备好?"

方三响指着饭菜道:"因为你吃不下这些东西。"他嘴唇紧抿,双目圆睁,显然不是开玩笑。姚英子的火气一下子上来了:"我知道!你是在怪我,怪我把巧克力给那个小女孩,惹来一堆乞丐,对不对?!"方三响愣了下:"我可没那么说,我是说,资源有限,要捉大放小,别把注意力放在个别病例身上……"

"你觉得我是个成事不足的大小姐!给你们添累赘了对吧?"姚英子这一路的憋屈,一次狂泄而出,"好!我吃!我吃下去你就没话说了吧?方主任?"她拿起一根竹签,插起一块炖得稀烂的牛肚就往嘴里送。

那牛肚滚在嘴里,姚英子几次要呕出来,可还强撑着往下咽。宋雅吓得赶紧搀扶住她,拍打背部。孙希出来打圆场:"哎,蒲公英你少说两句。大家是没休息好,有点低血糖嘛,不要意气用事。"

方三响却分外执拗:"我不是意气用事,我是在担心!这是战场,不是郊游,疫病可不惯你的脾气!"

"谁要你这个悭吝人来管！"

两个人还要再吵，幸亏这时两位教授出现在库房门口，才中断了这场莫名的吵闹。

王培元与峨利生头上戴着刚买的竹雨笠，身披蓑衣，活像两个走船的渔民。这些年轻人还在休息的时候，他们可没歇着，冒雨去找当地官府交涉。

两人顾不得去安抚大家的情绪，迅速召集所有医疗队成员。姚、方二人怒气冲冲地互瞪一眼，分别站到了队伍的两端。

王培元的眉头和皱纹挤在一处，活像个压瘪的橘子，可见交涉得并不顺利。他简单地介绍了一下当前形势。

原来蚌埠这地方和别处建制不一样。它原本只是一个集市，名叫蚌埠集。后来朝廷把凤阳、灵璧、怀远三县各割一部分，以集市为中心合并成了一个镇子，没有县衙，只设了一个三县巡检司。所以蚌埠只能称集，只有一道围墙充作城墙。

这种级别的防御，根本顶不住大量流民的冲击。三县巡检司只好动员城内商绅捐出米粮，只求安抚住那些流民。至于消除卫生隐患方面的事，他们既不懂，也不敢，更不能去做，连基本的人数统计工作都没做。

对于红十字会医疗队的到来，巡检司的态度并不热情。姓李的巡检表示："洪水早晚会退，灾民早晚会散。横竖都是旁县的百姓，生死自有当地官员头疼，我等只要固守城关、多挨几日就好了，何必多此一举，杞人忧天？"

王培元费尽唇舌，可李巡检始终不为所动。峨利生医生实在气不过，拍了桌子说如果放任城外灾民不管的话，迟早会暴发大疫，届时城墙可保护不了蚌埠集内的军民。

不知是峨利生医生的洋人面孔起了作用，还是"大疫"二字太过骇人，李巡检的态度稍微有些松动。但他表示，除非医疗队能证明确实有大疫要暴发，否则蚌埠将维持现在的体制。

王培元讲到这里，环顾着一张张略显茫然的面孔，一贯和善的面孔变得严肃。

"大家也看到城外的状况了，四个字，危如累卵！在这种情况之下，我们应该怎么做？"

队员们议论纷纷，有的说要把灾民悉数隔离；有的说要填埋尸体与垃圾；有的说要修建厕所，切断污染水源。

王培元道："你们说得都对，说明同学们课堂上都认真听讲了，我很欣慰。但是，没有当地官府的支持，这些事情我们现在做不到——这是你们要学的第一堂课：

防疫工作，绝不只是一个医学问题，还要考虑很多医学之外的要素。"

"那我们要做什么呢？"方三响发问。

王培元道："请各位谨记，接下来我们的首要任务，是排查所有难民的症状，尽快搞清楚潜在的时疫类型。只此一项任务，别的都暂时放一放。"

他参与过很多次灾难救援，深知地方上很少有单一的时疫流行。难民们会携带不同的病菌聚拢在一块，形成一个极复杂的培养皿，各种疫病杂处混居，如同养蛊一样。哪一种时疫会"脱颖而出"，谁也无法预测。

对救疫人员来说，同时应对所有疫病是不可能的，只有先确定最具威胁的时疫类型，才能有的放矢。

王培元又补充道："我们的时间，只有六天。"

六天？

这番话让所有人都很意外。这么短的时间，要在一个几千人的大群体里进行疫病排查，太仓促了吧？

"六天之后，会有一批军火运入蚌埠绿营，李巡检将会开始驱散流民。"

王培元没有往下说。但队员们知道得很清楚，流民一旦骚动，疫病必然随之四散流窜，届时做什么都晚了。

可是，只有六天啊……

队员们面面相觑，在彼此的脸上只看到困惑。六天之内，要抓出最具威胁的疫病，无异于在即将海啸的大海中捞起一根针，必须集中所有人手来做这件事，这意味着……要对很多病患视而不见？

王培元看出了大家的困惑，无奈地摇摇头："我知道你们觉得这很残酷。但只有拿到证据，我们才能说服巡检司；只有巡检司提供配合，我们才有可能拯救大多数人。这就是现实，它从来不会按照理想状态展开。至于多余的同情心，我建议你们暂且收起来。"

姚英子不由得低下头，觉得脸颊有些火辣辣的。

"红会的援助呢？"有人高声问道。红会这一次可不只派遣了医疗队，还安排了携带救援物资的大部队陆续出发。

"我们搭的是最后一班运料火车，现在整条津浦铁路都因为水患而关闭了——短期内，我们只能靠自己。"王培元回答。他环顾四周，看到这些年轻人士气不是很高昂，"啧"了一声，招了招手，让他们聚得更近些，开口道：

"你们在入学之时，应该都背诵过希波克拉底誓言吧？"

众人点头，以为王培元又要来一番说教。不料他却开口道："我不是要带你们重温这段誓言，我是想给你们讲一讲孙思邈。"

孙思邈？药王孙思邈？在场的人除了峨利生都听过这名字，可为什么突然要讲起他？

"希氏之誓言，不独西方有之。孙思邈有一本著作，叫作《备急千金要方》。这本书的第一卷却不是讲药理，而是讲医德——"他饶有兴味地当场背诵起来，声音抑扬顿挫：

"凡大医治病，必当安神定志，无欲无求，先发大慈恻隐之心，誓愿普救含灵之苦。若有疾厄来求救者，不得问其贵贱贫富，长幼妍蚩，怨亲善友，华夷愚智，普同一等，皆如至亲之想，亦不得瞻前顾后，自虑吉凶，护惜身命。见彼苦恼，若己有之……如此可为苍生大医。"

这篇古文相对简单，这些学生都是上过私塾的，一听就明白。他们惊讶地发现，这段论述，竟然与希波克拉底誓言惊人地相似。孙希低声翻译给峨利生教授听，后者也是频频点头，深有感触。

"我知道你们现在很害怕，这是一种与生俱来的生理性表现，很正常。但是，当你佩戴起红十字袖标，那就意味着你要背负起相应的责任，用意志力去克服软弱的天性。这是希波克拉底所谓医生的天职，也是孙思邈所说的苍生大医。诸位若能理解，我便很欣慰了。"

峨利生教授接话道："你们一定要记住，治病和救疫，是完全不同的两件事。前者是医学，后者更像是社会学，更需要我们用人性去理解。刚才王教授背诵的那段话里提到……"他迟疑了一下，让孙希在耳畔重复了一下中文发音，然后努力用古怪的腔调复现出来：

"见彼苦恼，若己有之。见彼苦恼，若己有之。"

峨利生念叨了两遍，到底还是改换回了英文："看到别人的苦痛，有如自己感受相同。这种共情，是救疫所必备的精神。所以你们一定要记住，我们接下来要去的不是地狱，而是战场。我们要去战胜的不是病患，而是疾病。"

湛蓝色的双眸扫视过每一张脸，一股电流般的震颤从医疗队每一个队员的身体里流过。两位老师的鼓励，就像是吗啡针一样，斥退了疲惫和困顿。大家不约而同地挺直了胸膛，齐声说："记住了！"

王培元呵呵一笑，老怀大慰道："老峨，你中文不错啊，我很欣慰啊，很欣慰。"峨利生医生目视前方，唇边却轻轻叹出气来，这句中文他已经快听厌了……

见大家都没什么异议，峨利生医生公布了接下来的行动方案：

医疗队将分成甲队和乙队。甲队由王培元带领，对城外灾民进行初步的统计以及身体检查，采集数据与样本；乙队由峨利生医生带领，在蚌埠集内找一个条件适宜的地方设立割症室、解剖室与检验室，做病理分析与检验，顺便也对急切的重病患者进行救治。

接下来，王培元开始点名，方三响和几个体格比较好的男生被编入甲队，严之榭也在其中。孙希和几个内、外科尖子则被编入乙队。点到姚英子的时候，王培元迟疑了一下，问她愿意去哪队。姚英子瞪了方三响一眼，气鼓鼓地说她去乙队检验组，省得碍某些人的眼。

王培元并不清楚之前的争吵，不过检验组相对安全，便同意了。

接下来，医疗队按照出发前的预案，开始有条不紊地准备起来。姚英子找到装着检验设备的箱子，这里装的都是玻璃仪器，极易破碎。她谨慎地朝库房外慢慢抬，不提防踩到酱油污渍，脚下一滑。眼看整个人连箱子都要摔倒在地，一只大手及时托住了她。

"小心点。这些设备很贵，碎了可没法补充。"

方三响提醒，然后拎起两大箱时疫药水，转身走开。姚英子忍不住冷哼一声，冲他的背影翻了个白眼。

经过一番周折，医疗队最终把割症室与检验室设在了蚌埠集的一个道观里。这里规模虽小，还算干净，观内还有一眼深井，取水用比较方便。旁边的地窖，原本就是临时停灵的地方，现在正好改为解剖室。

孙希他们忙着在右厢房消毒，姚英子和宋雅一起待在左厢房，一件一件把仪器、载玻片、塞着棉花的试管拿出来。这一次医疗队带来了几架显微镜，什么牌子都有。王培元让姚英子负责检验室，也是因为她调校手段高明。

"姚小姐你可真厉害。"宋雅一边抠出试管里的棉花，一边赞叹道，"我最头疼的就是调显微镜了，要么看不见，要么一片模糊。"

"叫我英子就行了。"姚英子专心致志地拧着旋钮，"你呀，一定得记住，先调目镜，再调物镜焦距，算准每个倍数的成像距离就好了。"

"唉，我总是记不住这些东西，也许当初就不该来医学堂。"宋雅幽幽道。她是学看护专业的，也属于约定生。

姚英子抬起头来："你这么想就错了！张校长说过，女子比男人细致、坚韧、有同理心，最适合献身医学。你如果自己都不坚定一点，外头那些男人的偏见便更深了。"

宋雅苦笑道："你跟我们不一样，谁敢对姚家小姐有偏见呀？"

"这和身份没关系，这是性别上的歧视。你看那个方三响，刚才非说我吃不得苦，还不是因为他下意识觉得女人都柔弱不济事？"

"哎……你们关系不是蛮好的吗？"

"哼，谁跟他关系好！一枚铜钿掰四瓣的吝啬鬼。"姚英子恨恨地道，"他这么积极，怕是就为多拿一点补贴。"

宋雅有点尴尬，垂下头："我……我也是啊！这次来皖北的人，每天有两个角洋的补贴呢。"厢房里的气氛顿时有点凝滞。姚英子"呃"了一声，赶紧解释道："你们不一样。你是节俭，他是真爱钱，比曹主任还计较。"

"其实，我心里是很害怕的。不……不是现在才有，很早之前，峨利生医生开始上解剖课以后，我就一直在做噩梦了。我一点也不想做看护，我怕血，怕尸体，怕那些恶心的图片……"宋雅的声音微微发抖，纤细的手指几乎握不住培养皿，"可我没办法。没有补贴，我不能，我只能……"

宋雅说着说着，竟小声啜泣起来。

总医院的约定生中，有很多人和宋雅一样家境贫寒，完全是冲着免费食宿与补贴才来的。一旦被赶离总医院，就会陷入困顿。方三响说过很多次，但姚英子直到现在才算真正理解。

一块手帕递到了宋雅的脸前。姚英子没吭声，以她的身份，现在说任何宽慰的话都显得虚伪。宋雅擦干净泪水，小声问了句："姚小姐，你难道不怕吗？"

姚英子的眼神飘向窗外，外面阴雨飘摇。"我吗？我认识一个人——嗯，就算是认识吧——年纪和我们差不多大，也是刚毕业不久，一个人去了南非的矿山，帮助那里的华工。我一直在想，他一个人在那么远、那么苦的地方，难道不怕吗？可是我一直想不通。这次到蚌埠来，我也觉得害怕，可这也是个好机会，可以试着理解他。什么时候我不再害怕这些，大概就能明白他的心意了吧？"

说着说着，姚英子的神情有微妙的变化，鼻端似乎闻到碘酊的味道，面颊居然微微泛红。这种微妙的气氛，突然被对面厢房的孙希打断："英子，宋雅，快，快过来帮把手！"

两人推门赶过去一看，原来甲队已经开始从城外输送病患过来了。

虽然王培元说要收起同情心，可红会职责所在，不可能真的见死不救。所以一些急病患者，还是会送来救治，诸如急性阑尾炎、绞窄性肠梗阻之类，都是水患之后常见的症状。一起送来的，还有两具无名的新鲜尸体，放在地窖里等待解剖。

其实按照大清律，是绝不允许解剖尸体的。不过皇帝既然照顾不到这座孤城，那么他的权威在这里自然也暂时失效。

割症室里只有三个床位，峨利生医生让孙希等人各自负责一个，他则游走于三床之间，随时予以指导，整个厢房里顿时乱成一团。姚英子和宋雅过去帮忙，可没过多久，不得不退出来，因为她们的工作也来了。

姚英子把一卷厚纸展开，和宋雅各执一边，贴在检验桌的对面。这张纸上画满了纵横交错的墨线，分隔出许多小方格。

这是王培元医生和峨利生教授一起绘制的速查表。它的最左一列，是各种常见的传染病名称，诸如肺鼠疫、霍乱、登革热等；最上一行，是二十几种人体发病的典型症状，发热、咳嗽、起疹、头疼、眼结膜充血、肝脾肿大等等。倘若一种传染病有相关症状，两者交错的格子里，便有一个朱笔涂勾。

这个表格一目了然，即使是再差的学生，也能按图索骥做出基本判断。

她们俩刚把速查表贴完，第一批样本便送过来了，盛在一个大竹筐里，筐隙满是新鲜泥土。姚英子一撸袖子，和宋雅分工埋头做起事来。开始她们还会偶尔交谈几句，可很快厢房里只听见脚步声和器皿碰撞声。

这一忙，就是整整三天。

样本像雨后的韭菜一样，一茬又一茬，源源不断地从城外送回来，每一件都要及时观察、检验、记录，割症室和解剖室时不时还会送来一些新鲜的人体组织，要立刻得到结果。

在厢房的另外一角，还有一个简陋的木架子，上面摆放着为数不多的科赫式玻璃培养皿，里面盛放着浓度不一的明胶培养基，都是拿骨头汤熬的。

六月正是闷热潮湿的雨季，倒很适合培养物生长，只是苦了待在厢房里的人。

姚英子觉得自己变成了汽车发动机里的活塞，无时无刻不在厢房里往复运动，疲于奔命，连吃饭的时间都没有。饿了啃两口冷馒头就点酱菜，渴了喝点热茶——因为两位教授严格要求，只能喝煮沸后的水。

老任桥牛肉她再也没机会吃，因为孙希几乎没离开过割症室。他偶尔会来检验室送样本，但没说几句便匆匆离去，黑眼圈深得像一副墨镜。至于方三响，姚英子一直没见到过，但她收到的问询表和样本瓶标签，很多都是他独有的大架子笔迹。

甲队只有严之榭偶尔会回来一趟，脸依旧胖乎乎的，只是神情憔悴得很。从他口中，姚英子得知甲队的工作颇为艰难。一方面是灾民的数量太多；另一方面灾民对医疗队的手段充满恐惧，语言又不甚通。尤其是抽血，灾民的抵触情绪非常大，有几次差点动起手来。

甚至那几具被抬去解剖的尸体，一度被谣传是割去心肝食用，引发了很大的骚动，连巡检司都过来询问。峨利生医生不得不分出神去，帮当地几位乡绅的母亲做了白内障手术，这才把民众的情绪压下去。

"我还以为最难对付的是疑难杂症呢，没想到会是病人的愚昧。"严之榭愤愤不平地说，一口吞下半馊的饭团。

这一次，医疗队的队员们终于学到书本上没有的东西。他们就像是刚刚离开训练场的战士，披挂着精良甲胄，手持着锋锐武器，可踏入现实战场的一瞬间，便沉入泥泞之中，举步维艰。所有的一切，都不会像老师讲得那么理所当然，也没有现成的公式，他们必须依靠自己，在这个冗赘、杂芜而复杂的世界一步步杀出来。

在巨大的压力之下，各种低级失误层出不穷。这支军队几乎是跌跌撞撞朝前冲去，留下一路狼藉。这时候，队员们才理解王教授之前说的话："治病和救疫，是完全不同的两件事。"

所有的伤春悲秋与矫情，全在这种极度忙碌中被稀释至无形。大家不再嫌弃酱油炖菜，有什么吃什么；也不再挑剔地板肮脏，因为根本没时间躺下安睡。当初姚英子和方三响那段不愉快，早烟消云散了。她本来还想打听一下，当初那个患小儿麻痹症的小女孩怎么样了，可了解到甲队的忙碌状态后，只好暂时收了这个心思。

他们不只白天要完成繁重的工作，晚上还要被两位教授召集起来，检讨工作得失，讨论检验结果。开完会之后，这些年轻人在席子上倒头就睡，经常一闭眼就睡着了，连梦都没有，直到数小时后被人叫醒。

在这期间，蚌埠集的局势一日比一日紧张。灾民们发现，米粥每天都变得更加稀，几乎能照清人脸。这些失去一切的普通百姓，求生直觉格外敏锐。米粥越稀，他们便越接近蚌埠集城墙之下。绿营士兵一天比一天紧张，呵斥声也凶狠起来。

北方的淮河尚算平稳，可人类之间的均衡正在悄然崩溃。

六天，这个时限沉甸甸地悬在众人头顶，犹如一道徐徐落下的铡刀。医疗队里每个人的神经都绷到了极限，拼了命要在死线前找出答案。

这种寻找并不需要多高深的医学知识，就是大量重复性劳动：询问，提取，检验。那些以为防疫靠灵光一现的人，如今梦想被碾轧得连渣都不剩。

更让他们焦虑的是，这种努力迟迟不见回报。难民群里出现的症状不是太少了，而是太多了，发热、起疹、腹痛、头疼、手脚发凉……令人眼花缭乱，无从判断哪一种更具有普遍性。三天过去，那头狡猾的恶魔仍旧隐匿在人群的缝隙里，默默积蓄着能量，伺机暴发。

第四天中午。

姚英子麻木地从架子上拿下一个玻璃培养皿，略做染色处理，然后用显微镜对准。这些动作她重复了无数次，但这一次，她忽然发现有些古怪。

明胶培养基上，聚集了大量古怪的球状细菌。在用革兰氏法染色之后，呈现出嫩嫩的粉红色。

可这些怪东西既不像短杆的大肠杆菌，也不像卵圆形的百日咳杆菌，姚英子瞪着眼睛盯了半天，也没找到核仁与核膜，脑子里没有一种阴性菌符合这种特征。

这已经不是第一次出现了。她皱起眉头，叫宋雅把记录拿过来。一共有三个样本，一个提取自一名五十岁男性死者的腓肠肌筋膜，一个提取自一名四十岁女性的口腔细胞，还有一个提取自一个十五岁男性的血液。

她又去翻问询单。死者的过往病史欠缺，另外两个活人都有过发热症状，都起过疹子，很多人都有过类似的症状。不过这几个人还不约而同地提及，他们的胫骨也隐隐作痛。姚英子仰起脖子，看了半天速查表，没有能够完全匹配的病症。

"也许是光线太暗，你看错了吧？或者培养基被污染了？"宋雅有气无力地说。这几天她们观察显微镜快要看吐了，经常头晕眼花，操作失误很频繁。

外面黑压压的一大片阴云，窗口的光线很暗。姚英子点起一盏煤油灯，把显微镜靠近，反复调试焦距，可还是无法判定这个怪东西的真容。宋雅说赶紧检查下一项吧，不然今天的任务又完不成了。姚英子却觉得不甘心，跑到旁边厢房找孙希过来看。

孙希盯了半天，双手一摊："细菌学不是我的专业啊……先别管它有没有核仁，你想过它们的传播路径是怎样的吗？"

经过连续数天的奋战，医疗队的年轻队员们已经略窥门径了。治疫最关键的点，甚至不在疫病本身，而在于其传播途径。比如腺鼠疫是通过鼠蚤传播，白喉靠飞沫传播，痢疾与霍乱通过被污染的水与食物传播，布鲁菌病通过牛羊牲畜传播……

确定了传播途径，便可以进行有效切断。所以他们在研讨时，会下意识把注意力集中在这上面。

姚英子查阅了记录，还是无法回答这个问题。孙希低头又研究了一下，觉得十分古怪。腓肠肌是肌肉组织，俗称小腿肚子，口腔属于消化系统，血液是循环系统，三个地方不搭界，怎么会同时有这种古怪的细菌出现呢？

教科书上写过的那些病症，没有一个是可以覆盖这三种途径的。孙希拗不过姚英子，又把峨利生医生给拽来了。

峨利生医生比前几天憔悴多了，眼窝深陷，颧骨似乎更凸了。他听完姚英子的汇报，在显微镜里观察片刻，最终还是摇了摇头："微生物的研究刚刚开始，有太多新物种学界尚未发现。至少在我的知识范围里，我无法回答你的问题。"

到了晚上的例会，姚英子把这个发现说了出来，王培元同样无法解答。她有点沮丧，觉得既然他们两位都这么说了，也许这真的是个意外失误，便把报告纸揉成一团丢掉。可旁边一个人俯身把它捡起来，姚英子一看，居然是方三响。

"你干吗？"她不太自然地问道。两人上次吵过之后，这还是第一次讲话。

方三响这几日是医疗队里最辛苦的人之一，他密布血丝的双眼扫视纸面："我觉得有点奇怪。"

"什么？"

"你找到的这个细菌，在口腔细胞、肌肉组织和血液里都有发现。什么样的细菌，能同时到这三个地方？"

他直言不讳地提出疑问。姚英子摇摇头，这个疑问她和孙希讨论了很久，没有答案。所以大家才倾向于认为，这也许只是一次操作失误。

"那三个问询单都是我做的，他们三个都来自同一个村子。你看，胫骨疼这一点，两个活着的人都曾提及，而那位死者，恰好也是在小腿肚子的肌肉筋膜里发现异常。我觉得这不是个巧合。"方三响道。

"也许只是关节炎吧。毕竟只是他们三个人有这样的症状。"孙希不以为然，他们的任务是找出覆盖人群最多的症状，这种小伤痛不在考虑之列。

"如果这个症状别人也有，只是排查的时候被忽略了呢？"方三响表情严肃，"我们在排查时，重点是放在体温、体表和一些重要器官上——无论是我们还是他们，下意识会认为腿疼和时疫无关，你不去询问，人家自然也不会特意回答。"

"腿疼和时疫确实无关吧？"孙希不服气。

方三响扬了扬问询单："你看，出现发热、起疹的难民比例很高。如果这些人也同时存在胫骨疼，说不定是一个突破口。"

姚英子突然有些扭捏："这么说，你相信我的发现不是个错误？"

"时间快来不及了，后天下午巡检司就会动手。死马也得当活马来医。"

姚英子闻言胸口一闷：你多安慰我一句难道很难吗？她只得原地恨恨地跺了几下脚，咬牙道："你想怎么办？"

"光在这里瞎猜没用。大家辛苦一点，去找之前排查过的村民，跟他们确认是不是都有胫骨疼的症状，顺便访查一下患者的传染病史和生活习惯。真相如何，还是得做实地调查——英子，你跟我去回访那两个人。"

"我也去？"

"对！"

姚英子心中有些犹豫，可还是鬼使神差地点了点头。

次日一早，众人匆匆出了城。孙希本来也想跟着去，可手头有一个要紧的解剖任务，他只好偷偷递给姚英子一把德国产的柳叶刀，用来防身。

姚英子跟随着大部队，钻过一条漆黑狭窄的城门洞，眼前忽然豁亮。这豁亮其实也不算太亮，因为铅灰色的阴云牢牢钉在头顶，连光线上都附着一层浮灰似的。

借着这病恹恹的天光，她再次看到了那一片黑压压的难民聚落。几天过去了，聚落并没有任何改变，脚下依旧污秽肆流。昨晚又落了一场大雨，却丝毫没洗去空气中的闷浊。姚英子目力所及的景色全罩上了一层湿漉漉、黏糊糊的灰绿色，沤腐之味仿佛从每一粒泥沙与每一处草窠的缝隙中弥散而出。

但很奇怪的是，姚英子发现自己不像之前那么惊恐了。她还是厌恶这些，会下意识地屏住呼吸，可原来那种恨不得拔腿逃开的绝望，却倏然消失，反而隐隐有些迫不及待，仿佛前方隐藏着她追寻已久的答案。

"你害怕吗？"方三响问。

"还好……"姚英子咽了口唾沫，"你呢？"

"我在营口教会医院的日子，比眼前还要恐怖得多呢，到处都是断肢残臂，还有脑子被削掉一半的人，满目都是鲜血。后来魏伯诗德教士告诉我，有一个办法可以消除恐惧。"

"是什么？"

"消除恐惧最好的办法，就是给自己设立一个目标。当一个人有了想做的事情，一门心思忙碌起来，便再也顾不得害怕了。"

"那你的目标是什么？"

"报仇。"方三响的神情一瞬间变得狰厉，"我要变得更强大，这样才能替我爹报仇。"

姚英子一阵愕然，她知道他的悲惨过去，可没想到他居然执着到了这个地步。方三响道："我克制住恐惧，在医院里拼命表现，这才获得魏伯诗德教士的认可，推荐我来学医。我一个孤儿，唯有学医才能出人头地，才有机会报仇。"

他那么吝啬，不会是在暗中攒钱要搞复仇大计吧？姚英子心中暗想。

"英子，你最好也想明白，自己真正要做什么，这样才不会害怕。"

姚英子本来想说"我有啊"，可话到嘴边，忽然觉得太幼稚了，憧憬一位只见了一面的医生，跟为父复仇这种事实在没法比，最后她轻轻答了一声"嗯"。

两人很快离开城门，进入灾民聚集区。大部队分散之后，方三响这几天下来早已轻车熟路，带着她朝着聚落东北方向走去。经过数天的艰苦调查，方三响已经大体摸清楚了。灾民群看似杂乱不堪，其实隐隐有着聚合规律。一个村的人，往往会聚在一块，人与人之间基本不会有大的流动。

他们用围巾遮住口鼻，把红十字袖标戴在胳膊上，钻过一群又一群灾民。这些天来，灾民们对这些戴着红十字袖标的人已经习以为常，知道他们身上没什么油水可捞，若是去招惹，搞不好要挨上一针。所以他们挪了挪身子，半是敬畏半是嫌恶地让出一条路来。

姚英子本来还想找找那个患有小儿麻痹症的小姑娘，可她应该不是这个村子的人，她也只好暂时收了心思。

方三响很快便找到了那两个样本提供者。一个是黑黝黝的十五岁少年，瘦小干枯，小肚子鼓鼓的，大概有某种慢性寄生虫病；一个是四十岁的女子，苍老得像是六十多岁，干瘪的乳房垂下去。他们是同一个村逃难来的，但不是一家人。

少年一见方三响，转身跑掉了，不知藏去了哪处泥水里。他还记得上次这个凶悍的家伙，拿一个吓人的针头扎了自己一下。不过那女子对方医生态度还不错，因为之前方三响用奎宁缓解了同村一个妇女身上的鬼脸疮，赢得了一点声誉。

方三响和姚英子走过去，对那女子进行了一次详尽的询问与检查。

中年妇女在前几日突然发热，胸口和后背开始起斑丘疹，不过如今已经消退了。与此同时，还伴随着头疼和浑身骨头疼，病症发作时，胫骨和小腿肚子特别疼，几乎没法走路。

据中年妇女说，这在他们家乡叫"鬼拽腿"。像有一只恶鬼拽着腿，把人往阴曹地府里拖。方三响和姚英子详细询问了周围的人，发现附近村民或多或少都遇到过鬼拽腿，症状或轻或重。

方三响觉得，这个怪病很像是通过体虱或臭虫传播。之前有过类似的案例，虱蚤身上携带细菌，通过叮咬使之进入人体血液、淋巴，也有可能会引发筋膜发炎，与此次症状很符合。

"可你怎么解释口腔细胞里有那种怪细菌？"姚英子提出疑问。这一点方三响也无法回答，总不能是虱子爬进人嘴里去叮咬吧？

他们不甘心地又问了一圈，一无所获。这时远处蚌埠集头传来一阵锣声，那应该是放粥的信号，可过不多时，又有愤怒的叫嚷声从那边一浪浪涌过来。

"城里说这是最后一顿了！以后没粥放了，让咱们都走！"一个村民惊慌地传过话来。这个消息，登时在聚落里爆炸开来。有人气愤地痛骂官老爷中饱私囊，有人痛哭孩子要饿死，有人怯怯地说要不去淮南碰碰运气。

这些议论，很快交汇成了同一个声音："如果明天官老爷不放粥，不如冲进蚌埠集里！里面有的是粮食！"这声音在灾民群体中迅速流传着，越传越有力，越传越大声，毫不掩饰。每一个人听到这消息，都焕发出异样的活力。

方三响看到人潮涌动，脸色变了变，催促姚英子赶紧走。

姚英子收拾好记录本，一低头，忽然发现中年妇女的小腹微微鼓起。她习惯性地问了一句，结果大吃一惊：她居然还带着身孕。姚英子简直不敢相信，这女人长期营养不良，还有各种慢性病，这么一个即将油尽灯枯的身体，居然还要再生育？这是要命啊！

姚英子急忙抓住她的手，警告说这样的身体状况，可绝不能再生育了。中年妇女似乎在听一个笑话："都怀上了咋个不生？"一边说着，一边把枯槁的右手伸向腐烂的苇席，摸索了一下，放入嘴中狠狠一咬，发出脆响，嘴角似乎还多了一点点血迹。

姚英子一下子蒙住了。她看得真切，那……那是一只肥大的臭虫。这女人居然直接放嘴里咬死了？中年妇女在嘴里嚼了嚼，啐了一口，把一团混着浆液的碎壳远远吐了出去。

惊惧像乙醚一样瞬间流遍她的全身神经，所到之处，声带麻痹，血管冻结，连肌肉束都僵成了石头。

水灾之后最易滋生跳蚤臭虫，这是常识。可她从来没有想过，居然会有人把这么脏的东西放在嘴里，还狠狠地咬上一口。她一想到自己刚刚还抓过女人的手，浑身的鸡皮疙瘩一层层冒出来，惊恐地向后仰去。

方三响意识到姚英子的情绪不对，赶紧伸手按住她肩膀。姚英子哑着嗓子道："你注意到了吗？她在吃臭虫……"中年妇女觉察到她的异状，颇不以为然："我们庄户人家是这样的，捉了臭虫跳蚤，放嘴里咬死，咬得越脆响越好，别的虫子听见，就不敢过来了。"说完她又捉到一只，放到嘴里嘎巴一声咬碎。

姚英子顿时说不出话来，这距离她所理解的世界实在太远了。方三响怕她留在这里夜长梦多，催促快点走。她走出去几步，回头去看，看到那个十五岁小男孩在泥里远远站着，嘴里也嚼着什么东西。

惊惧和慌乱中，隐隐有一个念头闪过她的脑海。姚英子猛地抓住方三响的手，颤抖着声音道："我知道了……那个细菌，如果在病人血液里，被跳蚤吸走，再被咬死……口腔细胞应该就……"

她说得有点混乱，可方三响立刻听明白了。

那种"鬼拽腿"细菌，应该是通过跳蚤和臭虫进行传播的，但传播途径不止一种：

第一种是通常形式的，携带病原体的虱虫咬破皮肤，病血进入体内，或者排出蚤粪，从创口进入体内。但第二种方式，则是姚英子刚才目击到的：虱虫被人捉住，放到嘴里咬死，它体内的带菌人血就这样进入了口腔。

这太过离奇，估计连细菌都没料到，自己还能这么传播。这几乎无法从生理学来解释，只能归咎为当地人迷信所导致的不良生活习惯。两个人对峨利生说的话又有了更深的一层理解：

治疫不只是医学，还是社会学。

方三响沉思片刻，返回到聚落里，说服附近四五个得过"鬼拽腿"的村民取了样本，塞给姚英子，让她先行返回，尽快培育。而他要留在这里，给这个村的人都做一次大范围采集。

姚英子有点担心他的安危，方三响一指如潮水般涌动的人群："今天蚌埠集宣布断赈，灾民们已经开始骚动了。如果明天我们还不能拿出东西，冲突将不可避免。我们没有时间了。"

"可是……就算现在立刻接种，培育也需要至少两天时间，怎么赶得及？"

"这不是写论文，我们要拿出的不是无懈可击的学术理由，而是说服巡检司的证据！"

姚英子花了一段时间，才理解了他的意思。方三响眯起眼睛，看向远方蚌埠集头，短眉之间凝结出深深的忧虑："我们不快点的话，这些人都会死。"

类似的情况，他已经在少年时代经历过一次，不想经历第二次。姚英子见状，只得叮嘱了一句小心，然后匆匆返回蚌埠集。

此时城墙内侧已经聚了很多绿营兵，穿着号坎，人头攒动。之前堵门的那个把总站在一辆马车上，扯着嗓门高喊："李巡检说了，再坚持一天，咱们就有家伙了，到时候怎么样都随你们。"士兵们稀稀拉拉地应和了几嗓子，却没见多兴奋。

姚英子远远看到那个姓李的巡检骑着马晃悠过来，旁边还簇拥着几个文员。看来巡检司已经下决心要动手，开始做战前检查了。可惜这些绿营兵都是汛营编制，战斗力极弱，平日连火器都不给配齐。这个把总也只是个外委把总，怕是拿银子捐的职位。

这样一支军队，别说打仗，就连对付城外的灾民，都得一再动员鼓劲。

"怪不得朝廷要编练新军。若是有外敌压境，靠他们可怎么得了？"姚英子心中暗想。

她一回道观，正遇到孙希冲过来，手里还挥舞着一份电报稿。姚英子说："等一下！我先把手里的样本弄好。"她叫了宋雅帮忙洗干净培养皿、消菌备育，一时间手忙脚乱。

她们一边弄着，孙希一边把电报的内容讲出来。

原来昨晚散场之后，孙希跑去了蚌埠电报局，亲自给总医院拍发出一封电报，向柯师太福医生请教。他是传染病学的专家，见多识广，也许能知道这没核膜的怪细菌的来历。

柯师太福很快回电指出：四年之前，芝加哥大学有一位叫霍华德·立克次的病理学家，在研究洛基山斑点热时，首次发现一种类似细菌的微生物。它的特征和姚英子发现的一样，属于革兰氏阴性菌，没有核膜与核仁——事实上，它到底算不算细菌，学界仍在争论，暂时以发现者的姓命名为立克次体。

柯师太福对自己不能亲赴前线一直引以为憾，为此特别卖力，很快把这四年以来的相关研究做了总结，拍发过来：人虱、鼠蚤、螨虫、蜱虫等是主要的传播途径。各国报告的立克次体症状，种类有很多。其中最接近蚌埠集外发现的，是一种叫作五日热的病症，靠跳蚤传播，最典型的特征，就是胫骨与小腿肚子疼痛。

这份报告，跟姚英子和方三响的猜想十分吻合。

与此同时，大范围的回访报告也有反馈了。几乎全部有过发热、起丘疹症状的难民，都出现过胫骨疼。他们几乎可以确定，目前潜藏在灾民群体中最危险的病魔"鬼拽腿"，即是这个"五日热"。

姚英子听着孙希念完电报，眼睛亮了起来，成功的喜悦悄然上涌，可随即又被压抑下去。方三响说过了，重点不在学术发现，而在于如何说服巡检司。想到这里，她手中的动作又加快了几分。

微生物学所谓"接种"，就是把带有病菌的样本——比如血液或组织块——放入适宜其生长的培养基中，使其繁殖发育，积累到一定数量后，便可以方便观察或分离。比如大肠杆菌，二十分钟即会繁殖一代，等候一夜便足够了。

而这个全新的、连算不算细菌都不知道的"立克次体"，它的生长周期还不明朗。之前姚英子观察到的，是繁殖了三天的状态，但局势显然等不了那么久。

姚英子别无选择，只能守在检验室里，随时紧盯。事到如今，他们只能向上帝祈祷，希望这种立克次体繁殖的速度，要比巡检司动手快一点。

很快方三响也回来了，带回了更多样本和统计数据。姚英子接过东西，正要处理，却忽然发现他的衬衣被撕扯开，脖颈往下有几道很深的血痕。

"这是怎么回事？"她惊叫道。

"哦，有几个村民不愿意被采样。我赶时间，所以粗暴了点。"方三响满不在乎地说，"放心好了，他们比我可惨多了。"

"这是重点吗？"孙希紧张得声音都变了，"这五日热能否通过血液直接传播，可还不知道呢。"

他们俩不由分说，把方三响按进割症室去，对着创口一通消毒。

三个人都是学医的，知道这种措施只是心理安慰，意义很小。面对快哭出来的姚英子和满脸惶急的孙希，方三响宽慰说这病致死率没那么高，那中年妇女和小孩都能扛过去，他应该也没问题。万一得上了，还能产生抗体，以后制作抗血清也方便。

王培元与峨利生闻讯也赶到了检验室。他们读完电报，一致认为，此病为五日热的概率非常之高，可惜的是，两位教授也无法加速立克次体的繁殖，只能建议把屋子的温度再提高一点。

几名队员一起动手，干脆把厢房的门隙窗缝用厚纸糊起来。六月的天气本就闷热，这么一封闭，厢房里很快变得像蒸笼一般，人待一会儿就跟泡了澡似的。姚英子拒绝离开，她坚持说要留下来盯着。王培元只好把孙希和宋雅也留下，让他们轮流值班。

至于方三响的伤情，他们也实在没什么办法，只能静观其变。

"你们能做到这个地步，我很欣慰啊！"王培元有些激动地说道，"看来我这把老骨头也得努努力才行了——李巡检那边，我再去说说看，哪怕多拖延一会儿也好。"

"我留守右厢房。方医生的身体状况，需要有人盯着。"峨利生医生仍是不动声色，然后掏出怀表，上面的时间正好是下午两点整，距离巡检司动手还有二十个小时。

在这一天，这一夜，整个蚌埠集内外都陷入一种微妙的焦虑中。

城外的灾民们在黑暗中聚在一块，听着远处淮河的水流声。他们中的大部分人已经达成默契，如果明日上午没有继续放粥，就坚决冲城，自己去拿。

在城内巡检司的府库里，一个个长木箱被撬开，每一个箱子里都搁着五杆全新的汉阳造，空隙部分则被黄澄澄的88式子弹填满。在李巡检的注视下，绿营兵们慢吞吞地给枪械上油，擦拭，装弹，做着最后的准备工作。

气息氤氲的左厢房内，姚英子不顾额头上的滚滚汗珠，先用麂子皮擦去显微镜头的水雾，然后小心地对准培养皿内。过不多时，她失望地移开视线，在记录本上写下一笔。门外孙希和宋雅打着瞌睡，耳朵却时刻听着里面的动静。

在对面的右厢房里，方三响平躺在床上，盯着天花板，一点困意也没有，他似乎并不像表现出来的那么不在乎伤情。峨利生医生坐在对面，手中怀表嘀嘀嗒嗒地响着。

"今天见不到李巡检，我就不走了！"王培元怒气冲冲地站在衙署前，高声喊道。老人家叫嚷了一阵，见对方仍不回应，索性往地上一坐，一副想出门就踏过我身体的姿态。身后忽然传来"噗"的一声，白光闪过，非常耀眼。王培元正要回头看去，却见一只手搭在了他的肩上……

黑夜终究过去了，蚌埠集又迎来了一个没有晨曦的白昼。晦暗不明的雾气从淮河弥漫过来，填塞着这座小城的每一处空间，与铅云联手，模糊了一切线条和颜色。

同时被遮蔽的，还有人类对危险的预估。李巡检提着官袍两角，一步步踏上城头。他一边走着，一边朝雾气里张望，影影绰绰不知有多少人。

"白白喂了你们好多天，不知恩图报，反而得陇望蜀。今天若不乖乖滚蛋，可别怪本官不客气！"

李巡检呵斥道。他原来不敢动手，是因为手里这点兵不成气候，如今城头已经有几十名绿营精锐持枪待命，只消一声令下，便会有弹雨砸下去，那些刁民就能领教什么叫雷霆之怒。

他的身后城下又传来吵闹声，不用问，一定是那劳什子红会的王老头子。这个团体来了六天，每天除了抽血就是问话，也不抓药也不开方，算什么正事？如今又来聒噪，真是烦死人了。

"不见！让他候着吧！"李巡检一甩袖子，径直朝前走去。

与此同时，姚英子模模糊糊地从昏睡中醒来，刚一动，就听"叮咚"一声，什么东西砸在了地上。那是一个小玻璃瓶，她搁在头上当闹钟。她猛然惊醒，看到宋雅和孙希靠在厢房门口，脑袋靠在一块都睡着了。

她没惊动他们两个，把厢房门拉开一条小缝，闪身进去，再迅速关上。姚英子走到放培养皿的木架子上，小心地挑起一点点菌落，混着龙胆紫液涂在载玻片上，轻轻加热。

这一系列动作重复了很多次，她已轻车熟路。姚英子轻轻拧动显微镜，很快观察到几个圆状菌形，没有核仁与核膜，革兰氏染色后呈粉红色，和之前的一模一样。

菌群还未繁殖充分，浓度很低，她必须瞪大眼睛仔细观察，才能看到这些小东西。

但这已经足够了。

从几个不同聚落采集的样本，都看到了这东西，足以证明其蔓延程度。

她记得方三响的话，他们的任务，不是发严谨的论文，是要说服巡检司。

姚英子看了看时间，神情一滞。她顾不得收拾，左手抓起那一架夹着载玻片的显微镜，右手拿住方三响的资料和孙希的电报稿，飞速跑出道观。

直到这时，孙希才睡眼惺忪地醒过来，看到房门大敞，不由得悚然一惊，急忙起身，靠着他肩膀的宋雅冷不防摔倒在地，发出"哎呀"的叫喊声。孙希惊慌地跑到右厢房里，方三响与峨利生医生俱在沉睡，别无他人。忽然从远处北城门方向传来一声枪响，孙希心中略噔一下，立刻反应过来。

"糟糕！"他一拍脑袋，撒腿就跑。

此时在北城墙上，一个绿营士兵放下步枪，狼狈地揉了揉自己的肩膀，这玩意儿的后坐力可着实不小。在他正对面的城下，一个难民瘫坐在地上，屎尿齐泻，两胯之间的地面上多了个小孔，还冒着袅袅青烟。

"蚌埠乃是朝廷重镇，本官职责所系，岂敢疏忽？只是上天有好生之德，本官怜尔等水患之苦，放粥赈济。如今城中粮食亦已罄尽，难以维持。尔等还不尽快散去别处就食？若无故逗留，以怨报德，本官只能以盗匪目之，休怪律法无情！"

李巡检的演说并没有打动任何人。低矮的城墙之下，难民们麇集成一大群，男女老少皆有，个个面无表情地朝前移动着。他们疲乏的病体只有余力思考一件事：对面不放粥，我们就冲门。横竖都是死。

李巡检发现那些人还在朝前移动，不禁变了变脸色。他以为对方没听懂，又厉声用土话威胁了一遍，可人群的移动依旧坚定。

"看来一枪还不够震慑这些匪徒哇！"

眼看这一群衣衫褴褛的脏穷鬼即将接近城门，鼻子都已经能闻到臭味，李巡检擦去额头上的一滴汗，大声道："只要他们触碰城门，那就是盗贼无疑，诸军可以自由射击！"

绿营兵纷纷举起枪来，黑洞洞的枪口对准城下。可因为雾气太浓，大部分灾民并没有注意到凛然的杀意，那些站在前排的人虽然看到了，可后头的人继续移动，把他们生生朝前推着，朝城门冲去。

就在这时，一个少女飞冲上城头。李巡检一看，这姑娘戴着袖标，居然也是红会的。他还没来得及训斥卫兵怎么把人放上来了，那少女已经高高举起了一尊黑物，朝自己冲来。

"刺客？！"

李巡检大惊，急忙往后退去。旁边的把总还算忠心，身子一拦，一下子抓住了少女羸弱的胳膊。姚英子不顾手腕剧痛，大声喊道："李巡检，这是显微镜！我们刚刚已经找到证据！"

"什么证据？"李巡检有点糊涂了。

"鬼拽腿，眼前那些难民里潜藏着鬼拽腿！"

李巡检动作停住了，疫病这事不比别的，还是得重视一下。于是他吩咐把总放开她，扬着下巴道："你说。"

姚英子把显微镜递了过去。李巡检好奇地探过头去，眼前却一片漆黑。

"这是什么鬼东西？"

"您得闭起一眼，用另一眼去贴目镜。"姚英子指导道。李巡检试了几次，终于看到了里头的东西，可仍旧莫名其妙。

"这粉粉的，是什么东西？"

姚英子没有时间开课，只得急切道："很多疫病，都由这看不见的微生物引起。您看到的这个小东西，可以导致鬼拽腿。我们医疗队经过六日调查，如今城下灾民已有很多人携带此病。"

李巡检虽然听得似懂非懂，但也没武断地一口叱退。他也接触过一点洋务，洋人的很多玩意儿听着匪夷所思，可确实有门道。

"你是说，这小东西，就是鬼拽腿的源头？"

"没错！"姚英子双眼发光，觉得自己快要说服他了。

"而城下很多人的身体里，都有这东西？不管的话，会传遍全城？"

姚英子点点头，虽然这位官员说得不够严谨，但理解得大体没错。李巡检不由得脱口而出：

"既然如此，那更不能让他们留在蚌埠了！"

姚英子一口血几乎喷出来,她怎么也没想到,李巡检采信了医疗队的证据,却得出了这么一个结论。李巡检甩袖转身,冲绿营兵们嚷起来:"快开枪!开枪,把这些瘟神给我统统赶走!"

而在城下,灾民们已无限接近城门。姚英子甚至看到,那个患有小儿麻痹症的小女孩,被人怀抱着,赫然走在了第一列……士兵的指头,开始向扳机施加力量,几秒之后,蚌埠集前便会血流成河。

姚英子大声尖叫,想要跳下城去,至少把那个小女孩抱开。可那个胖胖的把总死死拦住她,不许她动弹。

就在这千钧一发之际,身后突然传来"嘭"的一声。不是枪响,这声音要更闷一些。伴随而来的,是一道白光在城头炸裂,几乎要将灰暗的天空撕开一道口子,所有人都下意识地闭上眼睛。

这是镁粉瞬间燃烧的声音!只有一种机械需要用到这个!

等到强光消失,姚英子见到两个人爬上城头。一个是王培元,他正举着一盏镁光灯的长手柄,一团白烟正从头顶飘起,一枚空空的镁粉弹壳落在地上。而站在他旁边的那个人,正手捧一台公牛眼相机,镜头正对准这边。

摄影者头发稀疏,下巴平阔,鼻梁上架着一副厚厚的玳瑁腿眼镜——竟然是农跃鳞。

他不是《申报》记者吗?怎么跑来蚌埠了?姚英子脑中一片混乱。农跃鳞冲她笑了笑,先卷动一格胶卷,然后再次对准李巡检。

李巡检简直要出离愤怒。这城头难道是什么骡马集市吗?什么阿猫阿狗都来去自如!他正要抬手怒斥,农跃鳞冷冷道:"李大人,您下令军队向平民开枪的英姿,我可是已经拍下来了。"

"什么?"

"您继续,我可以换个角度再拍一张。《申报》读者就喜欢读这样的报道。"

他说完之后,把一张名片扔过来。李巡检一看,冷汗登时就下来了。蚌埠集内就有《申报》的代售点,他知道那报纸的影响力有多大。李巡检急忙辩解道:"我是要顾全大局,才不得已而为之。城中赈济旬日,库仓荡尽,实是力有未逮啊!"

"巡检司库里尚有粳米五百多石,城中十几家粮商,各有积储。这是大人口中的荡尽?"

李巡检噎了一下,没想到这个记者真的是有备而来。他心念电转,又一指姚英子手里的显微镜:"你可以问她!是她说的,说有个啥啥细菌,会造成鬼拽腿散播流传。我不开枪驱散，蚌埠阖城都要完蛋。"

农跃鳞道："红会六日前就到了蚌埠，献了积极防疫策略若干，你那时为何不听？"

李巡检看了眼王培元，知道这事实在瞒不过。他还要强辩，农跃鳞已开口喝道："你身为地方官，不想着救灾防疫，反而为了自己方便，纠集绿营开枪驱散，这与杀人灭口有什么区别？上天难欺，难道下民就那么易虐？"

"官府做事，你一个记者凭什么乱插嘴？！"李巡检恼羞成怒。他使了个眼色，那个把总松开姚英子，悄悄朝农跃鳞靠近，想要去抢那照相机。

农跃鳞丝毫不畏惧，反而向前数步："你若能将在场众人都灭了口，尽管来动我试试。"

一滴冷汗浮现在李巡检的额头上。他哪敢真的动手，《申报》名头太大，一旦传扬出去，朝廷可不会保他，搞不好还会学曹操来一出"王垕借头"，自己可要栽到底了。

他在心中权衡了半天，忽然哈哈干笑了几声："先生误会了。我怎么会对百姓开枪呢？实在是城中的赈济迟了半日，灾民们有些骚动。我怕惹出乱子，多派了几个兵看着罢了。"

农跃鳞手中的相机却没放下来："巡检爱民如子，亲往赈济，防大疫于未然，皖北灾民幸赖得活——我也可以拍这么一组照片。"

同是新闻主角，一边是酷吏虐民，一边是勤政爱民，李巡检知道自己根本没得选。他磨了磨牙，终于有气无力地挥了挥手。

绿营兵们纷纷把枪都抬高，退出子弹。那个把总还算机灵，赶紧吩咐手下抬来那一面大铜锣，咣咣咣咣敲了起来。城下的灾民听到锣声，知道城里肯定会继续施粥，纷纷又退回了原来聚集的地方，安心等待。

李巡检步履蹒跚地走到王培元和姚英子身前，勉强施了一礼："接下来当如何避疫，请先生……咳，咳……幸以教我。"

他这么前倨后恭，王培元反倒有些不好意思了，也装模作样咳了几声："李大人知错能改，善莫大焉，我很欣慰啊，很欣慰。"姚英子捅了他腰一下，王培元才赶紧继续道："接下来我是有这么个建议……"

蚌埠北门紧张了快一个上午的局势，终于松弛下去。仿佛真的存在天人感应，一缕久违的阳光从云层的缝隙中投射下来，给这座晦暗许久的城市映出些许光泽。

有了巡检司的支持，医疗队的防疫工作终于可以顺利展开。

得益于这六天以来所有队员的不懈调查，他们掌握了大量数据，足以勾勒出"鬼拽腿"——或者叫五日热——的疫病状况，并有针对性地设计出了一套方案。

一方面由巡检司出面，强制要求灾民们去淮河岸边，先剃光头，然后轮流穿着衣服入水浸泡，这是除去体虱最简单也最经济的办法；另一方面，城内商绅筹措了两千张干净的苇席与稻草席，去替换那些发霉的铺盖，并掩埋尸体。与此同时，医疗队也将进行卫生宣教工作，警告所有灾民绝对不要用嘴去嚼虱子或臭虫。

只要阻断了人虱之间的传播途径，五日热暴发的概率就很小了。

在当晚的防疫会议上，峨利生医生特别表扬了姚英子，称赞她有着卓越细致的观察力，并未放过一点点小异常，这是一位医生最该具备的素质。

"伟大的巴斯德在酒精里，无意中发现了酵母菌，他没有放过这个小变化，从而改变了整个法国酿酒业。你能在不知道立克次医生的研究时，独立发现这个立克次体，也很了不起。这个发现，也许会开启一个全新的微生物分类。"

严之榭带头，全场一片掌声。姚英子兴奋得脸都红了，要知道，她自从加入总医院之后，还从未得到过峨利生医生的夸奖。孙希在一旁打趣说，美国那位立克次医生年少有为，你们也算有缘分，要不要替她写一封英文信，认识一下，万一情投……话没说完，脚背被狠狠踩了一脚，登时疼得龇牙咧嘴。

"你不要瞎说！"姚英子叱道，惹来周围一片哄笑。

孙希一瘸一拐，手扶着方三响的肩膀，要脱鞋查看。方三响冷然道："要不要我给你拿点乙醚来？"孙希一怔："我是脚背瘀伤，要乙醚那种东西做什么？"

方三响道："乙醚洒在舌头上，会有麻痹效应。治好了嘴欠，脚背就不会被踩了。"孙希大为愤怒："你到底站哪边的？"

"公义。"

远处宋雅正在向姚英子道喜，其他几个女生也围了过去，欢声笑语。方三响眯起眼睛看了一阵，忽生感慨："你看到了吗？其他人看英子的眼神，和出发前已经不一样了。他们现在真正把她当同伴了。"

"哼，某人当初还要撵她回去呢！"孙希龇牙咧嘴地揉着痛处。

方三响道："我那是担心她，怕她过惯了富贵生活，坚持不下来。"

"那你是小看她了。一个十几岁就敢开车满上海滩转悠的疯丫头，一个连启动的火车都敢扒上去的疯姑娘，她干出什么事来我都不意外。"

"你这算是夸奖吗？就不怕她再踩你一脚。"方三响摇摇头。孙希笑道："反正红会的救济队马上就来了，最苦的日子已经过去。再坚持几天咱们就能回上海了，回归日常。"

"回归日常啊……我倒有一种预感，以后这才是日常。沈院长可不会让咱们闲下来。"

一听到这名字，孙希眼神忽地闪动，笑容一下子凝滞了。方三响好奇，问他怎么了，孙希赶紧一拍他肩膀："我是想，多出出这种差事，你老兄补贴又可以多拿一些喽！"他说着笑话，把之前的失态遮掩过去了。方三响也没追问，认认真真计算起来这次能拿多少。

在这次会议上，王培元宣布给医疗队放一天假。经过六天高强度的工作，每一个人都已经筋疲力尽，不休整一下的话，恐怕医疗队会比灾民先崩溃。

孙希对享受有着天然的嗅觉，居然被他在蚌埠集里找到一家浴室。浴室没有对外营业，但老板允诺单独为医疗队烧两池子水，权当做慈善。于是医疗队全体队员终于有机会痛痛快快地沐浴一番，疲劳尽去。

从浴室出来，队员们个个神清气爽，觉得好似再世为人一般。大家三五成群，有说有笑地往回走，严之榭的声音最大不过："沱湖的螃蟹，固镇的牛肉，冬天还有烫羊，等疫情退去我带你们去吃个遍！"

"你不是学牙医的吗？还教人这么吃？"孙希回过头笑。严之榭道："健全的牙齿，是为了更好地享用美食呀！"又惹得队伍一阵大笑。

他们正说闹着，却见农跃鳞迎面走了过来。

蚌埠能有如今的局面，这位农大记者阙功甚伟。方、姚、孙三人见了，都很亲热。农跃鳞主动邀请，说可否去茶馆一坐。三人左右无事，便欣然应允。

他们走到太平街上的裕昌隆茶馆，里面的茶客已经聚了不少。大家正议论纷纷，说的都是皖北灾情。茶博士一见戴着红十字袖标的年轻人进来，抢一步过去，先报了个万儿，尖声说三位恩人莅临，蓬荜生辉。掌柜的也从柜台后头出来作揖，说红会医士奔波防疫的辛苦，蚌埠上下都看在眼里，这次茶钱全免，聊表谢意。

周围的茶客一阵叫好，纷纷过来拱手打招呼。姚英子和方三响没见过这样的阵仗，又是得意，又是窘迫。好在孙希惯爱出风头，一整领子，游刃有余地应对了几句，这才算落了座。

农跃鳞先抬起相机来拍了一张，笑道："贵会在蚌埠奋战六日，一场大疫弭于无形。看茶馆里民众这样的反应，可见公道自在人心哪！这我可得记录一下。"

"农大记者，你怎么跑来这里了？"姚英子好奇地问。

农跃鳞直言不讳道："我在上海，每天报道的都是些风花雪月，不是哪家豪门猝起风波，就是戏院名角儿莅沪逸事。每天采写这样的东西，于国于民无益，我烦也要烦死了。"他把相机搁在茶桌上，啜了一口茶水，继续道：

"比如皖北这场水灾吧，上海各大报纸只是转述一下安徽官府电文，没一个记者愿意来皖北实地看看。这样的新闻对读者来说如隔靴搔痒，又有什么意义呢？"

姚英子点点头。她在上海读到水灾报道时，只是一堆地名和数字，没什么触动。直到亲临蚌埠，她才真切地体会到情况有多凄惨。

"所以我决心亲赴皖北一趟，用我的眼睛，用我的笔和相机，把最真实的感受记录下来。一张照片，胜过千言万语。要让上海读者与灾民感同身受，我这记者才不算白当。"

方三响忍不住拍桌子赞道："难怪敢一个人独闯蚌埠，实在是好胆色。"农跃鳞摇摇头："蚌埠不算什么，你们在城下见到的流民，不过是从皖北逃出来的极小一部分。北边的宿州、灵璧、亳州、涡阳等地才是受灾至烈的区域。"

"难道你要……"孙希有些惊讶。

农跃鳞道："不错。我其实只是路过蚌埠，接下来准备渡淮北上，去真正的灾区看看。"

三个人都被他的大胆吓到了，渡淮北上？

他们在蚌埠忙活了这么久，对附近地理已经有了一些基本概念。这一次水灾最为严重的地区，就在淮河北岸。从灾民的只言片语中，他们大概能推测出北边灾情有多惨烈。就连沈敦和都特意发电报过来叮嘱，未经许可，红会人员只能在淮河以南行动。

农跃鳞一介文弱书生，居然打算只身北上，这实在是……难以形容的疯狂。

"这……这未免也太危险了吧？《申报》主编会允许你这么做？"孙希对新闻界的运作机制还算了解，这种以身犯险的事，一般报纸会尽量避免才对。

"不允许啊！所以我已辞职了。写出报道来，还是由《申报》独家刊发，出了事，我一人承担后果。"农跃鳞扶扶眼镜，语气坚定。

姚英子大为震惊："至于到这地步吗？"

"冯煦冯梦华都来了，我们做记者的，岂能落后于官？"

其他两人还好，孙希一听这名字，额头登时凸起一条青筋。农跃鳞道："你们大概还不知道，朝廷前几日任命冯煦为查赈大臣，马上要来巡视灾区了。他自己公开宣布：要与荒政相终始，仍以民为重——啧，能有这种想法的官员，如今实在不多了。"

孙希道："这次我们红会救援队北上，也是他给安排的火车。"农跃鳞笑道："冯梦华原本就是安徽巡抚，只因得罪了两江总督端方，才被夺职闲置。这次安徽遭灾，他自然上心得很。"

"那你呢？你为何又这么上心？"姚英子好奇。

农跃鳞双手抠住相机两侧，声音低沉："我祖籍是河南开封。四岁那年，赶上黄河大决口。我娘抱着我一路南下讨饭，病死在了半路。剩下我孑然一人被善堂收养，这才苟活至今。"

三个人见他忽然讲起身世，都沉默下来。

"我娘去世时我年纪太小，不知道自己本姓什么，也不知父母与祖先姓名，更不知自己出生于何处，只知道来自开封。等我长大了，曾去开封寻访老家，看是否还有亲人，却发现一切都湮灭。地方官府里的卷宗，只记了一笔某年某地洪灾死了多少人。我们一家就像从来没存在过一样，只剩我一个孤魂野鬼在这世间游荡。"

农跃鳞镜片后的目光有些闪动。他缓缓举起相机："所以这一次皖北大水，我想为那些陷入绝望的人做点什么事，至少要为他们记录点什么。不要像我的家人一样，被洪水带走了性命，也被夺走了曾经存在的痕迹。"

三个人默默地端起茶杯，各自喝了一口，用来掩盖内心的震撼。这时农跃鳞从怀里掏出一份电报，轻轻搁在桌子上，眼神诚挚而炽热：

"我知道有点唐突。但你们红会，能不能派几个人跟我北渡淮河？"

第六章
一九一〇年六月（三）

三个人听到这个要求，俱是一愣。孙希接过电报纸，皱着眉头读了一遍。

　　这是一份求救电报，发报人是固镇一所新式学校的校长。固镇是淮河北边的一个小镇子，距离蚌埠约有百里。沱河前一阵发大水，校长赶在通讯中断之前，给蚌埠发了一封求援电报，说学校里困守了许多教职工与学生，轻、重患者有二十余人，急需医疗支援。

　　"这是农记者的好友？"孙希问。

　　"不，我不认识他，这是我在蚌埠电报局的收报槽里无意中看到的。"农跃鳞冷笑，"现在皖北都乱套了，巡检司哪顾得上这些？若不是我发现，只怕这求救电报是石沉大海，再无踪迹。"

　　孙希咳了一声，正要开口。农跃鳞又道："我知道这次渡淮北上危险重重，不过固镇距离蚌埠不到百里，倘若红会能派遣几位医士前去，便可挽救二十多条性命。"他停顿片刻，拿起电报纸晃得哗啦哗啦响：

　　"请你们想想看那位校长的处境，四面皆水，孤立无援。他肯定也知道蚌埠这边的巡检司靠不住，但又能怎么办呢？这是唯一的指望。那位校长就守在那里，翘首南望，在绝望和煎熬中等待着一点点微渺的希望。你说我们见到这电报，难道能忍心置之不理吗？"

　　农跃鳞到底是做记者的，一番话说得声情并茂。孙希和姚英子听了还好，方三响却不知不觉呼吸急促起来。他的脑海里浮现出一个身影，一个孤独地矗立在老青山的黑暗中的身影，同样也是在绝望和煎熬中等待着一点点微渺的希望。

"我跟你去固镇！"方三响脱口而出。

孙希吓了一跳，急忙拦住他："老方，老方，咱们别意气用事，总得先请示了王教授再说。"方三响没有回答，直直看向农跃鳞："你什么时候出发？"

农跃鳞道："我下午便走。"

"可是最近淮河涨水，我听说所有的渡船都停了啊！"姚英子不解道。农跃鳞笑了笑："山人自有渡淮的妙计——你们若愿意去，下午三点在北城门口相见，我可以等你们十分钟。"

农跃鳞把电报纸留在桌子上，抓起礼帽，飘然离开，剩下三个人面面相觑。

孙希端起茶杯，一脸无奈："我看哪，这事八成不会被批准，实在太危险了。"方三响霍然起身，一边朝外走一边沉声道："我现在就去问王教授，他若不答应，咱们就以个人身份北上。"孙希先是"嗯"了一声，随即觉得不对味："等会儿……什么叫咱们？你把我也算进去啦？"

方三响道："队伍里除了峨利生医生，你的外科水平最好，自然是最合适的。"孙希大为气恼："你怎么不尊重我，先问问我意见？"

"那我问你，你同意吗？"方三响一副理所当然的样子。

"呃……同意！"

"那我呢？那我呢？"姚英子问。

"你不能去！"这次他俩倒是迅速统一了意见。

姚英子撇撇嘴，难得没有跳起来驳斥。蚌埠一役，她已成熟了许多，知道上海之外的世界有多么残酷，可不是要耍小性子就能解决的。

方三响急着要跟王教授请示，当即走出茶馆。孙希生怕他乱讲话把自己给连累了，也急忙追着出去。姚英子也起身要走，可她迈出茶馆的一瞬间，无意间一瞥，余光捕捉到旁边一个熟悉的身影。

姚英子定睛一看，看到茶馆旁一棵老槐树下跪着一个小女孩。小女孩身上只围着一块脏兮兮的红肚兜，脚掌内翻，以一个扭曲的姿势蜷跪着，身前搁着半个破瓷碗——正是她之前遇到的那个罹患小儿麻痹症的女孩。

姚英子眼睛一亮。她心里一直惦念着这个小姑娘，尤其是她吃到巧克力时绽放的那个笑容，让她印象极为深刻，没想到在这里遇到了。

蚌埠的灾情缓和之后，一批没有疫病隐患的灾民被允许进入城内乞讨，这女孩大概也是其中之一。大概是她样子可怜，身前的瓷碗里倒搁着不少茶客抛的铜钱。

姚英子走到她面前，蹲下身子。女孩显然还记得这个给她巧克力的大姐姐，一见到她便咧开嘴笑了，露出一排稀疏的牙齿。姚英子帮她简单地检查了一下身体，令人惊讶的是，这女孩除了小儿麻痹症和长期营养不良，身体居然没什么大毛病，别说"鬼拽腿"，就连轻微的皮疹都没有，生命之坚韧委实令人感慨。

姚英子摸了摸口袋，可惜巧克力早没了，她起身打算去买些糕点来。谁知姚英子胳膊摆动，让女孩眼神倏然一亮，做了一个出乎意料的动作：她把那个装着铜钱的破瓷碗端起来，讨好地递给姚英子。

这个举动，让姚英子愣住了，这是要做什么？

女孩见她没接，用力晃了一下，铜钱在瓷碗里发出哗啦哗啦的清脆响声。女孩另外一只手撑在地上，极力让身躯靠前，同时嘴里吐出一连串皖北土话。

她声音稚嫩，土话又难懂，姚英子听了半天也没听明白。女孩急得眼泪都要下来了，端着碗的手臂一直递，一直递。好在旁边有个年纪大的乞儿，自称跟女孩是同村逃难出来的，帮忙翻译了一下。

原来这女孩姓邢，没名字，大家都叫她大丫头。她家在淮河北岸一个叫三树村的小村子里。遭了洪灾之后，村民纷纷朝南边逃难。可大丫头的娘正赶上怀胎害了软脚病，根本跑不动。结果大丫头她爹只好背上她，先随大众渡过了淮河。没过几天，大丫头的爹病死在蚌埠集前，剩下她一个人，像只被遗弃的奶猫般趴在集外的草丛里，靠同村人偶尔接济一下，勉强不死。

刚才大丫头对姚英子说的土话，是"救救姆妈，救救姆妈"。因为这些天来，她看到胳膊上挂着红十字袖标的人在灾民群中忙来忙去，知道他们能治病。刚才她看到姚英子胳膊上也有同样的标志，便急忙把碗里所有的钱拿出来，希望请她去三树村里给姆妈看病。

一个不到八岁的残疾乞儿，讨来钱不是为自己果腹，而是请医生去救她被遗弃的姆妈。

姚英子的眼泪禁不住夺眶而出。姚母去世很早，她从小虽然享尽富贵，唯独母爱是她可望而求不得的奢侈品。大丫头这个举动，正击中了姚英子内心最柔软的地方。

她用力吸了下鼻子，从大丫头手里接过瓷碗："放心吧，姐姐一定去给你姆妈看病。"女孩见她收下了钱，如释重负，露出一个虚弱的笑容。

不知为何，姚英子觉得她的这个笑容，比吃巧克力时的还要开心。

她扔给同村那乞儿两块大洋，让他好好照顾大丫头几日，顺便问清三树村的位置，然后转身匆匆赶去医疗队的驻地。

此时方三响已经向王培元、峨利生两位教授汇报了固镇的情况，强烈要求自愿前往。两位教授商量了一下，眼下蚌埠局面还未稳定，主力不能擅动，但又不能见死不救。最后他们决定先抽调两个人去看看情况，再视形势而定。

王培元、峨利生两个人各有职责，都走不开。除方三响以外，还需要另外一个志愿者。孙希知道自己躲不过，索性主动站出来："好，好，我去我去，谁让我学习成绩最好呢？"说完气呼呼地瞪了方三响一眼，后者双手抱胸，一脸理所当然。

这时姚英子推门进来，说："我也要跟你们北上。"这一下子可把其他人惊着了，别说王培元，就连一直主张锻炼年轻人的峨利生医生，都表示反对。孙希疑惑道："你不是答应不跟着吗？怎么一会儿工夫就变卦啦？"

姚英子平静地把大丫头的事讲了一遍，周围人都不吭声了，宋雅等几个女生还偷偷地抹起眼泪来。

"可我和老方要去固镇，难道你打算一个人去三树村？"孙希问。

姚英子走到一张地图前，说她问过了，三树村就在淮河下游不远的北岸，离蚌埠也就四十多里路。"我跟你们一起渡河，然后直接去村里找大丫头的姆妈，快的话两天便能往返。"

王培元紧皱着眉头，背着手研究起地图来。峨利生医生手持拐杖，用那一双灰蓝色的眼睛盯着姚英子，忽然问道："是什么促使你做出这个决定？"

"因为大丫头太可怜了啊！自己都要饿死了，乞讨来的钱却先拿出来救自己的母亲。"姚英子毫不犹豫地回答。

"只是如此？"

"我在医校读书时，张校长教育我们，当今之世，女子首先要怜惜女子同类。而怜惜同类最重要的手段，便是怜惜她的健康。我遇到这种事，自然责无旁贷。"

峨利生医生仍旧不动声色："你有没有考虑过，也许她母亲已经死了，也许去了别的地方，你会扑个空？甚至有可能她在说谎，只是为了博取你的同情？"

姚英子似是受到侮辱，恼怒地提高了声调："一个小女孩怎么会有这样的心机？"

"我是说如果。如果结果和你的预期不同，你该怎么办？"

"就算您的假设是真的，那么我去这一趟，至少能证明并没有一个孤苦伶仃的孕妇被抛弃在荒村等死，我认为是值得的！"

望着凶巴巴的姚英子，峨利生医生唇角微微一翘，用手里的拐杖敲了下地面："医者不能只凭情感行事，但没有情感的医者是不合格的。你能这么想，正是医者的本分，很好，我准许你前去三树村。"

既然峨利生发了话，王培元也只好表示同意，但他提出一个前提条件：姚英子不能一个人去，必须有人护送。

方三响和孙希已有任务。严之榭主动请缨说："我陪姚小姐去吧？"其他医疗队的男学生也纷纷表示愿意前往，可都被王培元拒绝了。姚英子需要的是一个本地人，通晓当地情况，还得有一定威慑力。

王教授当即赶去巡检司那边交涉，希望从他们那里派人。这一次李巡检态度倒是很好，一口答应抽调一人随行，但他又无奈地表示，渡淮之事要医疗队自己想办法，巡检司概不负责——这倒不是李巡检有意刁难，最近雨多水涨，淮河所有的渡船都停了。就算出重金，也没有船家愿意接。

"奇怪了，巡检司都说没办法，他农跃鳞哪来的手段，总不能飞过淮河吧？"孙希疑惑道。方三响不耐烦道："既然农记者拍了胸脯，自然是有办法的。别废话了，快收拾。"

医疗队简单地盘点了一下物资，让方三响和孙希带走了大部分急救药物和一部分手术器材。考虑到姚英子的体力，只给她备下一个小药箱，里面装了一些硫酸镁、甘汞片、碘酊和小苏打之类的药品，都是常用药品。孙希之前塞给她一把手术刀，这次还让她带着。

下午两点半左右，这一支小小的医疗分队准备停当，很快抵达了蚌埠集北城门。同时抵达的，还有巡检司派来的一个向导。此人头戴罗帽，一身短衫，没系襟扣，露出一圈肥腻的肚皮，腰带里勉强别进一把二六式手枪——竟是之前与姚英子起过冲突的那个外委把总。

此时故人相见，彼此都颇有些尴尬，看来这是李巡检小小地刻意报复一下。还好孙希反应快，出面说了几句客气话，把总脸色才好看了一些。

把总姓汤，说三树村他去过，确实不远，肯定把姚小姐护送周全。但他随即又表示眼下淮河水头厉害，他对怎么过河可没办法。

正说着，农跃鳞也在城外现身了，他一见方、孙、姚三人都来了，不由得跷起大拇指："我果然没看错人，三位都是身怀仁心的杏林圣手。"三人都好奇地盯着他，这位大记者孤身一人，除了挎着个相机，身边并没跟着什么船手艄公，不晓得要怎么渡河。

农跃鳞也不解释，扶了扶眼镜，嘿嘿一笑："走，咱们出发吧。"

他带着四个人离开城门，斜斜朝着东北方向走去。孙希悄声问汤把总，说东北方向可有什么渡口，汤把总皱着眉头想了一圈，摇摇头，说："我是本地人都没听过。"

走了三四里路的光景，耳边已能听见哗哗的水声，应该是接近淮河南岸了。前面带路的农跃鳞方向一折，顺着一座山丘的脊线往上爬去。不是过河吗？怎么还越走越高？众人都觉得纳闷，但也只好跟随。

待他们登上山丘顶端之后，视野陡然开阔。只见黑压压的铅云之下，横亘着一条宽阔的大河，如浊黄色的丝绦一般长长铺开，水流汹涌，浪花翻腾，像一位看不见的画家在两岸之间抹下一笔赭色。

但比起这条大河，更夺人眼球的是两岸的景致。

就在这座山丘之下，以及河的正对岸，是两座巨大的营地。营地杂乱无章，十几台形态各异的笨重机械各据一角，它们之间的间隙被沙土、木材与石块等建筑材料填满，在更远处还有许多顶灰棕色的帐篷，似雨后的蘑菇一般。

两个营地各自朝着河中延伸出一条长长的黑色臂弯，臂弯凌于激流之上，隔空向彼此极力靠拢着。两道臂弯下，各是两根厚重、敦实的灰石桥墩。它们如定海神针一般，屹立在滚滚浊流之中，不见丝毫动摇。这番景象与周遭环境极不协调，却别有一种动人心魄的豪迈与庄严。

直到这时，农跃鳞才说出自己的计划。

原来他们所在的位置，是淮河南岸的小南山，对岸叫作孙家台。津浦铁路延伸到此处，将要在淮河之上架起一座贯通南北的铁路桥，如今正在紧锣密鼓地施工。不过此时大桥尚未合龙，只刚刚筑起南北各两根桥墩。河中间的四根墩柱，要等到这一阵洪汛过后才能恢复施工。

孙希在伦敦见惯了大桥，并不如何惊叹。其他人包括姚英子在内，可从来没想过在淮河上居然还能架起长桥，这可真是从未有过的盛景。

农跃鳞道："你们可不要只看到它的雄壮，也要看到它的力量。这桥一架起来，铁路将第一次贯通中原南北，从此中原几千年的格局都要改观。"

汤把总对这说法无动于衷，在他看来，火车不就是运运货、载载人，能有什么新鲜的？

农跃鳞兴致勃勃地朝左边一指："你们看到了吗？对，就在铁路桥上游两百米的南岸，他们同时在开挖一处大船塘。等到铁路修通之后，与这个船塘连缀成线，可就真了不得了。从此以后，整个皖北的麦子、高粱、大豆、牛皮、药材，都可以源源不断地通过蚌埠集这处枢纽，给南方运过去。外地的食盐、洋布、煤油等则可以直接沿津浦铁路分销至皖北各处，从此皖北民众便可衣食无忧，就算遭遇洪涝，也可以有所凭恃了。"

他看看汤把总犹自未悟，有意道："倘若我住在蚌埠集，哪怕借钱也要盘下几块地皮、建几个货栈。一俟津浦铁路开通，这里必会大兴，收益岂止十几倍？"

一听这个，汤把总眼睛一亮，嘴唇哆嗦起来，想要拉着农跃鳞详细请教。这时方三响耐不住性子，打断催促道："可这桥还没架好，怎么过啊？"

农跃鳞哈哈一笑，示意他们紧跟自己，径直朝着施工营地走去。

这个营地也被第三十一混成协的士兵保护着，他们见有人靠近，警惕地举枪喝令。好在农跃鳞过去跟一个工程师模样的洋人谈了几句，递了一支烟，他们居然就放行了。显然是这位记者早就事先打通好了关节，当真是手眼通天。

这个小团队在营地工人们好奇的注视下，默默地走到了淮河边。这里用麻袋与条石垒成了一条巨大的堤坝，挡住了眼前不断上涨的滚滚河水，头顶则是一片黑压压的竹架。

然后怎么走？大家都望着农跃鳞，看他还能变出什么花样。农跃鳞胸有成竹，站在堤坝上双手抱胸。过不多时，一条牵着钢索的小船晃晃悠悠从对岸驶了过来。

原来为了方便两岸联络，施工方在淮河上配置了一条联络用的小木船。小木船的顶篷有一条钢索，钢索以四根桥墩为支点，连接在两岸营地的蒸汽绞盘机上。只消开动机器，小木船便会被钢索牵引着横穿淮河，既不需纤夫拉动，亦无被激流冲走之虞。

津浦铁路的修建，与地方全然无涉，所以即使是蚌埠本地人，也不知还有这么一个渡淮的手段。只有时刻关注时事的农跃鳞，才能想出这样的法子。

众人啧啧称奇之余，一起上了联络船，只听得蒸汽机发出一阵轰鸣，钢索开始咯吱咯吱地绞紧，小船震动了一下，缓缓朝着对岸驶去。

如今淮河正是行洪期，水流湍急，冲势强劲。饶是小船已被钢索固定，也被冲撞得不时晃动，似有无数头疯牛在用头狂顶船帮。众人必须用一根绳子束住腰，才勉强不被掀下水。看来巡检司确实不是有意推诿，这种流速靠人力撑船，绝无横渡可能。

姚英子望着钢索缓慢有序地移动着，暗暗计算了一下速度，忍不住好奇道："这蒸汽机是什么牌子的？怎么动力输出如此稳定？"

农跃鳞摇头："我也不知道，反正不是英国货就是德国货。"他又忽生感慨："你们看，机器之力是何其强大。天堑可跨，激流可越，我们这个泥泞的老大帝国，眼看也要被这种力量彻底改变啦。可有些人犹然不悟，沉浸在老章程里。"

农跃鳞转向汤把总，似乎是在看他，又似乎不是。后者正紧紧地把手枪按在腰间，生怕落入水中，哪里顾得上别的？农跃鳞把目光转向三个医生，轻轻拍了一下船帮，几滴水花溅了上来。

"击水中流。谁把握住潮流，谁就能把握未来。三位仁心仁术，鄙人钦佩得紧，不过还是那句话，你不去关心时局，时局也会来关心你。"

方三响忽然问："农记者你要我们怎么关心？"农跃鳞镜片后的细眼微微露出一丝狡黠："快了，快了。再过一阵，时局的变化，恐怕你想忽略都难。"

横渡花了约莫半个小时，小船有惊无险地抵达对岸。他们下船之后，按照计划分成两拨。农跃鳞、方三响、孙希三人向北直接去固镇，而汤把总护送着姚英子，向淮河下游的三树村前进。

临别时，方三响对姚英子千叮咛万嘱咐，一条一条注意事项讲过去，简直比王培元还唠叨。而孙希则把汤把总拽到一旁，偷着塞了一把银圆，后者的士气有了明显提升。

一离开孙家台施工营地，周遭的风景陡然变得单调起来。放眼望去，只有黄与灰两种颜色。黄是洪水裹挟来的大量泥沙，它们涂满了视野中的大部分空间；灰色则是半坍塌的夯土矮墙、勉强挺立的孤树、浸泡肿大的动物遗骸，以及烂缸、衣物、破筐等杂物，它们点缀在泥浆之中，无言地诉说着惨状。

三树村距离孙家台十几里地，但这十几里的路，和姚英子想的可是大不相同。两个人沿着一条几乎看不见痕迹的泥泞小路，跌跌撞撞地朝前走去。沿途没看到一个人，甚至连飞鸟都没看到一只，安静得有些可怕。

汤把总一边走着，一边提醒姚英子，近日雨势看涨，搞不好这一带还会被冲刷一轮，得早去早回。姚英子"嗯"了一声，一脚高一脚低地朝前走去，不时从水壶里倒出些清水在丝帕上，捂住口鼻。因为此时暑气未散，跟空气中的泥腥味一混合，黏糊糊的，呼吸起来极为难受。

"大小姐，你可省省吧。这一带水井肯定都废了，清水可难找。"汤把总提醒了一句。

"我带了明矾，大不了化一壶。"

"真搞不懂你们这些人，放着大城市清福不享，非要来这鬼地方找一个不相干的妇人。"汤把总走得热了，把衣襟扯开，露出一片黑乎乎的胸毛。若不是顾及姚英子在旁边，他本来还想打个赤膊。

姚英子把挎包往肩上拽了拽，冷笑一声："救国保种，就是从重视每一位同胞的生命开始……算了，你这种人，听了也不会明白。"汤把总眯起眼睛："庄稼汉从来都是死了埋，活了跑，长草短草一把窝倒。都是贱命一条，至于吗？"

姚英子觉得跟他实在没道理可说，索性专心赶路。

快走到傍晚时分，两人终于远远地看到一处村落。这村子里是一片简陋的夯土平房，村口三棵大槐树歪歪斜斜。

姚英子放眼望去，心里不由得咯噔一声。村子里静悄悄的，没有一丝灯火，也没有一点生气。所有的地面都覆着一层厚厚的泥浆，若不是依稀还能分辨出篱笆、围墙、井栏、畜圈之类的轮廓，还以为这里是一处巨大的坟冢群。

汤把总张望了一阵，如释重负："这村已经泡荒了，肯定没人，咱们可以回去了。"姚英子拧着双眉，仍不甘心："你怎么知道没人？"

"洪使者，水管家，一起请去龙王家。龙王留客走不得，宴上水席喂鱼虾——龙王爷请去吃宴席，没见过哪个能回来的。"汤把总阴恻恻地说了段土谣，一屁股坐在石头上，自顾自卷起烟来。

头顶的铅云依旧厚重，遮住了日头西沉的景象。姚英子站在坡上，感觉自己就像一个沉入深海的溺水者，看着头顶的光线无可挽回地黯淡下来。她努力地吸了一口气，视线极力朝村子扫去，想要最后尽一次努力。

可惜这次努力也失败了，她的眼睛扫来扫去，只扫到一片漆黑的死寂。理性告诉姚英子，倘若大丫头的母亲真留在村里的话，不会有任何生还可能。

"来都来了，我们进村去看看，哪怕看到尸首……也有个交代。"

汤把总敲了敲烟卷，不耐烦道："尸首要么冲跑了，要么沤在泥水里，早烂了。你看了不得吓死？"

"帮帮忙。我是医生好吗？这种不过是毛毛雨。"姚英子说得不是很自信，其实她解剖学的分数不高，一见尸体就会呕。这次来蚌埠集，左厢房地窖里的解剖室她一次也没下去过。

"那也要明天再说！"

汤把总把烟卷叼在嘴里，掏出一根洋火在鞋底划着，呛人的烟气飘到姚英子面前。她突然眼神一凛，看到不远处似乎有一束微弱如豆的光芒。

难道是错觉？姚英子急忙挥手驱开青烟，再定睛一看，不会错！那是一束黄澄澄的灯火，在黑夜衬托下显得格外醒目。

姚英子莫名惊喜，叫汤把总来看，说那边应该有幸存者。汤把总眯着眼睛端详了一阵，说灯火和三树村不是一个方向。

姚英子坚持要去看看，说万一大丫头她妈跑去那里了呢？总要去看一眼才死心。汤把总拗不过她，只好拿出一盏亚细亚牌的煤油灯，扭亮了提在手里，一脸不情愿地挪动步子。

好在这一路上都是一马平川的平原，没什么特别的险阻。他们一路往光亮方向走，在天色黑透下来时便到了近前。原来那灯火来自一处高坡上的小庙。这里地势较高，侥幸避过了洪水侵袭，倘若附近有什么幸存者，这里是最好的庇护所。

两人快步上坡，来到小庙门前。忽然庙里传来一声惨呼，吓得汤把总连忙拔出手枪，还差点没拿住。他稳了稳手，这才深吸一口气，狠狠一脚踹开庙门。

眼前的景象，完全出乎姚英子的意料。

只见殿内点着几支香烛，一个大腹便便的女子正仰面躺在神坛前头，双腿屈叉开，腿间正趴着一个穿黑色对襟短褂的老太太。在她们身旁扔着好些污秽的长布条，有些还沾有斑驳血迹。坛上有一尊观音像，面无表情地俯瞰着这一切，任凭殿内弥漫着古怪的酸腐气味。

"呸呸，晦气！"汤把总把手枪插回腰带，朝地上吐了一口痰，迅速挪开视线。姚英子却一下子睁圆了眼睛，大丫头的妈妈也是孕妇，不会这么巧吧？

那老太太听到庙门口的动静，急忙抽手起身，面色惊慌。姚英子注意到，她的右手居然从女人的下体内缩回来了，指甲长如鸡爪，色泽灰黄。

汤把总那恶声恶气的模样，吓得老太太战战兢兢，以为是什么盗匪马贼。直到他自报是蚌埠集巡检司的人，老太太才松了一口气，俯身拿起一块脏绸布遮住女人的身体，战战兢兢地回答。

让姚英子失望的是，天下没那么巧的事，这个孕妇不是大丫头的母亲，甚至不是三树村的。她是隔壁村子一个乡绅的媳妇，叫翠香。她有八个月身孕，却赶上洪水袭来，偏又生了肿脚症，根本动弹不得。乡绅家里只好雇了一个稳婆，让她俩躲在这个观音庙里，一边避水一边准备生产。

"她还没生呢，你把手伸进产道去做什么？"姚英子突然质问。稳婆搓了搓手，赔笑道："这位小姐怕是还未经人事，翠香这胎儿忒大，所以每天得多掏掏，开开路，到时候好生。"

姚英子急得大叫："你有没有常识啊？没到临盆，怎么可以强行扩张产道？而且你手上那么长的指甲，伸进去造成感染怎么办？"她又朝前走了几步，额头青筋霎时浮现："天哪！她身下垫的那个破蒲团，被多少人跪过，你知不知道，照顾孕妇的第一要务就是洁净啊！"

姚英子在女子中西医学院上过妇产学，还是张竹君亲自授课，说女子生产是天底下最精细、最复杂的人体活动，务必极为小心。这个稳婆的手法，与医学常识完全背道而驰。虽然姚英子与这孕妇素不相识，可也不能眼睁睁看着稳婆胡来。

被她这么一顿训斥，稳婆的脸色登时沉了下来："我韩小手在固镇接生了几十年，经手的孕妇比你见过的还多，轮不着你个小妞子教训！"

"接生？只怕接死的孕妇更多吧！"姚英子厉声反驳，上前一步，"你快让开，让我来处理。"

韩小手脸上的褶子一鼓一胀，仿佛随时会因愤怒而裂开。她恨恨地看向汤把总，汤把总耸耸肩："她是上海来的女郎中，别的我一概不知。"韩小手一听是从上海来的，顿时有些畏缩，只是仍不肯让她接近孕妇。

姚英子看向汤把总，后者无奈地叹了口气："姚大夫，你去三树村找人也就算了，怎么路上还要多管闲事？照你这管法，一年也回不去！"姚英子这一次态度却异常坚定："身为医生，岂能见死不救？难道眼见这婆子害人吗？"

韩小手还要说什么，姚英子又道："民政部已颁布《大清违警律草案》，稳婆须持照经营，请问你的执照何在？"其实这草案只是在朝中议了议，民间根本没推行下去。但韩小手一个农村老妇，哪里知道这些，竟被唬得不敢接话。

汤把总揉揉太阳穴，拿出平时的威风对那婆子喝道："反正我们今晚也得在这破庙投宿。老太太你权且让她随便瞧上一瞧，又不会害人，横竖我们明天就走了。"

见到汤把总腰里别的手枪长把，韩小手只得恨恨道："若真动了胎气，出了人命，官爷你可要做见证，这可不是老太太我招来的妖祟。"姚英子"哼"了一声，权当她在放屁。

翠香看着只有二十多岁，能看得出原来应该挺漂亮的，可如今面色憔悴，脸颊浮肿得厉害。她神色恹恹地斜靠在神坛前，让肚子高高挺着。一见到姚英子过来，她眼神里流露出一丝恐惧，朝稳婆那边望去。

"你莫要害怕，我是来帮你的。"姚英子柔声道，蹲下身子抓住翠香的手，"生孩子是件凶险的事。我是上海来的医生，受过专业科学的训练，一定可以帮你顺顺当当生下宝宝，无病无灾。"

听到一脸稚嫩的姚英子说着故作老成的话，翠香忍不住笑了笑，情绪慢慢放松下来。姚英子趁热打铁，从怀里掏出一个俄国小布偶："你瞧，这是洋人模样的小福娃，送你的。等你的宝宝出生了，你可以把它挂在床头，让娃每天看。"

翠香有些疑惑："孩子看多了，会不会以后也生得像洋人啊？"姚英子咯咯笑了起来，往翠香怀里一塞："你可以试试看嘛！"

这是张竹君校长教的办法。她曾经说过，民间女子受教育程度低，遽然施行西法治疗，会引起不必要的恐慌。为此张竹君设计了一套流程和话术，先取得患者信任，再循序渐进。这些破冰用的布偶，都是女子中西医学院的同学们在业余时间做的。

趁着翠香端详布偶的当口，姚英子亲切地贴近了一些，拿出听诊器和血压计。这两样东西只与患者皮肤接触，侵略感没那么强烈，比较不会遭遇抗拒。

姚英子一边陪翠香聊着天，一边给她做了一些基本检查。一圈检查做下来，姚英子发现这女人的问题还不少，比如血压偏高，而且在夜里小腿经常抽筋，牙齿也有些松动，仔细询问之下，发现她关节和骨盆还会偶尔隐隐作痛。

这是很典型的缺钙症状，尤其是小腿肚子，严重到不搀扶根本走不动。难怪她男人竟把她抛下自己先跑了，还不如大丫头她爹，虽然同样把老婆抛下，好歹把双腿残疾的女儿抱过了淮河。

姚英子又听了听胎心音，还算正常，小家伙不是至为凶险的逆位。这让她松了口气。如果是逆位的话，唯有剖宫一途，在这个要啥没啥的破庙里就只有等死了。

翠香好奇地问她：这个听筒能听出是男孩女孩吗？姚英子无奈地摇了摇头，旁边韩小手插嘴说："肚子是尖的，一准是男孩。"姚英子不屑道："肚子形状取决于胎位、羊水和孕妇腹部的脂肪，跟性别有什么关系？"

韩小手大怒，说："我接生了这么多年，可从来没错过！你一个小妞子懂什么？"翠香摸着肚子喃喃道："希望是个男丁，他家便有后了。"姚英子眉头一竖："你夫家把你抛在这破庙里，你还惦记给他家留后？"翠香还没言语，韩小手已抢白道："人家留了钱粮，让我留下来看顾，十里八乡哪有这种好夫家，莫听这假洋女人挑拨离间。"

姚英子懒得跟她辩，低头开始给翠香清理起卫生来。

目前她最担心的，就是这位孕妇的卫生状况。那个韩小手完全没有消毒意识，她居然用沾满病菌的指甲伸进产道里去抓，去掏，去抠，简直就是一场灾难。而且翠香垫的蒲团、裹的布条、披的衣服都带着一层油腻的秽垢，隐隐有腐臭味，一看就是许久不换。最近阴雨连绵，高温暑热，极容易滋生霉菌，万一引发了产褥热，就等于是直接判死刑了。

想到这里，姚英子一脸紧张地重点摸了一下翠香的下腹，询问得知她目前还没有产褥热典型的持续性剧痛，总算稍微放下心来。

一个女人从怀孕到生产，要判死刑的关卡可真是太多了。

她站起身来，在小庙里转了一圈。那个乡绅逃离之前，准备得颇为齐全，灶锅柴粮倒是都不缺。姚英子从庙外的水缸里舀出一锅雨水，让汤把总生起火，俯身把那些脏布条、烂毛巾还有不知沾了什么秽物的裙裤一股脑儿扔进锅里煮。别说韩小手，就连汤把总都嘀咕这也太嗛六了——当地土话，意思是娇气麻烦。

姚英子趁水烧的当口，把翠香身下那个蒲团直接扔掉，然后小心翼翼地掰开她的两条腿。

姚英子这次出门，本是为了去救大丫头有身孕的母亲，所以王培元有针对性地准备了一个用于产妇的药箱。箱子里的物品足以应付产科大部分状况。她从"百宝囊"里取出一瓶小苏打粉用热水调匀，张开自己的丝帕，帮翠香清洗起外阴来。

翠香见她趴到自己身下，很是紧张。之前韩小手每天都帮她"开开道"，让她疼得痛不欲生，已经有了心理阴影。姚英子宽慰道："不怕不怕，一点不疼，我是给你消毒。"

"消毒是啥意思？我中毒了？"翠香紧张起来。

"不是啊。小苏打是碱性的，可以破坏霉菌繁殖的酸性环境，减少感染风险。"

姚英子一边埋头擦拭一边解释。翠香似懂非懂，但看这姑娘一脸认真地在忙活，手法温和，态度专注。她整个人便不知不觉平躺下来。

"你这得收多少诊金？"翠香侧过脖子问。

"我是红十字会的，不要钱。"

"什么红十字会，无事献殷勤，非奸即盗！"韩小手在旁边又冷笑，"天底下哪有这种好事？翠香你莫听她哄。"

姚英子冷哼一声，无暇辩解。

若换在蚌埠集之前，这样的事姚英子无论如何也做不到，连想都无法想象。蚌埠集短短数日的经历，让她的感受有了一种奇妙的变化。那些污秽不再是避之不及的恐怖，而是必须打倒的敌人。

现在她终于理解了张校长的一句训诫："医生一定要勇于面对这世上的污秽，才能守护洁净。"

她给翠香清洗完成后，又起身用石炭酸给小庙里外喷洒了一圈。这一通忙下来，热得她满头大汗，鼻尖挂满汗珠。可惜锅里还咕嘟咕嘟煮着布条，没法吃热食，姚英子便拿出个冷馒头，随便啃了几口，内心的感慨却难以抑制。

张校长说在大清生孩子是九死一生，她原来只当是个夸张修辞。观音庙这一幕，却让姚英子明白这话一点也不夸张。仅从翠香的状况来看，韩小手的卫生观念落后得惊人，而她已是远近最有名的接生婆，怪不得死亡率居高不下。

姚英子当年在英文杂志上读过一段逸事。匈牙利有个叫西梅尔威斯的医生，在奥地利担任维也纳总医院附属第一妇产科诊所的住院主任。有一次，他发现第一诊所和第二诊所的产妇罹患产褥热的死亡率差异很大，一个是10%，一个只有4%。经过缜密调查，西梅尔威斯发现两个诊所有一个决定性的差异：第一诊所附带了一个解剖间，医生上完解剖课之后，直接就来给孕妇看诊了；另一个则是单纯的诊所，医生日常接触不到尸体。

于是西梅尔威斯医生提出一个要求：第一诊所的医生以后要先对手部消毒，然后再给孕妇做检查。仅仅是这么一项小变动，便让死亡率降到了2%。很快整个欧洲都建立起了消毒观念，产妇死亡率大大降低。

其实只要做好消毒工作，就可以避免大部分危险。这么简单的事，欧洲人能做到，中国人也一样能做到吧？姚英子迷迷糊糊地琢磨着，又惦记起大丫头母亲的下落。她这一天实在累狠了，很快靠着神坛睡了过去。

不知睡了多久，她忽然听到一声尖叫，立刻醒了过来，啪嚓一声，嘴边的半个馒头先掉在地上。

观音庙外头已是蒙蒙亮，惊叫声是从神坛后头传来的。姚英子过去看到翠香在地上抽搐着，四肢剧烈抖动。韩小手蹲在她的头前，双腿内侧夹住头，两手按住双肩，极力控制不让她翻身，大概是怕压到肚子。

姚英子一把推开老太太，怒吼道："你这是胡来！"赶紧让翠香侧躺下来，免得被自己的痰水呛到。紧接着她迅速检查了一下瞳孔和脉搏，抬头问孕妇有没有癫痫史，韩小手冷着脸不搭理她，姚英子只好把注意力重新放到翠香身上。这种抽搐也没什么好办法，只能熬到结束。过了两三分钟，翠香才恢复平静，额头沁出一层细密的汗水。

姚英子正要帮她擦汗，忽然汤把总从前殿惊慌地跑过来，压低声音说外头有人来了，是水蜢子！姚英子闻言手一抖，却没停下动作。

每次洪水之后，皖北必然会涌现出大量土匪。他们趁着百姓流离失所、官府自顾不暇的时机四处劫掠。这些匪徒就像水蜢子一样，水灾越大，他们的数量就越多，残害越凶。按说这一带靠近蚌埠集，又距离第三十一混成协不远，水蜢子们不会轻易靠近。可今年水灾实在太大，皖北几乎皆成鱼鳖之乡，逼得这些水蜢子的活动范围也南移。

姚英子顺着小庙窗格朝外看去，只见小丘下面有七个骑骡子和驴的汉子，皖北少马，驴骡却很多。他们穿着杂乱，手里拎着各种镰刀、短矛，没有火枪。很明显，这应该只是一小拨临时聚在一块的流匪，不是那种积年匪帮。

这些人聚在小丘下，其中一个貌似探子的高个子下了牲口，沿着小丘朝这边爬过来。他们应该是路经此地，听到这里传来尖叫，来看看。

汤把总一脚踢翻炉灶，伸手从铁锅底蹭了蹭，抹了姚英子一脸灰。姚英子猝不及防，正要发怒，汤把总又一把将她头发薅乱，低声道："你这样的小姑娘，被水蟥子瞧见肯定会被掳走。若想贞洁得保，快给我躲到神坛后头去！"

姚英子见他说得急切严厉，知道这事由不得任性，赶紧又抹了一把锅底灰，然后转到神坛后头，趴下跟翠香躺在一起。她刚躺下，那个探路的水蟥子便进来了。

这个探子见到庙里有人，两只吊梢眼先是喜地一抬。汤把总把手枪藏在腰间，只说自家媳妇要临盆了，在小庙里暂居。孕妇生产在皖北被视为秽事，迎面见了不吉利。探子探头一看，一双浮肿的脚从神坛后头露出来。他一见这个，不由得把两团哭丧眉攒起来，不愿意迈进去了，只把眼珠子骨碌骨碌朝着灶台瞟去。

汤把总会意，慷慨地——反正不是他的——从灶旁拎起一袋糠皮杂米，递给探子，然后做了个送客的手势。探子掂量了一下袋子，少说有个七八斤，足够他们这伙人吃几顿了。他权衡一番，孕妇在水蟥子眼里毫无价值，只是个累赘，与其跟眼前这男人死斗，不如拿点东西合算。

探子一手拎袋子，一边还往里面瞥，汤把总"嘿"了一声，又提出一口袋杂米，双手摊开，意思是最后一袋了。其实汤把总也紧张得够呛，后脖子两条褶皱里全是细汗。见探子点了一下头，拎起两个米袋子往回走，他这才长舒一口气。

不料探子走出去没几步，突然一个尖厉怨毒的声音从庙里传来："这里还有个白花小妞子！"探子闻言，猛然回过身来，疑惑地朝里面看去。韩小手猛然抓起姚英子的头发，狞笑着把她硬扯起来。全无防备的少女发出一声脆呼，让探子眼睛一亮。

虽然那姑娘满脸锅灰，可声音和身形是遮掩不住的。这种大姑娘可是水灾中的硬通货，无论自己享用还是卖给别人，都是极好的。

"好哇，你小子敢藏私！"探子狞笑一声，朝门槛里迈进去。翠香躺在地上，抬起脖子虚弱地喊道："韩婆婆，你这是做什么？"韩小手咬牙切齿："这假洋婆子要害你。我把她交出去，才能保得你平安。"

姚英子拼命挣开韩小手的揪扯，反脚一踹，把老太太踹倒在地，只见她打了几个滚，额角撞到庙门下角，直接晕了过去。可为时已晚，那探子放下两袋米，舔了舔嘴唇，朝她走过来，吊梢眼里透出不加遮掩的贪婪光芒。姚英子吓得站在原地，不知所措。

砰的一声巨响，探子停住了脚步。他动了动眉毛，想努力朝自己脑门上看去。可惜他无论如何努力，也看不到那上面的一个血洞，整个人双膝一跪，旋即扑倒在地。

汤把总在他身后一脸惊慌地端着手枪，枪口还冒着青烟。姚英子顾不得道谢，喘着粗气跑到窗边，朝小丘下面看去。

那一声枪响，惊到了小丘下的水蜢子们。他们纷纷从驴骡上下来，朝丘上移动。汤把总歪着脑袋，把枪口伸出门外又开了一枪。虽然这一枪没击中任何人，却成功吓得敌人们伏在半路上，不敢继续前进。

上头有枪？这对只有镰刀和草叉的水蜢子来说，已有了十足的威慑力。

双方就这样陷入奇妙的对峙。汤把总下巴一直在哆嗦，可枪口抖动得更剧烈，嘴里一直絮叨着："我的个孩来……我的个孩来……"他在蚌埠集习惯狐假虎威，这样单独与匪徒对峙的局面还是头一次遇见。姚英子反倒比他还镇定些，先数了数草丛里趴伏的人头，然后问他子弹还剩多少。

汤把总战战兢兢地竖起四根萝卜般粗的指头。二六式左轮一次装弹六发，刚才打了两发，还剩四发，一点备用的子弹都没带。汤把总还补了一句："这枪的扳机忒硬，扣半天才能打出一发，不顶用！"——言外之意，万一水蜢子们一起冲上来，一把枪可挡不住。

姚英子抿住嘴唇，心脏泵血的速度快到令她有些眩晕。直到这时，她才体会到水灾最为狰狞的一面，不对，是人性最为狰狞的一面。

"只能找个机会，往大桥那边跑，那边有军队，他们不敢靠近。"汤把总擦了擦汗。姚英子摇摇头："不行，我们逃了，他们肯定要拿翠香泄愤。医生扔下病患逃走，这成什么话？"

汤把总恼怒地吼了一声："耶熊（得了吧），你个六叶子（愣头青）不走我自己走！"姚英子知道跟他讲道义和道理没用，便祭出老办法："若顺利护送我俩离开，我回去给你赏钱加倍。"

"屁！有命赚，没命花！"汤把总啐了一口，握枪的手还是抖个不停。动了枪，出了人命，还被水蜢子围攻，这次任务已经远远超出他的预想。他把利害关系在胖胖的脑内飞速计算，眼看着一个最佳选项浮现出来。

趁着姚英子一错神的工夫，汤把总迈过翠香的身体，推开破庙后头的小门，闪身朝着与水蜢子们相反的方向逃去。姚英子回头听到声响，才一阵惊慌，没想到这个死胖子说跑就跑了。

丘下的水蜢子们听到有动静，直起腰，气势汹汹地朝着这边靠来。姚英子蜷缩在窗下，一时间万念俱灰，赶紧从医药箱里拿出那把孙希送的小手术刀，努力回想人体最致命的地方在哪儿，想着想着，眼泪扑簌簌掉下来。

可等了一阵，庙门却没动静，远远传来啪的一声枪响，响声颇为惊慌。姚英子擦擦眼泪，小心地抬眼去看，发现那六个水蜢子掠过小庙，嚷嚷冲着汤把总追去了。

汤把总到底缺乏经验，他若是不跑，对方不知虚实，尚不敢轻举妄动；这一跑，落在水蜢子眼里，显然是自露其短——若真是火器犀利，何必要跑呢？至于小庙，先把人干掉，再回过头来搜查也来得及。

这些贼匪颇有经验，六个人在小丘上散开一条线，像一张大网般拢过去。汤把总惊慌地在大网前头跑着，圆滚滚的身体在泥泞的黄土地上怎么也跑不快。总算他良心未泯，没喊一嗓子提醒水蜢子们庙里有人，当然，也可能只是他太过慌乱没想起来。

姚英子见水蜢子的注意力暂时不在这边，趴在窗边一看，注意到那丘下的几匹驴骡还站在原地，没人看守，不由得冒出一个大胆的想法。她冲到翠香身边问："你能走路吗？"

"脚软动不了……"翠香慌得六神无主。"我搀着你！你坚持一下！不然咱们都得死！"姚英子厉声叫道，她拉起翠香的胳膊绕过脖颈，用尽力气勉强把孕妇架起来。翠香知道打死水蜢子这事极为严重，也用手扶着神坛，极力挺着肚子站起来。

两人跌跌撞撞地迈过了小庙的门槛，姚英子还不忘拿起那盏煤油灯来。很快远处传来两声枪响，但移动的人影一个没少。汤把总只剩一发子弹了，恐怕凶多吉少。

事情紧急，姚英子扶着翠香朝驴骡那边跑去。这一路都是下坡，跑起来倒不费什么劲，可翠香脚下实在太软，跌倒了好几次，差点顺坡滚下来。姚英子怕她受伤，每次都用自己的身躯挡住，被撞得浑身青紫。

好不容易到了驴骡队前，姚英子也不辨哪匹，直接挑了匹身材最高大的青骡，把翠香扶了上去，自己选了匹黑棕色的驴子。

俗话说：马骑前，驴骑后，骡子骑当中。这些水蜢子的坐骑没配鞍子，都是光背上盖一块薄毯子。姚英子在上海玩过马术，却不知骑驴骡的奥妙，一跨上去只觉得脊背奇高，硌得屁股生疼。这时远处传来一声枪响，无论汤把总打中人与否，他已是弹尽粮绝，水蝹子们应该会很快返回。

姚英子顾不得这些，狠狠抽了翠香的青骡屁股一下，催着这头畜生朝北边走去，然后又把煤油灯往地下一扔摔得粉碎，又掷下火柴。火柴立刻引燃了流出的煤油，随即把附近的野草全都点燃了。那些牲口没拴缰绳，猝然受了惊吓，立刻四散乱跑起来。

这么一折腾，水蝹子回返过来想收拢，须多费一番手脚。姚英子做完这一切，驾着自己身下这头驴子去追青骡。翠香的双手撑在骡子的长脖子前，双腿又开蹬直，生怕骡子的尖背撞到肚子，摆出的姿势尴尬且不稳当，晃晃悠悠随时会跌下来。

对一个即将足月的孕妇来说，这种移动可能是致命的。但姚英子也没别的办法，水蝹子随时可能追来，她们逃得越远越好。她一边大声鼓励着翠香，一边抽动骡驴，只盼多跑出去几步。

这两人无比狼狈地跑出去约莫五里路，姚英子回头看去，发现水蝹子倒是暂时没追过来，可这一带刚刚闹过洪灾，地面涂满黄泥，这两匹牲口的一串蹄印异常清晰。这么跑下去，敌人想要追过来十分容易。

可姚英子能做什么呢？她对这附近的地理一无所知，想问问翠香，却见对方脸色煞白，身子瑟瑟发抖，在骡背上几乎支撑不住。她本来就体质虚弱，这么一折腾，几乎已逼近极限。

姚英子急切地伸直脖颈，想找个安全的落脚处停下来，让她喘口气。却见翠香的头扭向另外一侧，牙关紧咬，嘴角和脸颊猛烈地颤动起来。这是癫痫又犯了？姚英子暗叫不好，抢先跳下驴去。只见孕妇四肢猛烈地抖动起来，一头从骡背上栽倒下来，重重地砸在了刚冲到马下的姚英子身上，溅起一片泥浆点子。

姚英子被砸得眼冒金星，感觉就像几年前遭遇的那场车祸似的。她凭着残存的理智，轻轻把翠香从身上推下来，然后晃晃悠悠地从地上站起来，扑过去检查。

此时翠香的瞳孔开始放大，而且因为呼吸暂停，脸泛起青紫色。抽搐还在持续，姚英子有点慌乱，一边拼命回忆课堂上讲的要点，一边伸手去摸翠香的肌肉，发现她背侧的肌肉出现了强直性收缩，频率远大于腹侧。

"这是……子痫？！"

姚英子脑海中划过一道闪电，震得整个人脑子一片麻木。张校长在上课时特意说过，孕妇在罹患妊娠高血压时，往往会导致癫痫，这在临床上叫作子痫，是种极危险的病症。

姚英子之前帮翠香量过血压，确实数值偏高。但她缺少经验，只顾着关心翠香因为缺钙导致的抽筋，并未重视其他症状。等到翠香在早晨那一次癫痫发作之后，引来了水蛭子，姚英子更顾不上去做判断。她们骑着驴骡逃跑这一路，翠香连慌带吓，受到的刺激太大，偏偏在这个节骨眼上发作了第二次。

此时翠香瘫倒在地，像中了邪一样抽搐着，四肢无助地搅动着泥浆，口里白沫阵阵。姚英子也没什么好办法，只能尽量让她保持侧躺，确保不会噎到。姚英子数着自己的脉搏，眼看数过一分钟，可翠香的抽搐状况还未有缓解。

这可麻烦了！

对快足月的孕妇来说，子痫极易引发子宫血管痉挛，轻则胎盘受损，重则母子双亡，必须立即干预才行。姚英子意识到这一点后，慌乱地在医药箱里翻找，同时拼命回忆课堂上的东西，努力找出答案。书到用时方恨少，她这时真恨自己心不在焉，哪怕多记住一句，说不定都能用上。

哗啦一声，一个小玻璃瓶被她的手指碰动，滚落到地上。这瓶口贴着一块橡皮膏，上面是孙希写的两个工整楷体"泻药"，里面是小半瓶白色粉末。

姚英子的眼神迅速移开，可又突然移回来。

白色粉末？医生一般用的泻药是巴豆粉，磨出来是灰色。而这瓶子里的白粉，其实是硫酸镁粉末，它除了促泄，还能治疗水灾常见的肠痉挛。医疗队这次前往皖北，特意提前制备了一批。如果姚英子记得不错，张竹君校长曾经说过，硫酸镁对于癫痫控制也有效果，不过只有这么一句，更多的她便死活想不起来了。

眼看翠香抽搐不停，姚英子知道再拖下去会出人命，只好硬着头皮打开医药箱，迅速翻出一个赫斯式的金属活塞针筒，旋开上头的锥形针帽，将浸泡在酒精里的针头装上去。

她不知道硫酸镁该怎么控制癫痫，但以常理推之，给癫痫中的病人灌药，能直接要人命，那便只有静脉注射一途了。姚英子默默祈祷，希望自己的推测没错。她迅速拧开泻药瓶子，用指甲挑起一点点粉末，拿仅剩的一点清水稀释，然后吸入注射针筒中。

尽管翠香那边危在旦夕，姚英子却只能强抑急切，缓缓地操作针筒吸入。她必须极为谨慎，因为金属质地的针筒是不透明的，无法观察，万一混入气泡可就要死人了。

好不容易吸入完毕，姚英子又遇到了一个麻烦。

这款赫斯针筒比较粗长，上方有两个金属固定环和一个推压环。规范的操作，应该是左手握住针筒，右手中指与食指各套入一个固定环，用拇指套入推压环，让虎口缓缓并拢完成注射。可现在翠香正在剧烈抽搐中，姚英子必须腾出一只手去压制她，只能单手持筒。她手太小，双指套入针筒后，拇指根本够不着推压环，无法完成注射作业。

情急之下，姚英子蓦然想起了与方三响初见时的情景。那家伙竟然用鸦片膏蘸着纱布，直接去捂暴露的动脉，真是骇人听闻。他后来说，那是在战场上磨炼出来的野路子，在有限的条件下抓大放小，先解决主要问题，其他的可以暂时忽略。

没想到有一天我会被迫学他的思维方式，姚英子苦笑着张开嘴，一口咬住针筒侧面，那金属筒壳竟是一股酸苦味道。紧接着，她用双手撕开翠香的左袖子，露出肘部——这里静脉比较粗大，容易瞄准。

姚英子觑准翠香抽搐的一个间隙，腾出一只手握紧针筒，飞快地朝着静脉扎去。这个针头是侧开的，角度必须歪一点，这让她的姿势变得极为别扭。唯一称得上幸运的是，翠香如今青筋凸起，让浅蓝色的静脉变得颇为醒目，瞄准难度不大。

针尖轻轻刺破皮肤，下压侧挑，让针头侧孔充分贴入静脉内部。姚英子一手按住翠香左臂，一手握住针筒，然后屈起身体，把自己脑门顶在推进环上，一点点朝前顶去。姿势又滑稽又无奈。

这不是个简单的活。静脉注射要求一个缓字，而用脑门顶在环上，很难控制力度，全身的肌肉都得绷紧。这一针，足足打了一分多钟才算打完，姚英子的脑门多了一道竖长红痕，跟二郎神的第三只眼似的。

姚英子松开翠香，整个人滚落到旁边的地上，气喘吁吁。她从来没这么紧张过，身体因过于紧绷而酸痛不已。但考验还没过去，硫酸镁到底能不能奏效，尚未可知。

说起来，这还是姚英子第一次独立面对一个病人，从诊断到治疗，没有人在旁边指点或帮忙。唯一的评判官，就是对面病人的生死。离开了老师的庇护之后，她才真切地感觉到，做一个医生的责任有多么沉重。每一个判断，每一个动作，都可能决定一个人的命运。

在忐忑不安的等待中，翠香的四肢抖动频率有了显著降低，两分钟之后，抽搐症状消失。她筋疲力尽地仰卧在泥浆中，浑身被汗水浸透，只有起伏的胸口表明她还活着。

姚英子没有心存侥幸，第一时间把翠香的腿抬起来，不让小腿着地，然后去叩击她的小腿膝腱。课堂上的先生说过，硫酸镁很容易过量中毒，所以必须观察膝跳反应是否消失。直到翠香的小腿虚弱地向上踢了一下，姚英子才"扑通"一声，如释重负地瘫坐在地上。

她累得连一根指头都挪不动，可心情雀跃得要跳上天。这是一种姚英子从未体验过的喜悦，她自幼含着金汤匙出生，无论做什么，大家都要卖姚大亨三分薄面，即使选择从医，在张竹君、沈敦和的羽翼下亦是一路顺风，哪怕在蚌埠集，身旁也总有方三响和孙希看顾。直到此刻，一种真真切切源于自己的成就感，充盈全身。倘若有一面镜子的话，姚英子会看到，她的双眸熠熠生辉，那光芒就好似张竹君校长谈起理想时那样。

直到翠香发出一声呻吟，才把姚英子从喜悦中拽回现实。

翠香睁开眼睛，虚弱地问这是在哪儿。姚英子怕她过度紧张，哄骗说没事了。翠香摸着肚皮说孩子没事吧。姚英子"嗯"了一声，用丝帕给她擦额头上的汗。翠香缓缓吐出一口气，说口渴得厉害，可水壶里最后一点清水早被用掉了。姚英子无奈地举目四望，可视野里只有一片暑气弥漫的泥浆，没有河道，没有池塘，更没有水井的痕迹。

水灾过后，居然会找不到水用。这可真是既讽刺又残酷。姚英子想起自己登岸之后，被汤把总批评浪费清水，自己那时还不服气，现在回想起来真是幼稚。

翠香渴得不行了，勉强支起身子看了看，说往北走上几里有个小王村，但还剩下什么人就不知道了。姚英子心里重新燃起一点希望，可翠香连续两次癫痫加上惊恐狂奔，耗尽了体力，如今连站起来都难，骡子也骑不住，更别说赶路了。

子痫不知何时还会复发，而那些水蜢子也随时可能追踪而至。更麻烦的是，翠香这么一折腾，搞不好胎儿会提前发动。刚才小小的成功喜悦，在姚英子心中迅速退潮，焦虑重新浮现。

她们根本没有摆脱危险，情况反而更加严重了。

一个念头从姚英子心中浮现："要不……就此离开？"

姚英子看着翠香，悄悄攥紧了拳头。她简直不敢相信自己会生出这个念头，这是一个医生该有的想法吗？可她毕竟只是个二十岁出头的姑娘，刚才经历的事情，已抹去她对这个世界的全部安全感。畏惧与惊恐，不可抑制地如病菌般滋生开来。

一连串的自我解释，在姚英子心中响起。无论是癫痫、水蜢子还是胎儿，都不是她所能控制的因素。她已经仁至义尽了，完全尽到了医者的责任，不该有任何愧疚。此时是她抽身离开的最好时机，再拖延下去，只怕下场比翠香还惨。

突然之间乱了思绪的姚英子，不得不轻咳了一声，不自然地把身体转过去，不想让翠香发觉自己的挣扎。这一转，她却忽然嗅到一股熟悉的味道。

这是从医药箱里传出来的，是淡淡的碘酊味。刚才姚英子翻找硫酸镁和针管时，应该是不小心打破了盛放碘酊的瓶子。

霎时，这味道唤醒了姚英子的记忆，把她拽回那一次车祸的现场。一个修长的身影挡在她的面前，遮下了所有的灾劫与苦难。那个场景，似乎已永远与碘酊味连接到了一起，无法分割。

"我到底在干吗？"姚英子猛然惊醒过来，不由得狠狠掐了一下自己的胳膊。居然会生出抛下病人的念头，你可真是争气！姚英子暗暗骂了自己一句，把精神重新聚焦在眼前的困局中。

方三响那句话说得对——"抓大放小。"当务之急，不是考虑琐碎的细枝末节，而是把翠香转移到一个安全的环境。急救也罢，临盆也罢，都需要一个安稳的地方来施展，这是目前最重要的事。

姚英子思索了一下，从骡子身上把小毯子取下来，铺在翠香身上，然后把毯子两角拆出线来重新搓成绳子，与一驴一骡的缰绳绞在一块。然后她折了一根树枝，赶动两头牲口，让它们拖着翠香身下的毯子朝北方走去。

这一路上，她忙得不可开交，又得控制牲口，又得盯着翠香的身体，还得分神随时观察牵引绳和前方地势。多亏洪水在这一带反复冲刷过几次，泥浆滑腻，地面上的沟沟坎坎被稍稍抹平，才让翠香不至于太过受罪。

两人移动得太过艰苦，姚英子几次都打算彻底放弃。所幸药箱上还残留着淡淡的碘酊味，简直比吗啡还强力，每次一嗅，便如疾风般席卷全身的神经元，令它们如酷吏般榨出身体最后一点力量。

人在危难时的潜力当真无限。姚英子花了足足半天时间，竟真的把翠香挪到了小王村的村口。两个人筋疲力尽不说，连牲口都喷着粗气不愿意动了。

这小王村和三树村一样，村民早已跑光，只剩下一大片空荡荡的屋舍，一半多都被水泡得垮塌下去，宛若一个个东倒西歪的蓬头坟冢。姚英子挑了半天，选了一间尚算完整的土屋，勉强搀扶着翠香走进去。

这边的贫民宅子多用夯土，无非是四面土墙打起，穿过几条檩子，再铺上几重茅草与蒿。这种屋子只占得"便宜"二字，经不得水，受不得风，且因为材质问题，窗户不能开大，只能朝南小小地开一两个口，比麻雀窝大不了多少，采光极差。

人待在屋里头，正晌午两眼一抹黑，唯有土壁上的霉味与馊味扑鼻而来。

在这屋子的正堂东南角，有一方比地面高出半米的实心土堆，上头还残留着几缕麻布片——这便是这屋子主人的床铺所在了。床脚处颇有些灰白颜色，姚英子疑心是尿液浸泡出的硝土。

姚英子实在无法想象，这居然会是人居之所，喉咙忍不住一阵翻动。翠香对此倒见怪不怪，反过来安慰姚英子，说你们大城市的郎中不习惯，穷人家可不就住这样的地方？

把翠香在"床"上安顿好，姚英子出门去寻找干净水源。她一边在村子里乱转，一边嘀咕。这小王村的卫生意识简直差得惊人，大部分屋舍都紧挨着猪圈和厕所，混杂一处。好不容易找到一处老水井，井口竟与地面平齐，连井栏都不砌一个。雨水一落，便与垃圾、粪便汇成污水流入井中。若按文明世界的卫生标准，只怕这村子早沦为疫病地狱了，不知道怎么生存至今的。

她的医药箱里只剩下一点点明矾，水源太脏的话，实在难以清洁。姚英子在村里转了半天，竟然一点可用的水都找不到。她东张西望，不知不觉走到村子另外一侧，突然眼睛一亮。

只见在这一侧的村口有一片土坡，坡顶竖着一根黑乎乎的笔直木杆，杆头有一条横杆，两头牵着长长的铜线伸向远方——这是电报杆啊！再往远处看，隔一百五十米又是一根，根根接续，撑着铜线延伸向远方。

这些电线杆埋得很扎实，洪水这么大，都没冲倒它们。

之前农跃鳞说过，固镇的学校可以向蚌埠集拍送电报，两地有线路连接。电报线路一向讲究截弯取直，也就是说，小王村的位置，理论上就在两者之间，说不定距离固镇已经不远。

姚英子心头一热，不由得向前快走了几步，眼看要走到电报杆附近，忽然惊起草丛里一大群绿豆蝇。一股淡淡的腐臭味飘到鼻前，她小心翼翼地瞥过去，见到一具呈现巨人观的尸体直挺挺地躺在地上，短袖长裤，胸腹鼓胀得像个孕妇，裸露的皮肤已呈褐色，上头分布着青绿色的腐败血管网，清晰可见。

总算姚英子是学医的，不致被吓得晕倒。她屏住呼吸观察了一番，从这尸体的腐烂程度判断，只怕是洪水席卷过来时溺死之人，等水退了以后，尸体便留了下来。

姚英子默默画了个十字——这是在学校养成的习惯——迈步正要离开，忽然觉得哪里不对。她又观察了一下，勉强分辨出这身泡烂的制服是电报局的，说得再清楚点，是电报局巡线员的号服。

邮传部有规定，长途电报线每隔三十华里便要设巡线员一名，确保线路畅通。这个巡线员应该是固镇派出巡线，中途遭遇洪水，死在了小王村。姚英子很快在死者旁边不远处得到验证，那里有一个棕色的皮革包，外皮泡得发白，但里面有一层严密的油布。她把它捡起来打开，里面裹着证件和几样巡线工具。

姚英子翻检了一阵，突然双眸一闪，她注意到工作包里居然有一部普兰特测试机。

她对于机械有着天然的兴趣，知道这机器其实是个简易发报机，核心机构是一个拍发装置与一组普兰特铅酸电池。巡线员在排除了线路故障之后，会用它接入电线进行测试拍发。虽然铅酸电池的工作电压最多只有 2 伏，但足以验证线路是否畅通。

可见这个巡线员一直工作到生命的最后一刻。

姚英子郑重地向他行过一礼，然后把测试机取了出来。虽然蚌埠集和固镇之间的线路已断，但小王村位于淮河北岸，说不定这里到固镇还是通畅的。她可以用这部机器给固镇发个消息，通知医疗队或任何收到的人，前来小王村救援。

她不知道固镇电报局是否还在运作，但这是目前唯一的办法。

她迅速把测试机搭入线路，略做测试，还好，至少目前还是畅通的。

普兰特电池的电量极其有限，姚英子不得不放弃发送句子的想法，争分夺秒地拍发一连串关键词：先是求救 SOS，这是两年前刚被确定为国际通用求救的代码；然后是"小王村""孕妇"与"危急"三个英文单词。可惜的是，当她最后拍打自己的英文名"Jane"作为落款时，普兰特电池恰好耗尽了全部电量，没发出去。

对此姚英子也没好办法，听天由命吧。无论希望多么渺茫，至少还有一线希望，有时候人就是靠着这么一线希望才撑下来的。

拍完电报，运气似乎回来了。姚英子回去的路上，在附近的槐树林里发现一处林间洼地。前一阵积了不少雨水。她伸手捞了一下，至少上层的水质还算澄清。

姚英子把装了明矾的水壶灌得满满的，又折了几根槐树枝，回到原来的屋子里去。翠香见有水了，急切地伸手要去喝，却被姚英子拦住，说不能喝生水。她掏出火柴引起火，直接把水壶架在上面烤，一会儿工夫便烧开了一壶水，又小心地凉了一阵，才拿给翠香。

翠香咕咚咕咚喝了大半壶，脸色总算恢复红润。她注意到姚英子嚅动了一下干裂的嘴唇，这才不好意思地把壶递回去。

"你和别的郎中不太一样。"翠香重新躺回床上，摸着肚子感慨道。她可没见过这么拼命救一个陌生病人的郎中。

"叫我医生。"

姚英子喝了一口水，然后拿出听诊器和血压计，替翠香检查。翠香任凭她摆弄，检查了一阵，翠香仰起头问："我的孩儿还好吗？"姚英子脸色凝重地道："你是严重的妊娠高血压，又犯了两次子痫，再犯一次的话恐怕会有生命危险。想保命，最好终止妊娠。"

"终止妊娠？"

"就是别生了。"

翠香发出一声惊叫："这怎么可以？我夫家不会同意的。"

其实到了大月份，就算强制引产，风险也很高。可姚英子一听她这么说，火气便不打一处来："你夫家？他们把你扔下逃到淮河南边时，可是没半点犹豫，现在凭什么又来管？"翠香环抱着肚子，只是苦笑着摇头："这毕竟是他们于家的骨血啊！"

姚英子毫不客气地批评道："你不要这么练恋。女人又不是专门产种的牲口，肚子属于你自己，又不是夫家的私财！孩子生与不生，难道不是先问你？你自己是怎么想的？"

"我啊……倘若再犯病，姚医生你能先把孩儿救下吗？他们于家留了后，我就算死也瞑目了。"

"我问你，你想活下去吗？"姚英子问。

"谁不想啊？"翠香怯怯道。

"那就是了。你想活下去，是出于你自己的想法，不是任何人强加给你的，也没人能剥夺这个权利！"

张校长说过，她在广东搞医院时，发现农村的广大女性普遍思想蒙昧，满脑腐朽观念。与其跟她们说大道理，不如从最根本的活命权去启发。她们再愚昧，也希望能活下去，而想要活下去，不争取权利、不打破传统陋习是不可能的。

这也是为什么张竹君主张用医学去开启民智。医术与人命直接相关，最能引起她们的关注。

翠香抚着肚子，说实话，姚医生的话她听不太懂，不过言语中隐隐有种她不熟悉的全新力量。在姚英子的引导下，翠香断断续续地讲出自己的经历。

她出身皖北一家草户。皖北这地方洪灾频繁，种地不如耙拉野草来得赚钱，只是格外辛苦。她父亲得了肺痨去世，母亲便把她卖给同村于乡绅做童养媳，做工做到十四岁，与于家儿子成婚圆房，三年之后才怀上孕，没想到又赶上一场洪灾。

姚英子说起邢家大丫头，翠香居然还认识，感叹说是个苦命孩子。姚英子冷笑，大丫头她爹虽然把她娘抛下了，好歹抱着自家闺女过了河。你夫家连怀孕的媳妇都带不走，还不如人家。翠香一阵沉默，末了只能幽幽地叹了口气。

两人闲谈了一阵，翠香体力终究不支，一会儿便沉沉睡去。姚英子自己也小憩了片刻，再醒来时看到天色开始发暗，肚子突然发出咕咕的声音。姚英子知道，这是肠鸣音，是胃肠道蠕动产生的气体流动，该吃饭了。

先前忙起来不觉得，这一声肠鸣仿佛是个开关，一下子让她变得饥肠辘辘。可惜仅有的吃食早就抛在庙里了，姚英子摸遍全身，也没找到半点充饥之物。这位大小姐还从未饿过这么久，只能强撑着身体，在村里翻找。

这村子被洪水荡涤了几遍，早剩不下什么了。姚英子找了好久，才在一处土灶旁找到一团黑乎乎的烂糊。拿回去翠香认出来了，说这叫蓼子根，其实是一种湖草。每到灾年，这一带的老百姓就采集湖草，把根部舂碎后做成粑，勉强糊口。

这粑被水泡过许久，表皮有点发绿。姚英子强抑着恶心吃了一口，只觉苦辣霉三味齐冲，胃部不由得剧烈地翻腾起来——这哪里是人吃的东西啊！毒药都没这么可怕！反倒是翠香勉强啃了几口，说自己出嫁前每年也要吃几个月这样的东西。

吃几个月？姚英子面色一僵，那还不如杀了她。她把那团烂糊丢给翠香，狠狠地给自己灌了口水，起身出屋，想压抑一下自己的饥饿感。

她信步走到村子中间的一条巷子里，正欲观望天色，却忽然听到一阵人声从附近传来。

"老六你确定吗？"

"没错！你瞧，这蹄印都在呢！这俩娘儿们肯定就在不远处！"

姚英子吓了一跳，急忙躲在半截土壁后头，见到早上那几个水蝱子居然真的追过来了，其中一个手里还挥动着一把手枪。看来汤把总凶多吉少……

"臭娘儿们，敢偷咱们的驴骡骑！害得咱光脚走这么远！"

"大哥你莫急，这回逮着她，你骑回来不就是了？"

一阵猥亵的笑声在村子上空响起，姚英子的心坠下去。刚才她竟忘了把村口的痕迹扫掉，他们可以很轻松地找到藏身的屋舍。

怎么办？

姚英子脸色有些发白。她还有一个选择，就是现在悄悄离开村子。凭她的腿脚，找到固镇问题不大，更不会有人知道她抛弃病人的事——那本来就不是她的病人。一个上海烟草大亨的女儿，没有义务为了一个无关的皖北孕妇冒险。

就在她犹豫的当口，那几个水蝱子已经进了村子，循着痕迹接近翠香的屋子。

前所未有的压力和恐惧，几乎压垮了这个女孩。姚英子不得不按住怦怦跳动的心脏，不由自主地垂下头。可她的双眸一接触到墙脚，却倏然亮了一下。再抬头时，眼眸里却透出了一种坚毅的炽热。

水蝱子盯着蹄印，正要往屋子里去，忽然听到旁边有脚步声。他们纷纷抬头，看到一道倩影正朝远处逃去。

"兔崽子！在这儿呢！快追！"

一瞬间，汉子们双目放出光，齐齐朝那影子追去。他们跑惯了山野，腿脚极快，很快便拉近了距离。那影子有些慌不择路，竟一头冲进一间土屋里去。

这土屋只有一个大门，水蝱子们争先恐后地冲进去，生怕落于人后吃不到甜头。那个少女被逼到屋内一角，背靠土墙。几个汉子围拢过来，舔着嘴唇，身上因兴奋而散发出汗臭味。

姚英子见他们靠得足够近了，狠狠地朝土墙猛踹了一脚。

随着姚英子这一脚踹下去，整面土墙登时四分五裂，向内侧倾塌。而缺少了这一侧支撑之后，整个屋顶轰然砸落下来，连带着其他几面纷纷崩解。一时间尘土飞扬，惨呼四起。

这间屋子，她之前来过，发现夯土墙脚已被洪水泡软了，下方露出蛛网一般的裂缝，距离倒塌只欠一点点外力。她没敢让翠香住进来，才搬去另外一间房子。没想到如今面对野兽，这屋子却成了一个绝好的陷阱。

在坍塌前的一瞬间，早有准备的姚英子打了一个滚，从旁边的裂隙中钻了出去。她从地上爬起来的时候，整间屋子已经没了，眼前变成了一个木土交叠、烟尘飞扬的大废墟。那六个水蝱子，全数被压在了夯土之下。

她喘息着，这算是杀人了吗？姚英子知道这些人穷凶极恶，可一想到自己竟夺去了六条性命，心境便无法保持平静。她走到废墟前，正迟疑着要不要挖开看看，突然一只手从废墟里伸出来，差点抓住她脚踝，姚英子尖叫着跌倒在地。

随着一阵扒开土块声，体格最健硕的一个水蝱子从废墟里冒了出来，满头灰土，一缕鲜血从额头上流下来。

"臭娘儿们，敢算计我！"水蝱子骂骂咧咧，伸手要去抓她。姚英子大惊，转身便跑。等到这人彻底把身子从废墟里拽出来，她已跑开数十米远，钻进了邻居家院子的屋子里。

一朝被蛇咬，十年怕井绳。一见她又钻进夯土屋子里，水蝱子嘴角便猛地抽搐一下，万一她故技重施……趁着这个空当，姚英子从屋子另外一侧翻出去，跨过半倒篱笆，躲到更远的一处柴房里去。只要贯彻这个策略，拖到天黑便有把握逃走了，姚英子心中暗想。

可就在这时，不远处突然传来一声女人的哀鸣。

"不好！"姚英子脸色一变，翠香的子痫又犯了，怎么偏偏发生在这个时候？那个水蛭子脑子不笨，一转念便明白怎么回事，不再跟这边周旋，转身大踏步朝发出声音的方向走去。

姚英子面临着两难抉择，如果不立即注射硫酸镁，翠香会很危险。可眼下这形势……她一咬牙，主动暴露出身形，指望比水蛭子更快抵达屋子。

不料水蛭子似乎早料中了她的反应，突然一个回身拉近距离，比椽子还粗的胳膊一下子掐住少女的脖颈，把她提到了半空。

这下子姚英子再也无法摆脱，双腿无力地踢动着。水蛭子狞笑着，逐渐加大手上的力度，这小娘儿们坑死了五个兄弟，一下掐死太便宜她了。可突然他的手腕传来一阵钻心剧痛，他忍不住啊了一声，五指登时失去力量，不得不松开。

水蛭子扭头一看，发现手腕内侧多了一道细长且深的刀痕，鲜血正从里面喷涌而出。那女人跌落在地上，手里不知何时多了一把柳叶刀——这是出发前孙希偷偷塞给她的手术刀。

水蛭子怒极，他不顾腕部鲜血飞溅，挥动拳头，重重地砸在姚英子的小腹上。她悲鸣一声，整个人痛苦地蜷缩在地上，手术刀扔在一旁。水蛭子不解气，抬起脚来，朝着她的太阳穴狠狠踩去。

千钧一发之际，一个高大的黑影冲到两人之间，交叉双臂挡住了这一脚致命的踩踏，往上用力一托。水蛭子站立不住，整个人朝后头倒去，那黑影趁势前冲，双拳如水车般抡起来。他的拳路不成章法，可毕竟有体重上的优势，受了伤的水蛭子完全不是对手。

姚英子被那一拳打得神志迷糊，恍惚感觉有人把她横抱起来，朝旁边移动。她睁开眼睛，发现是一张再熟悉不过的白净面孔。

"孙希？"

"你先莫讲话，小心有内出血。"孙希急切地喝道，抱着她迅速逃离这一带。姚英子努力转动脖颈，看到方三响已稳稳压制住了水蛭子。

你们俩都来啦？姚英子心中一宽，看来那通电报确实发出去了。可是，又没有落款，他们怎么知道是我呢？

孙希找了一块平整的地方，把她轻轻放下。他一边做初步诊查，一边简单地解释了一下。

原来他们抵达固镇以后，迅速联络上了被困的学校，恰好就在电报局隔壁。农跃鳞停留半日之后，继续北上，在出发之前拜托他们时常去电报局里看看，说不定别处也有发电求援的人。但凡有一分希望，也不可放弃。

恰好今天孙希去巡视时，看到一部莫尔斯快机有古怪。它明明收到的是测试信号，却吐出一些有规律的单词。

"虽然没有落款，可我跟老方研究了一下。在这个位置，这个时间，有本事搭线发电报求救的，也只有姚英子大小姐你。"

发现姚英子没大碍，孙希也有了调侃的心情。那边厢方三响发出一声怒吼，双手抓住了水蛭子的脑袋，拼命往地里砸。

这一幕看得孙希直咋舌，脑海里蹦出来的全是脑震荡、颅内伤等术语。这老方也不知哪来的这么大杀气。他冲姚英子苦笑着摇摇头："可我们没想到，你会惹出这么大的乱子来，都算是胆生毛啦，吓得我差点吃一剂洋地黄救救心力衰竭。好了，起来吧，就是咽喉有些轻微挫伤而已。"

姚英子咳了一声，微有痛感。这时夜空里又传来一声模糊的喊声，她像触电似的猛然跳起："哎呀，快，快去看看那个孕妇！"

"邢大丫头她妈？"

"不是她……哎呀，总之赶紧去看，她有妊娠高血压，还发过子痫！两次！"

孙希吓了一跳，他虽非妇科医生，也知道这东西的厉害。他冲方三响喊了一嗓子，然后跟着姚英子朝那间屋子狂奔而去。

此时天光已经完全暗下来。那间破屋的轮廓被夜色侵蚀得模糊不堪，宛若墓穴般阴森。姚英子越接近屋子，心中越紧，因为那声音竟渐渐微弱下去。第三次子痫发作结束了？人什么状况？

两人在一片漆黑中冲到床边。姚英子口中大叫着："翠香，翠香，我来了，来了！"她的指尖触碰到一段软绵绵的躯体，有些冷，此时对方的声音已低不可闻。姚英子努力贴到翠香的嘴边，才勉强听清她一直在呢喃着三个字：

"我想活，我想活，我想活……"

"我会让你活下去的！"

翠香听到姚英子的声音，还想要努力，动了一下头，可突然脑袋一歪，斜垂下去。姚英子没看到这一幕，她正手忙脚乱地打开医药箱，把注射器和最后一点硫酸镁取出来。

孙希点亮随身带的煤油灯，提到翠香面前，表情猛然一沉。

翠香一动不动，面色绀青。孙希先试了试她的呼吸和脉搏，然后伸手去翻她的眼皮，发现两个眼底都渗出丝缕状的血迹，看上去颇为恐怖。他微微叹了口气，对还在弄注射器的姚英子道："英子，英子……"

"你干吗呀！快赶紧抢救呀！"

"英子，她走了，呼吸、脉搏都没了……"孙希试图冷静地解释，"眼底血管破裂，这是妊娠高血压导致的脑出血啊！"

"那你快开颅找出血点啊！"

孙希苦笑："别说这里，就是在伦敦，她这个情况也没得救。"

姚英子的肩膀猛颤了一下，她狠狠抓住孙希的胳膊，指甲几乎陷入皮肤："那……那快做剖宫产手术，也许还能把胎儿救出来！"

孙希拗不过她，只得拿出手术刀，简单地消了毒，然后为翠香推了几毫升的乙醚。这是一种出于人道主义的习惯，万一死者重新活过来——这存在一定可能——不至因为手术剧痛而真正死去。

说实话，他对胎儿的状况不抱什么希望。子痫发作时，母体呼吸停止，会造成子宫暂时缺氧。翠香这次发作猛烈且持久，眼底血管都被撑爆了，胎儿就算侥幸不死，也会因缺氧损伤大脑。

可看到姚英子的模样，孙希不敢再解释什么，只是把煤油灯朝肚皮前挪了挪。这一次不用考虑产妇健康，他选择了子宫的正中线上下刀，这是最快取出胎儿的途径。在昏黄的灯光下，他屏住呼吸，在翠香的大肚皮上轻轻地划下第一刀……

过不多时，一身土污的方三响从外面摸进来，他已经把水蝹子彻底打昏在地，赶过来看看怎么回事。一进门，他就撞见满手血污的孙希，正小心翼翼地从翠香的身体里捧出一个婴儿，一条长长的脐带还连着母体。

他立刻发现不对劲了。孙希手里的婴儿非常安静，就像脐带另外一端的妈妈一样安静，一丁点哭声都没有。姚英子慌乱地把婴儿接过去，倒提起来，连续拍打臀部。

这是学校里教的，倒提可以排出肺里的羊水，拍臀可以促进呼吸。可是无论她怎么努力，婴儿还是没有声音。姚英子还要继续拍，手臂却被方三响按住：

"别拍了，这孩子已经死了。"

"你胡说！"她大吼起来，几乎要把自己的声带撕破。

孙希放下手术刀，也走了过来。"我在动刀前没有听到胎心音，胎儿在母亲体内可能就死了。"他轻轻按住姚英子的肩膀，声音低沉，"把他们母子好好埋葬吧，我们尽力了，你也尽力了……"

姚英子怀抱着婴儿，呆呆地看向仰卧在土床上的翠香。床头的煤油灯，给她勾勒出一圈暗色的金边，明暗交错，那张疲惫的面孔，竟泛起一丝解脱的平静，有如西洋油画里的圣母般安详。讽刺的是，当翠香真正喊出"我想活"的求救时，正是她迈向死亡的那一刻。

泪水扑簌簌地滴落在土床上，打出一个个浅浅的小坑。姚英子望着眼前的母子，几乎要被胸中无穷的悔意和失落呛到窒息。

假如我在张校长的课上多用用功，假如我能早点识别出妊娠高血压症状，假如韩小手具备最基本的卫生常识，假如汤把总能尽忠职守，假如没有水蜢子围攻……我不仅没能完成对邢大丫头的承诺，也没完成对翠香的承诺。这一路穷尽心力的拯救，到头来，不过是一场徒劳的抗争。

姚英子踉跄着，把婴儿轻轻放在翠香的怀里，又把她的手臂拉过来，环住孩子。一大一小，脐带相连，母子俩保持着人世间最亲密的姿势，同时陷入永恒的长眠。

一个手制娃娃从翠香怀里滑出来，与那死去的婴孩并排蜷缩在怀里。姚英子怔了怔，这一瞬间，悲恸、悔恨、挫败与愤怒汇成滔天洪水，在她的心智堤坝上决口而出，一泻汪洋。情绪如同一个乱流旋涡，将一切都席卷入内。她有生以来，还从未如此彻底地崩溃过。

啜泣化为哭泣，哭泣转成号啕，号啕又渐变成声嘶力竭。连姚英子自己都说不清楚，这伤心到底是源于身为医者的责任，还是身为女子的共情；是为了萍水相逢的翠香、失踪的邢大丫头母亲，还是所有有同样遭遇的女性。

孙希生怕她伤心过甚，想过去劝解，却被方三响拦住了。后者不由分说，拽着他的胳膊出了屋子，只留姚英子一人在屋里。

此时入夜已深，无一点月色。空村荒草，女子的哭声从身后的废屋传出来，回荡在坟冢般的废墟之间，凄厉而诡异。两个医生各自点起一支烟来，吸了一口，同时默默地放在地上。黑暗中两点微弱的火光，权当送死者上路的香烛。

"贼人呢？"

"被我打昏捆住了，手腕的伤也做了处理。至于其他五个，都被土屋坍塌压在底下了。"方三响故意说得像是个意外事故。

"我简直要佩服死自己了。若是当时我没发现那封求援电报，简直不敢想象接下来发生的事。"孙希拍拍胸脯，一阵后怕，忽又生出感慨，"咱们离开上海时，可实在没想到会经历这么多事。"

方三响抿着厚嘴唇，语气淡然："上海只是个特例，只是个幻觉。这才是大清真正的模样啊！"

哭泣仍在持续。孙希无奈地回头道："咱们做医生的，要学会淡然面对患者的死亡。若每一次死亡都这么哭一回，只怕泪腺用废了也不够哭的——这个大小姐，还是感情太丰富了点，我还是去劝解一下吧。"

"你是劝她不该离开上海，还是劝她不该渡过淮河？"

"呃，老方你问得好……"

方三响瞥了孙希一眼，双手抱臂："你就让她哭吧。有些事情，非得她自己想通不可；还有些事情，非得她自己想不通才行。"

"前半句我能明白，后半句什么意思？"孙希大为疑惑。

"很多事情，我们只有先想不通，才会真正去问上一句：为什么？"方三响抱着手臂，黑暗中目光炯炯。

第七章
一九一〇年十月（一）

一辆长厢电车稳稳地驶在爱文义路上，铜铃铛铛响着，车头向东，朝着外洋泾桥开去。

这路电车是两年前通的，早已不是什么新鲜西洋景。道路两侧的行人们熟视无睹，只有几个小孩子跟着电车跑，一边尖叫一边往轨道上扔小石头。一个附近的巡警闻讯赶来，吹起哨子把他们远远赶开，顺便吵醒了坐在二等车厢里的方三响。

他昨晚在院里加班到很晚，刚才一路靠着车窗酣睡，直到这会儿方才醒来。对面传来一声轻轻的"哼"声，方三响看到对座是个长袍商人，大概是一路上被自己的鼾声吵得不行，不得已小小地抗议了一下。

那商人抗议完，发现这健硕壮丁正瞪着自己，吓得赶紧抖开新买的《申报》，挡住面孔。方三响把出诊药箱抱紧一些，注意到报纸背面有一些熟悉的字眼。

这张报纸上的日期是宣统二年十月十一日，也就是今天。正对着方三响这一版，用大字号印着"江皖沉灾，庚戌义赈"几个字，正文里写着"中国红十字会董事沈敦和、《新闻报》主编福开森等人感于江皖沉灾，于六月首倡庚戌义赈，派员赴皖北支护数月，善行斐然，望各界不吝捐助，勿使弩末"云云。

文末还附了几张灾情照片，无不触目惊心，一看就是拍摄者亲涉灾区捕捉到的场景。拍摄者的名字排在末尾，字号很小，只看得清"农跃鳞"几个字。

方三响看了一阵，便把目光收回来，重新闭上。

过去的几个月，仿佛一场惊险的大梦。他和孙希把姚英子救回蚌埠之后，又足足忙碌了两个月。直到丙午义赈会把轮替的人员和物资送过去，这支筋疲力尽的队伍才返回上海。

当队员们再见到沪宁车站那座巍峨大楼时，已是九月底。上海依旧是上海，歌舞升平，繁华热闹，空气中浮动着香腻的洋气，让这些少男少女恍如隔世。

方三响、孙希和其他学员各自返回岗位，继续日常的学习和工作。只有姚英子没再出现过，她一下车，就被陶管家接走了，据说是回家调养去了。

想到姚英子，方三响微微地叹了一口气。生老病死，乃是医者见惯的残酷，每一个医生都要渡这么一劫。可英子她一路护着翠香逃离，尽心竭力去挽救她的性命，最终又眼睁睁看着翠香死去，这对一个少女来说，冲击委实太大了，调养一下也好，否则可能一辈子都有心理阴影。

孙希张罗着说去姚家花园探望，可惜医院里事情实在太多，他们一直没腾出空来。倒是宋雅去看过一回，回来说她情绪还好，只是人有点发木。好在姚永庚延请了一批沪上名医，轮不到他们几个红会实习医生操心。

铜铃在耳畔锵锵响起，方三响赶紧收回纷乱的思绪，因为电车马上就要抵达终点站外洋泾桥了。

一个衣袖内卷的瘦高汉子和一个黑壮汉恭敬地等在车站前。下车的乘客很有默契地绕过他们，加快脚步离去。方三响从电车上跳下来，眉头微皱："我不是说自己过去吗？不用接。"

杜阿毛满面笑容："方医生这么辛苦，怎么好不接呢？哎呀，其实这二等车席一点也不适意，干吗不坐一等？"

"一等通站要十五分，二等只要六分。"

"下次还是乘黄包车吧，都是帮内兄弟的车子，不用客气。"杜阿毛从他手里抢过医药包，塞到旁边的樊老三手里。樊老三曾经在红会总医院门口跪了一天，如今见到他，脸上仍讪讪的。

两辆崭新的黄包车早停在了站前，杜阿毛不由分说把方三响推上去，然后跳上另外一辆，招呼出发。方三响无奈地摇摇头，却也没再坚持。

自从祥园烟馆的赤痢事件后，本来他不想跟青帮再有任何瓜葛。可今天早上杜阿毛打电话到医院，请他过来闸北看个病。电话里杜阿毛千求万恳，说人命关天，就差没拿自己老母发誓了。方三响是吃软不吃硬的性子，磨不过他，只好下了夜班匆匆赶过来。

这一次两辆黄包车没有去祥园烟馆，而是沿着苏州河畔走了几里地，来到劳勃生路上的一处坐褥铺子。这里专营棉麻被褥，前屋支摆布架，后屋弹着棉花，一进去满眼飘絮子。

一进账房，刘福彪坐在正中，还是那副桀骜阴沉的面孔。他见方三响来了，搁下手边的棉线，起身相迎。方三响直接道："病人在哪里？什么伤情？"

刘福彪知道他的脾气，不以为忤，带着他来到后屋。屋角有一个带着臊气的木马桶，杜阿毛把它挪开之后，地板露出一个小门——竟是一个地窖。方三响眉头一皱，这可不似病人待的地方。

地窖门一开，一股阴寒之气缠腿而上。三人依次顺着木梯爬下去，杜阿毛扭亮了一盏煤气灯，惊得地窖里一阵簌簌声，大概是老鼠逃走了。昏黄的灯光下，可以见到里面草席上蜷缩着一个人。

方三响定睛一看，登时一惊："洋人？"那个病人的毡帽下露出一缕金发，再仔细一照，一身咔叽布的米黄短衣，应该是租界巡捕房的包探。

一个洋籍包探被关在青帮的地窖里，这可真是匪夷所思。

迎着方三响的目光，刘福彪的表情平静而狰狞："方医生，你先给他瞧瞧病吧。"方三响狠狠瞪了杜阿毛一眼，知道自己又被骗了。这肯定是青帮跟巡捕房起了龃龉，惹出人命祸事。怪不得他们不送去医院，反而让一个红会医生大老远地从徐家汇赶过来。

但看这个包探瑟瑟发抖的样子，状况确实不太好。方三响只得强压心中不满，蹲下身去，一边打开药箱，一边问他伤在何处。

杜阿毛苦笑道："怎么敢去伤了洋人？只是有一桩要紧的事，被这个包探摸到根脚，不得已才请他来这里吃吃茶。谁知道从昨晚开始，他突然发了病，这才找你过来。"

方三响翻检了一下包探的身体，确实没有什么外伤痕迹，但体温很高，血压偏低。他迅速撕开包探胸口的衣服，在茂密的胸毛下看到一片不太明显的瘀点，似乎是某种内科病。

此时包探已处于极度衰弱的状态，问话也不答，只是不断打着寒战，偶尔还咳嗽几声。方三响陡然想到一种可能，急忙让刘福彪去脱他的上衣，并把双臂高举。刘福彪虽不情愿，也只能按吩咐而行。方三响让油灯靠近些，仔细去看腋下，没看出什么端倪，又让刘福彪去脱他裤子。

他在检查病人时，语气里自带了一种权威，刘福彪贵为青帮大佬，也只好如法执行。等褪下裤子之后，方三响用手去摸病人的腹股沟，悚然一惊。手触之处，有一个明显的凸起，约有核桃大，这应该是淋巴结肿大的缘故。他手指在肿块上稍微用力，病人便"啊"了一声，摆出抵抗的姿态。

这是再明显不过的迹象了。

"这……这是百斯笃。"方三响的声音一下子变得嘶哑。

刘福彪和杜阿毛听得一头雾水，什么叫百斯笃？方三响头也不回地道："就是 plague，咱们中国唤作鼠疫。"

两人一听，面色大变，不约而同向后退了一步。鼠疫这玩意儿，可是不得了的瘟神。方三响却一摆手："不要慌，百斯笃虽说名字叫鼠疫，其实是通过老鼠身上的跳蚤传播的。只要你们小心别给跳蚤咬了，就还算安全。"

另外两人下意识地浑身拍打了几下衣服。方三响又问他是什么时候发病的，杜阿毛回答说："前天这包探来到青帮地盘窥探，被发现后便丢进了这个地窖，大概是昨天夜里开始发病的。"

方三响扫视一眼，这地窖阴冷潮湿，草席上全是霉味，估计一抖搂能抖出不少跳蚤。这个传播途径，看来是再明显不过了。他谨慎地给病人翻了个身，在腹股沟处抽走一管血液，然后起身欲爬梯子上去。

"方医生你去哪儿？"杜阿毛急忙问。

"回医院啊，那里才有设备来查明血里有没有鼠疫杆菌。"

"这病人怎么办？不治啦？"

方三响道："百斯笃又叫黑死病，没得救。"杜阿毛一把拽住他胳膊："方医生不要拿腔拿调，要多少钱？我们给你便是。"方三响冷笑："若我能治得了鼠疫，诺贝尔奖也拿到了。"

刘福彪不知道诺贝尔奖是什么，见他也没办法，语气开始有些不善："方医生这么急着赶回去，恐怕不只是为了检验血液吧？"

"当然。"方三响毫不犹豫地答道，"这个患者的症状，说明这一带的老鼠身上携带鼠疫杆菌，极有可能暴发疫病。我必须向卫生处和租界工部局发出正式警告。"

"不可！""你敢！"

两声断喝，前后不一地在地窖中炸响，然后两只手按住方三响的肩膀，把他从梯子旁边扯开。刘福彪皱眉道："你一上报官府，我们抓了包探这桩事，便会捅到租界巡捕房去，可是要出大乱子的。"

"大乱子？若放任鼠疫传播开来，整个上海都要遭殃，到那时候才是真正的大乱子。赤痢的事，刘当家已经忘了？"

这一番话气得刘福彪攥起拳头来，捏了半天，最后一拳捣在木梯子上。杜阿毛赶紧来打圆场："你看这样如何？这包探的病，我们另请高明。方医生自去告警，只是莫提来过这坐褥铺子，大家装装无事好吧？"

"不成。"方三响郑重回绝，"疫情源头至关重要，岂能隐瞒消息？我一回去，一定会把整个经过上报的。"

"你要是回不去呢？"刘福彪在黑暗中阴恻恻道。

"你关得住我，却关不住鼠疫。你和我，无非是先死后死而已。"

面对这油盐不进的憨头医生，刘福彪真觉得像老鼠拖乌龟，无处下嘴。地窖里的气息本来就很闷，如今更是快让人窒息。

杜阿毛见局面僵在那里，把当家拽过去嘀咕几句。刘福彪先是眉头一挑，旋即又无可奈何地摇摇头，再轻微地点了一下，转身爬上梯子先出去了。

杜阿毛转头对方三响赔笑道："方医生，你大人有大量，城砖丢过来，就当拜年帖子。当家的脾气差是因为在办一桩事，老尴尬的。他出去问个话，我陪你在这里聊聊天。"

方三响没再言语，蹲下身去，给那个可怜的包探做进一步检查。杜阿毛张望着地窖的边角，手却在不停地拍打衣袖和下襟，不敢坐下也不敢靠墙。忽然旁边吱一声鼠叫，吓得他立刻跳开来去。

"方大夫，这个百斯笃又是老鼠又是跳蚤，到底是怎么一回事？到底该防着谁？"杜阿毛忍不住问。

方三响对疫病这块一直颇有兴趣，无论丁福保还是经贸兴三郎的相关著作都细细研读过，当即开口道："在老鼠的体内，带有一种极细小的菌类，细长如杆，因此唤作杆菌。倘若老鼠身上的跳蚤吸了它的血，这杆菌便会跑进跳蚤的消化管里，大加繁殖，以致阻塞。"

杜阿毛听得不由得咽了口唾沫，似乎被阻塞的是自己的喉咙。

"跳蚤吃不下东西，就会饿，饿了就疯狂地到处吸血，人也吸，老鼠也吸。可它又咽不下去，吸进去就会吐出来，这一吐，就把消化管里的杆菌混着血吐出，顺着它蜇破的伤口进入人或老鼠的体内，这就会闹开鼠疫了。"

杜阿毛听他说得形象，不由得啧啧称奇："你竟似是亲眼看见。这么说，只要把老鼠搞掉就好啦？"

"正是，灭鼠和灭蚤，是扑灭鼠疫最重要的手段。不过这些只能预防，若是得上，便难救了……"

杜阿毛叹息道："这话倒也没错。我有几个乡下亲戚便是得鼠疫死的，死了都没人敢收尸，真触霉头。哎，你说吃点麻黄，能不能预防一下？"

"吃麻黄只能退烧，却奈何不了鼠疫。"

"也是，算了，反正老大对麻黄过敏，一吃就要浑身起疹子，出了丑还要怪我们。"杜阿毛哈哈一笑。

正说到这里，那包探似乎神志清明了一些，看到有医生在侧，连连咳嗽着抓住他的手，用英文苦苦哀求道："救我，救我，看在上帝的分上。"方三响见他眼窝深陷，结膜赤红，只好默默取出一些鸦片汁灌下去，虽无用，多少能起到一点镇静作用。

这包探不过三十岁出头，还挺年轻的。他灌完鸦片汁之后，嘴里一直喃喃道："我要回利物浦，我要妈妈，我妈妈……"方三响便把手放在他额头上，用英文柔声念诵《圣经》里的句子。念着念着，泪水从那包探脸颊两侧缓缓流下。

鼠疫患者的病情每小时都会有变化。就这一会儿工夫，包探腹股沟处的肿块越发红肿，而寒战也来得更频繁。方三响正要再给他灌些鸦片汁，忽然头顶传来响动，地窖的门被拽开，刘福彪探下脑袋，示意他们两个人上来。

方三响不知这位青帮大佬什么盘算，跟着杜阿毛先爬出地窖。一上来，便看到刘福彪身旁多了一个人。这人三十多岁，身材挺拔，虽然鼻梁上搁着一副儒雅圆镜，但脸颊从两侧向下斜收，面如悬刀，鼻胆前突，透出一股锋锐之气。

"方大夫莫要怪罪刘兄弟，此事全因我而起，也该由我来譬解才是。"这人迎上一步，先挽住了方三响的臂膀，手劲却不小。方三响一怔，发现刘福彪和杜阿毛都垂手站在旁边，态度恭谨，心想莫非是青帮又一位大佬不成？

那人微微笑了下，拱手道："在下姓陈，名其美，字英士，青帮里忝列大字辈。不过方医生不是帮中人，不必按码头规矩，直接叫我无为即可。"方三响没听过这名字，直接警告说再耽搁下去，这包探的病情只怕真的回天乏术。

陈其美瞥了地窖口一眼，苦笑道："这一场百斯笃，来得委实尴尬。我在做一桩隐秘的大事，绝不能暴露，所以跟先生商量一个两全其美之法。"

方三响冷冷地道："你们青帮做的事情再大，也不及鼠疫事大。身为医者，我须尽自己的职责。"陈其美见他态度不改，微微沉吟片刻，手臂一挥，似是挡开了刘福彪还未出口的劝说：

"方医生是个讲究人，我也不瞒你。我这一桩事，却不是青帮的事，而是涉及革命党的安危。"

"革命党？"方三响眼神一闪。

"就是官府文告里的所谓乱党嘛，你怕不怕？"陈其美笑意温和，眼神却陡然锋利，如两柄柳叶刀刺了出去。

就在方三响从地窖里脱困的同时，孙希却被意外地拦在了四马路和云南路的路口。

上海公共租界有几条通往外滩的东西大路，最北端的南京路修得最早，唤作大马路，此后在南边依次修了九江路、汉口路、福州路几条平行路段，本地人习称为二马路、三马路、四马路。

孙希这一次，是去位于山东路的仁济医院观摩割症术。沪上各大医院之间，彼此互通声气，经常有些学术交流。仁济医院今日要施行一台胆囊摘除术，邀请同行，红会总医院亦在受邀之列。峨利生医生便把孙希派过去，还带了宋雅做助手。

可他们两个人刚走到云南路路口，前方便被七八个巡捕拦住了，木条栏一挡，行人车辆一概不得通过。一个缠着红巾的阿三在封锁线后骑着白马，沿着路口来回溜达，表情倨傲里带着几分紧张。

福州路这里毗邻外滩，乃是沪上报馆、书局书肆、笔墨文具店集中之地，平日里就极为热闹。巡捕房这一封锁，一会儿工夫便堵着一大堆人，且都是声大嘴碎之辈。一时间人头攒动，颇为热闹。

孙希问一个华捕怎么回事，对方不说，只是威胁似的一晃手里的巡棍，喝令后退。

宋雅自从去了一趟皖北之后，胆量似乎更小了。她怕惹恼了洋人，拽了拽孙希衣袖，小声说："要不咱们回去吧。"孙希撇嘴说一个印度巡捕算什么洋人，我偏要去问问他，言罢挺直胸膛，用英语冲远处的印度巡捕扯起嗓子来。

华捕吓了一跳，一时间摸不清对方路数，生怕被印捕听了去，只好解释说是工部局下令办事，再多就不知道了。孙希一听居然是租界的最高管理机构工部局，立刻反应过来，这恐怕不是一次简单的执法行动，只好跟宋雅说先等等看。

过不多时，封锁线的后头，路口东北方向传来一阵哭喊声。只见七八个华人百姓从街边石库门的黑门扇后走出，有老有少，还有怀抱孩童的女眷，看起来应该是一家人。这家人哭哭啼啼，惊惧万分，身上衣物穿得仓促，一看就是被强行赶出来的。

一个穿着黑马褂的中年人迈出队伍，用浓重的江苏口音怒喝道："我乃堂堂举子，上了县衙都是有恩遇的，你们岂能如此……"话没说完，几个华捕棍棒扫过去，登时砸得他东躲西闪，狼狈不堪地退到队伍里。

围观的群众一阵哗然，议论纷纷。这人既然是江苏的举人，想必是闹长毛时举家躲到沪上租界的。当时租界建了好多石门框的小院，专卖给这些逃亡来的士绅。虽说这人在租界居然还要摆举人的谱，未免可笑，可见到他被巡捕当成狗一样赶打，大家心里多少有些别扭。

说话间，华捕们把这些人撵到外头。街边早等了三个医士模样的洋人，他们先拽过一个半大少年，先验过体温、舌苔，又检查了一下双腋和腹股沟。少年慌得浑身瑟瑟发抖，不敢动弹。那医士忽然举起一个硕大的赫斯针筒，要往他胳膊上戳。少年"嗷"地大叫一声，却被死死按在地上，哭声震天。

队伍里一个中年胖女人尖叫着挣脱包围，扑过去对医士又撕又咬。医士吓得手一歪，针筒上的针居然折断了。少年扎着半根断针，嗷嗷地朝着孙希这个方向跑来，口中大呼救命。三四个华捕急忙上前，把他扑倒在封锁线前。

这一切皆被路口边的行人看在眼里，所有人都被这小小的惨剧惊呆了。孙希见到那少年的胳膊上流出血来，急忙分开人群，跳过木栏。华捕正要训斥，孙希高声说："我是医生，他胳膊上的断针必须立刻取出，否则有性命之虞。"

巡捕们的动作顿时一缓。孙希趁机把少年搀起来，转头对宋雅道："拿个镊子来！"宋雅惊慌得不知所措，直到孙希又喝了一声，她才匆匆打开挎包，却稀里糊涂找了一把止血钳给他。

孙希脸一黑，顾不上训斥她，抄起钳子，小心翼翼地把少年胳膊上的断针夹出来。宋雅这才回过神，掏出棉帕给少年处理伤口。旁边的围观者议论纷纷，都觉得巡捕房行事实在是霸道乖张，即使在租界，也太过分了。

那边的检查仍在继续。那一家人无论男女老少，都是一针筒子扎下去，然后塞进一辆封闭的马车。那个缠头阿三下马过来，瞪了孙希一眼，把百般不情愿的少年拽回去，塞入马车。

孙希眯起眼睛，觉得巡捕房这个举动实在蹊跷。不似查案，倒像是处理什么烈性传染病似的。他起身走到那红头阿三面前，仰头用英文询问到底发生了什么事。

印度人先是大怒，舞着棍子要赶走这多管闲事的家伙。孙希只好亮出胳膊上的红十字袖标，这位印捕见是红会总医院，面皮犹带不屑："这里是租界，你们华界的医院无权过问。"

"大清红会乃是国际认可的组织，对于上海公共卫生负有责任。"孙希不失时机又补了一句，"倘若是时疫暴发，可不分华界和租界。"

不知是被这一口地道的伦敦腔震慑，还是被最后一句话说服，印度巡捕的态度稍微收敛了一些，从马背上俯下身子来：

"有报告说这里发生了百斯笃，已有一人死亡，必须立刻处理。"

"百斯笃？"

孙希听到这个词，不由得一惊。这可比什么赤痢、伤寒、虎列拉可怕多了，怪不得巡捕房如临大敌。印度巡捕捏了捏高高翘起的胡须尖，鄙夷道："你们中国人的卫生习惯太差，又有很多愚昧的传统，工部局只能让巡捕房出面，尽快完成防疫工作。"

孙希嘀咕了一句"你们印度人又好到哪里去了……"，但他对工部局的做法还是很认同的。鼠疫不同于别的病，它的传播途径是老鼠和跳蚤，必须有强力部门在大范围内统一部署，才能起到效果。至于执行时的粗暴，也是没办法的事。孙希很了解自己的同胞，一方面固执得很，一方面又散漫得惊人，鼠疫可不会坐下来慢慢与你商量。

他过去跟那三位医士简单交谈了一下，得知他们刚才注射的是哈夫金疫苗。在印度，这种疫苗早已得到大规模推广，虽然成功率只有五成，但这是目前唯一行之有效之策。至于马车，则是用来运送他们去隔离的。

搞清楚这些细节，孙希暗暗松了一口气，退回到封锁线后。宋雅问他怎么回事，孙希耸耸肩，说工部局的处置很合乎科学，无可指摘，咱们赶紧回去跟院里汇报，估计华界也得参照租界的做法做准备了。

两人正要离开，忽然人群一阵骚动。因为他们看到，两个华捕抬着一个担架从里弄出来，担架上躺着一人，白布盖着——竟然死人了？议论声霎时大了起来。

有的说这是巡捕房在抓贼，当即有人反驳，抓坏人何必要注射药水？一定是西洋出了新发明，来拿中国人做实验。他们见到那一家人被塞进马车，更觉得合情合理。有略通西学的，还言之凿凿，说想必是取了心肝肺腑做化生药引云云。

孙希听在耳朵里，觉得实在荒唐。可周围声浪汹汹，也无法一一去解释。宋雅双手绞着衣角，抖得像只实验室的兔子："巡捕房这么做事，可是不大妥当……"

"周围这些人不懂医学，你还不懂吗？人家的处置没毛病啊！"孙希嘲笑她。宋雅却依旧面带忧色："道理是这个道理，可不能先好好说明白吗？非这么硬来，真是吓死人了。"

"胆小鬼，你又不是第一天做医生。正确的治疗，才是医生的责任。"孙希对此不屑一顾。

"可总得考虑到旁人的感受吧?"

"时疫来势凶猛,哪有时间给你慢慢讲话?就算你讲了话,老百姓信吗?就算信了,他们会照做吗?"

他这一连串反问还没说完,对面又起了变故。

只见一队杂役背着喷壶,冲去空无一人的石库门内到处喷洒石炭酸。另外一队华捕则冲进相邻的一家,又拽出了一家人,粗暴着推出去。一只受惊的母鸡从石门楣底下飞出来,拍动着翅膀,越过慌乱的人群冲到路口,咯咯直叫。

这只鸡短暂地吸引了巡捕们的注意力,队伍中一个小孩挣脱了管制,朝着四马路路口的围观人群冲来,边跑边哇哇大哭。负责注射的医生急忙上前阻拦,从后面抱住他,直接丢进马车里。

人群里不知谁失声喊了一声:"采生折割!"这一声,路口的围观者如头上浇了一勺滚烫的油,一时哗然。一听这四个字,宋雅面色苍白,身子不由得晃动了一下。

"什么?"孙希没听清。

"采生折割。"宋雅的牙膛都在发抖。

这是个江湖词。说的是有人拐卖幼童之后,故意折断他们的腿脚,或把器官砍成畸形,用来乞讨博取人同情。后来西洋传教士进入中国之后,民间一直流传教士们收养孤幼是为了采生折割。

孙希又是好笑,又是好气。这得是多愚昧的见识,才会把防疫工作当成采生折割啊?他正要发出一通感慨,却发现宋雅双手抱着手臂,肩头颤抖,似是勾起什么恐怖回忆来。孙希忽然想起,宋雅是圣心教会的孤儿院出身,想必是童年经历过类似的暴乱,才如此敏感。

而此时周围的人群已经彻底乱了起来,因为巡捕们刚刚又闯进了相邻的第三家,连衣服都扔出来。洋人这是打算挨家挨户搜查抓人啊?

围观民众大部分就住在附近,一见到这阵仗,立刻吓得要回家去救亲人;还有些在附近上班的商号职员、排字工、记者、小贩等,或义愤,或惊惧,或平时就对巡捕房不满,都趁势聒噪起来。人潮涌动,朝着薄弱的封锁线冲击而来。

印度巡捕见势不妙,策马赶来。他利用高度优势,用棍棒重重地砸倒了前头的三两个人。这个凶狠举动反令人群更为惊恐,前面的想掉头跑回,后面的想上前观望,左边的要躲去右边,右边的要躲去左边,崩散的人群愈加混乱,恐慌如鼠疫一般蔓延开来。

那红头阿三高声吼道:"这些愚民在做什么?!快把他们赶走!"几个华捕急忙跑过去,挥舞着警棍试图弹压。可即便前方一排的人想退回去,后面的人仍旧朝前面挤去,一层压一层,人群如泥石流一样坚定地溢过木栏,漫过路口,封锁线岌岌可危……

在这混乱中,孙希被挤得东倒西歪。他想要高声呼吁,可如同一滴冷水落入鼎沸的开水之中,根本无济于事。他看到宋雅双手抱着头原地蹲下,眼看要被汹涌的人潮踩踏,只好拼命用胳膊和肩膀架开几个人,硬是把她从地上拽了起来。

"先离开这里!"

孙希吼了一声,拉起宋雅的胳膊,闪身躲到路边的海亭后头。海亭是 hydrant 的音译,即消火栓,公共租界里每隔一百五十米就有一个,状如石亭。他们躲到这后面,总算勉强隔开了人流。

"仁济今天肯定去不成了,咱们赶紧回总院去报告吧。"

孙希伏在海亭后头,无奈地说。宋雅还未答话,忽听得尖锐的哨音响起。看来红头阿三发现控制不住局势,请求附近救援了。

这里距离外滩不算太远,再有半刻时光,就会有大批巡捕赶到。可到了那个时候,四散奔逃的市民早把恐慌散播到更多街区。孙希惊骇地意识到,一场防疫行动,就这么演变成了大骚乱……

与此同时,远在劳勃生路的方三响,陷入另外一种震惊。

"革命党?"

这个词近几年来听得不少,报纸上在说,街头在说,曹主任在医院里也在说,天天耳提面命,严令这些医生不得参与乱党叛乱。没想到,眼前就站着一位。

陈其美微笑地盯着方三响,旁边刘福彪眼神直勾勾的,万一对方有什么举动,他会立刻出手。方三响缓缓开口:"你是不是革命党,都不会改变鼠疫的蔓延。"

刘福彪下巴一僵,却被陈其美轻轻摆手拦住。

"我听福彪说过,先生是个有原则的人。如此最好,我本也没什么好隐瞒的,不妨敞开天窗说亮话。"陈其美拈了一条长凳坐下,眼神一抬。杜阿毛赶紧跑到铺子前头去放风,防止有别人无意闯进来。

"鄙人毕业于东京警监学校。在日语里面,没有某某医生这种说法,都是唤作先生的,为什么?因为医生可以治病救人,让一个垂危病患重新健康起来。所以这门技艺最得人敬重。"

陈其美的口音带着淡淡的湖州味,语速缓慢,每个字咬得极干脆,好似日本武士一刀一刀劈斩下来："方医生我来问你，人得了病，自有医生去诊治。倘若这国家得了病，又该如何呢？"

方三响冷不防被问到这么个问题，迟疑片刻方道："自然也要治才行。"

"那么谁来治呢？"

"宣统皇帝？"

陈其美忍不住拊腿大笑，身子前倾，不得不伸手扶住眼镜框。"他？他和那个朝廷只怕是中国最大的病灶！"他说到这里，眼神又恢复冷厉，"大清已经病了，病入膏肓。外面一群饿狼在撕咬，肚子里还有一团蛆虫在吞噬血肉……"

"蛆虫只吃腐肉。"

陈其美略带尴尬地顿了一下，这才继续说道："总之，这一个垂危的病人不可能自愈。总得有位高明的医生给他治疗，驱除身体里的病痛，才能康复。哪怕手段激烈些，治疗过程有些痛苦，也是必要的。"

方三响沉默不语，厚厚的两片嘴唇紧抿着。

讲到这里，陈其美跷起大拇指，朝自己一晃："我们其实和先生是一样的职业。你治人间的病，而我们则是治国家的病。我们的诊治方法，就是把紫禁城里那个病灶割去，变帝制为共和。如此一来，国家方能重获生机，四万万人才能不被外人欺凌。"

倘若曹主任听到这样的话，只怕会吓得当场晕过去。方三响却沉着面孔，不知在想些什么。

"你们？"

"我是同盟会中部总会的庶务，负责长江流域的革命活动。我适才说的一桩隐秘大事，便是通过青帮渠道，偷运一批军火入沪，为日后起义之用。"

"同盟会？"方三响一惊。最近几年，同盟会这个名字可谓如雷贯耳，潮州、惠州、防城、镇南、钦廉、河口、安庆……一连串武装起义旋起旋灭，旋灭又再起。没想到如今就连上海这样的重镇，都成了同盟会的目标。

陈其美不愿多谈这个，只是简单道："这个英人包探，便是跟踪这批军火而来，被福彪发觉，不得已才拘押在这里。其中利害，相信不必我再多做陈说，先生自然知晓。"

方三响虽然憨直，人并不傻，如何听不出来他的意思？这么隐秘的事陈其美都坦然相告，那么便再无转圜含混的余地。无论是青帮还是同盟会，都不会容许一个知晓秘密的无关人士离开铺子。

要么当场加入乱党，要么……

方三响没料到陈其美看似温和，手段却这么暴烈，把一个医生是否该上报烈性时疫的讨论，直接推成了是否加入叛乱的选择。

他缓缓道："无为先生，你可听说过光绪二十年的香港鼠疫？"陈其美先是一怔，旋即摇头："愿闻其详。"

"光绪二十年四月，香港暴发百斯笃，死亡人数两千多人，三分之一人口逃离香港。倘若这一次我不上报，上海很有可能会沦为第二个香港。届时莫说起义，只怕整个上海的居民都难以保全。无为先生说要为四万万人治疗沉疴，这是你愿意看到的结果吗？"

陈其美被反将了一军，镜片后眼神闪烁。刘福彪忍不住道："你又没有确诊，又在这里瞎讲八讲！"

方三响把脸转向他："在那一场香港鼠疫里，以码头传播最烈，码头工人死亡最多。"刘福彪噎了一下，青帮的势力都在各处码头，这医生是明着告诉他，一旦起了疫病，青帮是最大的受害者。

陈其美不动声色："那依先生之见，该当如何？"

"四万万人怎么救，我不懂。但这桩时疫的大事，我无论如何也要上报自治公所，绝不隐瞒。"方三响倔强地梗起脖子。

"这不是和刚才一样吗？"

两束凶光从刘福彪的眼里冒出来，可陈其美将双手交叠在小腹上，似乎饶有兴趣："先生的意思是，只要将百斯笃的情形及时知会当局，其他都无所谓，对吧？"

方三响皱起眉头。确实，这个倒霉鬼恐怕已经发展成了败血症，即使立刻被送回租界医院，也死定了，可被陈其美这么一说，倒像是他对患者置之不理了。他只好补充了一句："但这位病患有权在死前得到安抚。"

陈其美似乎窥破了方三响这掩耳盗铃的说法，摘下眼镜，轻轻用手帕擦拭一番。方三响觉得他在拖延时间，正要再度开口，陈其美慢条斯理地伸出两根指头："两个小时，方医生只要延缓两个小时上报即可。"

"你是要等这包探病死？"方三响不忍。

"不，我是要将他转移到相熟的朋友的医院。这样一来，你既不会违背职责，我们也可以扫干净这里的痕迹，不致影响同盟会的计划。"

"哪里的医院？"方三响将信将疑。

"女子中西医学院。那里的校长，也是我们的革命同志，叫作张竹君。"

方三响闻言一个激灵，仿佛被电线打了一下。他万万没想到，会在这里听到这个名字。他没见过张竹君，但从姚英子那里听过许多她的事迹，心中天然存着忌惮。

陈其美注意到他的反应，好奇道："莫非你也认识？"方三响连忙摇了摇头。

不过英子也说过，校长严厉归严厉，却是个正直之人。包探落在她手里，应该能得到人道对待。至于巡捕房怎么看待包探之死，会不会怀疑同盟会，那就不是方三响需要关心的了。

"即便如此，我还是会向自治公所报告。"

陈其美笑了起来："女子中西医学院的另外一位校长是李平书，乃是上海自治公所的总董。闸北的卫生事务，正是他的权辖所在。即使你不上报，自治公所也会知悉。"

方三响再无言语，就手拿出一张便笺，将病情详细写下来交给陈其美，然后转身要走。陈其美却猛然道："等等。"

方三响刚刚迈出门槛，闻言停住了，身后传来声音："方医生，我敬重你是个有原则的人，才如此大费周章。现在我也想听听你的诚意。"

这位乱党谈吐很文雅，可言辞里总带着几丝青帮的痞气。方三响没碰到过这种事，想了半天也只能回答："你们的事，我保证不说出去便是。"

这个答案，显然不能让陈其美满意。这时刘福彪却出人意料地低下头去，小声道："这个姓方的确实是个有铁腰胆的人，就算不入伙，应该也不会外泄。"

陈其美"嗯"了一声："这个我自然知道。他若没有铁腰胆，也不会为了一个无关的包探跟我们计较。我只是可惜，这样的医学人才当为同盟会所用，未来添加一分力量，便多一分成功可能。"

刘福彪还欲说什么，陈其美已从怀里拿出两本小册子，扔给方三响："方医生，医一人与医一国，孰轻孰重，你不妨仔细想想看。这些都是治国家之病的药方，你看完若有想法，可以再来找我聊聊——希望我们可以有机会以同志相称。"

"同志？"

这对方三响来说是个新鲜词。他走开几步，忽又回头："无为先生既然在日本读过书，可见过一个嘴角有一大一小两颗黑痣的人？"陈其美愣了片刻，摇头说没有。方三响也只是多年的习惯，随口一问，当即拜别。

离开坐褥铺子之后，他低头去看手里的两本册子。都是麻纸油印，质量颇劣，不过开本甚小，一只手掌便可握住，旁人不易觉察。一册是邹容的《革命军》，一册是陈天华的《猛回头》。封面的赤红色字体边缘锋锐，折角硬直，如数十把剑刃交错而成。

不知为何，一见到这字体，一股莫名的涟漪自方三响的心脏搏出，顺着主动脉激荡奔涌，霎时全身一阵炽热。上一次有这感觉，还是看那一部法国人拍的波将金号叛乱的电影。

带着这种复杂的心情，方三响匆匆赶回红会总医院。他按照约定，过了两个小时之后，才踏进院长办公室，将百斯笃的事情汇报上去。不过他隐去了同盟会，只说在闸北的一家铺子里发现疑似鼠疫患者。

沈敦和敲着钢笔，沉默不语。旁边曹主任疑惑道："你跑到闸北那边去做什么？"方三响没吭声，曹主任眉头跳了跳，突然醒悟："哎哟，看你闷声不响的，原来又去跟那帮青皮混啦？"方三响不置可否。曹主任额头青筋暴起，一迭声地训斥起来。

上次那个青帮打手跪在医院前，已经搞得城关内外尽人皆知，怎么这家伙还不吃教训？！

这时沈敦和打断了他的话："那么病人如今在哪儿？"方三响道："被铺子里的人送去女子中西医学院了。"

曹主任一听，不由得大惊："你脑子坏掉了？女子中西医学院在南市，离闸北好远呢，怎么好把鼠疫病患送去那里？"他深知沈敦和与张竹君的恩怨，当面又不好讲，只得借题发挥。

方三响还没作答，办公室的大门砰地被突然推开，孙希气喘吁吁地跑进来。曹主任脸色刚沉下去，他便抛出福州路闹百斯笃的消息。

曹主任两只小眼睛霎时溜圆，赶紧转头看向沈敦和。

沈敦和先让孙希把详细情形讲完，然后起身来到贴在墙上的上海市区地图前。他用铅笔先在福州路与云南路之间点了一个点，又把劳勃生路那一间坐褥铺子标上去，然后在两者之间画了一条线，陷入了沉思。

"这两个地方同时发现鼠疫，说明半个上海都有可能面临危险，无论是华界还是租界。"沈敦和忽然把铅笔一丢，转身回来，"叫柯师太福医生来一趟，我们必须立刻采取行动。"

曹主任有点犹豫："咱们红会总医院的权限只在华界啊，那种地方……"

不怪曹主任为难，这条劳勃生路的来历，委实有些尴尬。当年公共租界拓展之时，偷偷搞了个越界筑路，从胶州路向西强行伸出去一截，用当时总领事劳勃生的名字命名。上海道台提出抗议，却无力阻止既成事实。所以这条路既算作租界，也算是华界，管辖权颇为含糊。青帮在这里设据点，也是存了两不管的心思。

红会一般只管华界的活动，如果要去劳勃生路的商铺处理鼠疫事，少不得会陷入两方扯皮。

这时沈敦和已经坐回圈椅上："你们只管医学上的事。至于如何跟工部局交涉，这是我的工作。"

沈敦和既然这么说了，众人只得服从。方三响带回的那管血液样本，立刻被送到实验室去培养检验；曹主任跑去通知柯师太福医生和其他医生，做好应对鼠疫的防疫准备。

从院长办公室出来之后，孙希发觉方三响有些魂不守舍，还以为他是被曹主任训诫得郁闷了，拍拍肩膀："屎窟曹的话啊，就当是一瓶硫化氢，闻着臭，开瓶一会儿就散干净啦。"

这是他给曹主任起的外号，因为过于形象，在医院里不胫而走。

没想到他这么随手一拍，两本小册子"哗啦"从方三响怀里掉在地上。孙希一愣，正要俯身去捡，方三响以极快的速度捡起来揣了回去。

孙希先是一怔，随即露出个善解人意的笑容："老方你行啊，血气够旺的，也学会买那些书看了。"方三响连忙说不是，孙希点点头："对，不是，不是。"气得方三响辩解也不妥，不辩也不妥，只好狠狠推他一把："你还不赶紧走？"

"我这刚从四马路赶回来，茶都没顾上喝一口，你怎么比屎窟曹催得还凶？"孙希抱怨。

"再晚了，我担心疫情会扩大。"方三响朝走廊上瞥了一眼，"宋雅呢？她不是和你一起去的吗？"

"她可真是吓坏了，我回来安慰了一路，这会儿去宿舍歇着了。"孙希忽发慨叹，"老方你是没在现场，没看见那些愚民一听见采生折割四个字，就跟中了邪似的，蠢死了。"

方三响微微皱起眉来："你这话说的……明明是工部局做错在先吧。"

"工部局态度是强硬了点，可做法完全符合科学啊！在蚌埠集，咱们不也得让巡检司拿刀枪逼着，那班流民才老实地听话吗？"孙希不以为然。

"那次是难民群聚，这次是公然闯入民宅，不是一码事。工部局那班洋人，怕是一贯自大，压根没考虑过中国人的感受，只管硬着来。"

"哎，哎，老方你这是跟青帮混得太久了，脑子生锈了。"孙希伸手在自己脑袋上一戳，语带嘲讽，"在伦敦出现鼠疫，政府也是同样的措施：灭鼠，消毒，隔离，检疫。——医学常识什么时候分洋人与华人了？"

"疾病不分国籍，患者却分。中国民众和英国伦敦人传统又不一样，禁忌也不同，你不说明白就直接上措施，他们当然害怕。"

"啧，这是治病，又不是传教，一切以医学为准，用不着去迎合民众！"

"不是迎合，是要讲究方法。你明知道老百姓没常识，却还是硬搞得人心惶惶，防疫工作就能顺利进行了？"

两人你一句，我一句，渐渐居然戗起火来。孙希说到气头上，脱口而出："老方你少来那套野路子的土法，正规防疫有正规的做法。"

孙希一出口就后悔了，牙齿猛烈地磕了一下，似乎要把话音咬住吞回去。可惜为时已晚，方三响变了变脸色，孙希赶紧找补："protocol，我是说 protocol……"

他刻意说英文，想要降低尴尬程度，方三响却早已默默后退了一步。

这时曹主任也从办公室出来了。他嗅了嗅空气，觉得味道不太对，狐疑地左看看，右看看，末了一指方三响："你还愣着干吗？赶紧叫上严之榭他们，去那个坐褥铺子捉几只老鼠和鼠蚤回来。"

方三响"嗯"了一声，转身匆匆离开。孙希想追过去道歉，曹主任却把他叫住了。红会总医院新装了一部德律风，刚才工部局打给了沈敦和，沈敦和说孙希是骚乱亲历者，又通晓英文，希望他能陪着去工部局交涉。

孙希一听，只好歉然地朝方三响离开的那边看了一眼，先顾这头。

公共租界工部局位于三马路的中段，乃是租界的心脏所在。不过跟它显赫地位不相称的是，建筑本身只是一栋破旧的三层小洋楼，入口处的铁门前人群川流不息，明显是超负荷运转。据说新楼已在规划，不知何时动工。

孙希赶到时，天色已有些微微昏沉。只见沈敦和头戴宽檐礼帽，手持一块怀表，已在门口的西洋雄狮前等候多时了。

一见到沈敦和，孙希心里便微微一叹。先是皖北救灾，然后又赶上鼠疫，冯煦交托给他的红会查账任务，到现在还没有什么眉目，一直像根木刺扎在心里，不知何时才能解脱。

沈敦和对孙希的心情并无察觉，他盯着手里的报告，圆圆的脸颊极力维持着不下坠，可见是在作难咬腮。孙希小心问道："沈先生，一会儿咱们怎么跟工部局谈？"

沈敦和的视线移向那扇漆黑的铁大门，语气微有艰涩："最好的结果，自然是让红会介入，华洋两界联手扼制鼠疫。不过这件事情，不好谈哪……"

孙希点头应和："我看过一些报道，洋人对租界法权看得比较紧，从无放手的先例。"

"我与洋人打过许多年交道，大部分人私下交往都不错。说起瓷器、丹青、诗词，他们会流露几分赞赏；你做慈善，他们也会慷慨解囊。可一上升到大关节，他们骨子里那股天生的轻蔑劲便遮掩不住了，压根不会把你当成一个可讨论的选项。"

"如果索性就让工部局做呢？反正他们有技术，也有资源。"

"那可是要出大乱子的，今天你又不是没经历过。"

"归根到底，还是那些民众太无知了。"孙希道。

沈敦和听到这话，抬了抬帽檐，神情严肃起来："小孙啊，我问你一个问题。倘若有个女子来看花柳病，你会嘲笑她滥交无度吗？"

"呃，最多心里嘀咕一下吧，正经还得给人家开药……"

"正是如此。"沈敦和正色道，"你若在报纸上开专栏，尽可以批判国民性；可你是医生，你的职责是治疗病人，而不是评判他们得病的缘由。咱们这次来，是为了解决问题，不是来做法官的。"

孙希有点狼狈地摸了摸鼻子，辩解说自己不是那个意思。沈敦和摇摇头，把怀表揣回怀里，做了个手势，两人一同进了工部局大楼。

进入大堂之后，他们立刻陷入一阵喧闹之中。在大堂的左边，是一个宽阔的议事厅，能容纳五百多人；右边则是一个英式风格的中等房间，里面摆着各种商业月报、船舶通讯与最新的全球货物行情。这里叫作贸易室，是上海滩商务情报最集中的地方。形形色色的人簇拥在这里，呐喊着，记录着，渴望从这些繁复的数字中淘出金子。

沈敦和在沪上一直颇有影响力，尤其近几年慈善事业做得声名鹊起，华洋两界均极得赞誉。他一递名片，前台秘书不敢怠慢，直接把他引到会客室里。不多时，来了一位叫作 H.J. 克莱格的董事，以及卫生处处长麦克利。

公共租界工部局的最高管理层一共有九个人，包括一名总董和八名董事——不消说，所有董事皆是洋人，其中以英国人居多——除总董揆抚全局之外，八名董事各自分管一个委员会。眼前这位有着一双灰眼珠的克莱格董事，正是租界卫生事业的分董。

沈敦和与克莱格董事很熟悉，两人见面，先是满面笑容地握了握手，然后简单地寒暄了几句，这才各自落座。仆人端上来的，居然是两杯热气腾腾的盖碗茶，可见董事们也已入乡随俗。只不过在克莱格的盖碗旁，到底放了一小杯牛奶。

孙希站在一旁，好奇地看着克莱格董事。此人在静安寺路西摩路口有一座极豪阔的英式花园宅邸，名头不小。孙希有时候在医院待得气闷了，便走到这座宅邸附近转悠几圈，怀念一下当年的英伦生活。没想到今天居然见到宅邸的本主，不免好奇地多看了一眼。

克莱格董事生得圆滚滚的，下巴有三层褶皱，已谢顶的脑门倒是光滑得很，典型的成功商人长相。此人是加拿大人，公益洋行的大班，跟白克兄弟、嘉道理、麦边一样，都是上海滩响当当的洋籍闻人。旁边的麦克利先生和他一对比，活像一具罩了一层皱人皮的骷髅，孙希不无恶意地想。

双方各自坐定，有孙希在旁，也不必另外配备翻译。沈敦和开门见山，向两人先报告了劳勃生路的鼠疫事件。

这个消息果然引起了克莱格和麦克利的重视。毕竟在同一天，福州路、云南路也出现了百斯笃病例。两人的坐姿不约而同地调整了一下，拿过方三响的报告交头接耳，神色越发严肃。

"感谢沈先生的及时报告。看来我们有足够的理由相信这两起病例存在某种关联，或许黑死病的阴影已经笼罩在整个城区。麦克利先生，你把那份报告取来吧。"

被叫到名字的卫生处处长连忙起身，不多时便取回一份文件。克莱格扫了一眼，用钢笔签了个龙飞凤舞的名字，对沈敦和道："今天卫生处提了一个计划，要对租界进行一次鼠疫大检查。我本来还觉得动静太大，你们送来的消息非常及时，这件事看来不能耽搁。"

麦克利处长表示，有了董事签名，防疫队随时可以赶去劳勃生路处置。如果沈敦和不介意，他也不吝对华界赐教。

沈敦和没想到他们的动作这样快，要来计划草草扫过一眼，不由得大急。麦克利这个计划，在防疫方面无可指摘，但通篇既没提及宣教配合，也没有任何出于民情的调整，仿佛这是一份针对家畜的兽医防疫计划。

他身子前倾："考察百斯笃情状，以老鼠与鼠蚤为主要途径。欲断其势，必以大面积灭鼠与除蚤为主，这牵涉到租界与华界的广泛地域。我红会愿意和卫生处联手并力，早日压平时疫。"

克莱格听完这个提议，不以为然地挥了挥手："劳勃生路亦在租界管辖范围之内，不劳红会费心，但还是要感谢沈先生的及时提醒。"

沈敦和知道这件事没那么容易，遂耐心劝解道："华洋民风，各有不同，防疫的同时，也要维护市面平稳。红会忝为上海最大的慈善机构之一，在防治时疫上责无旁贷。"

卫生处处长麦克利脸色顿时不太好。沈敦和显然是在暗指今天在福州路的那场骚动，这个干枯小老头不客气地说道：

"生活在租界，自然要遵从租界的法规，我们会秉持公平的态度，一视同仁。沈先生应该做的，是去通知上海道台和自治公所，尽快在华界展开行动。据我所知，中国官府的执行效率非常低下，更需要严厉的监管。"

沈敦和双手抚膝："倘若我们防疫不以地域来分，而以人来分呢？"

"以人？"克莱格和麦克利互相看了一眼。

沈敦和缓缓抛出自己的方案："华人医士与华人沟通比较便利，亦熟悉风俗。所以我建议，不以华洋两界为限。凡涉华民，皆由华人医士入室检疫；凡涉洋民，则由租界医士检疫……"

麦克利打断他的话："没这个必要。科学要一视同仁，鼠疫可不会管你的国籍。"沈敦和据理力争："鼠疫无国籍，病患有国别。举凡注射、询问、处置、隔离等事，华人与华人交流总是会好一点。"

沈敦和顿了顿，又道："这是敝院柯师太福医生结合当年吴淞口的检疫经验，给出的合理建议。"

柯师太福在加入红会总医院之前，是吴淞检疫站的创始人，在租界声望颇高。不料麦克利只是淡淡一笑："哦，那个爱尔兰医生？他在吴淞口做了什么？"

沈敦和道："光绪二十六年，柯师太福医生在吴淞口建起上海最早的检疫站，所有过往行船一律先做检疫，再许入黄浦江，有传染病征兆者，会被强制隔离。当时这个做法引起很大争议，华人视如畏途，甚至惊动了军机处……"

麦克利不耐烦地打断他的话："沈先生提及这件事，是什么意思？在我看来，这恰好说明，应该让中国人来习惯我们做事的方法，而不是相反。"

沈敦和摇摇头："当时几乎酿成流血冲突。最后还是在下出面，由士绅集资，买下北港嘴内的一块土地，建起一所防疫医院，方才消弭争议。也是因为那一次冲突，在下与柯师太福医生相识，有幸延揽他来总医院任职。"

他盯着麦克利道："可见即使是科学制度，也要因应民情，才能执行下去。"

麦克利突然开口，他的嗓门很尖，像只斗鸡："你举的柯师太福那个例子里，我注意到，当时解决问题的关键，是吴淞口建起了一家隔离医院，对不对？"

沈敦和道："正是。"

麦克利道："我们公共租界在司各特路，有一家专供华人的隔离医院，另外在靶子路还有一家西人隔离医院，足敷租界使用。可据我所知，华界并无这样的医院，总不能把病人全送去吴淞口吧？"沈敦和一怔："我可以动员学校、寺庙和一些大户人家提供住所。"

麦克利呵呵一笑："鼠疫来势凶猛，非专门隔离医院不可。你们连这个基础设施都没有，坚持华洋分检有什么意义？"

"我以为，好医院不在于医院本身，而在于人。我们有专业防疫人员……"

克莱格董事抬起手，表示他不要再说了。沈敦和万般无奈，只得恳求说："至少希望贵处在执行防疫计划时，起码做一些防疫宣传，让更多华人减轻抵触心理，减少恐慌。"麦克利傲慢地回答："卫生处自有考量，这一点不劳费心。"

克莱格董事掏出怀表看了看，沈敦和与孙希只好起身告辞。孙希在临出门时注意到，克莱格和麦克利两人面前的热茶，自始至终未动一口。

两人走出工部局大楼时，天色已晚。他们看到大楼对面的总巡捕房里灯火通明，防疫队恐怕开始整装待发了。工部局的态度如何且不说，这个执行效率，真是令大清官府自叹弗如。

"麦克利这个人，专业知识是有的，只是过于刚愎。他到中国不到一年，搞的这个租界防疫计划根本不合国情。只怕越是执行坚决，越会出乱子。"沈敦和忧虑地捏了捏鼻梁。

"这计划一经推行，势必大乱，麦克利也就罢了，难道克莱格董事也看不出来？"孙希觉得奇怪。

沈敦和微微摇头，然后把礼帽往头上一扣：

"你先回医院吧，今天翻译辛苦了。我去拜访上海道台一趟，看看有什么法子。他不是广东人，就不劳你翻译了。"

他还不忘开了个玩笑，只是语气里有藏不住的疲惫。

孙希望着沈敦和眼角的皱纹，内心忽然涌起一股愧疚感。他自入院以来，亲见了朝廷对沪会的挤压，亲见到丙午义赈的辛苦，这一次又亲见到他在洋人面前折节周旋。这些事情皆需要消耗极大的心神，却只是红会其中一小部分工作罢了。

在这一瞬间，孙希心神竟有了一丝动摇。冯公交托的这项间谍工作，到底做还是不做？张竹君对他的评价，到底是否失之偏颇？这么一愣神的工夫，沈敦和已经跳上一辆黄包车，匆匆离去。

孙希独自站在铁门之前，几个西装掮客匆匆从他身后穿过，不留神撞了一下他肩膀。他身体一歪，连忙伸手扶住旁边的公示板，这才不致跌倒。

这公示板是工部局的创举，上面贴有全球各地发来的每日要闻电稿，虽只有英文，但发布效率比报纸要快得多。每天都有人簇拥在这里，渴望从中获得商机。

孙希狼狈地直起身子，正待离开，无意中瞥到公示板下方一角。那里层层叠叠贴着十几页电稿纸，多是不甚重要的消息，少有人顾及。他脑海中却骤然一亮，仿佛在那密密麻麻的文字中，有什么信息触动了开关，把某些东西连缀成一条模糊的线。

孙希呆愣愣地站在原地，任凭人流在两侧快速移动。过了数分钟，他才迈开步子，却不是离开，而是鬼使神差地转过身去，重新回到工部局的一楼大厅里。

这里的厅堂依旧喧闹，商业世界永远没有停歇的时候。

方三响并不知道孙希的烦恼，也顾不得，他正满头大汗地捉老鼠。

捉老鼠的地方，正是劳勃生路的那一间坐褥铺子，其时陈其美和刘福彪已然撤离，不用说，那个倒霉的包探也被转移走了，只留下一个空荡荡的地窖。方三响与自治公所的卫生官简单交流了一下，便和严之榭等人开始用捕网、短棍和拨火叉去搜寻老鼠的踪迹。

这是非常有必要的一步。只有在老鼠体内以及鼠蚤身上找到鼠疫杆菌，整个传播路径才能得到确认。严之榭身材有点胖，捉了半天一无所获，累得气喘吁吁，说不如去买些糕点洒在地上，诱惑鼠辈来吃。

方三响觉得这是个好办法，追问他打算买什么。严之榭说："其实张祥丰的蜜饯凉果最好，特别甜，带着果味，还挺粘牙。"气得方三响伸手猛敲他额头："又不是给人吃，要那么精致做什么？"

严之榭叫屈道："这些都是可以报销的。我不是想做点费用出来，大家打打牙祭吗？"方三响虎着一张脸："这是扯谎骗钱，你这么做，怎么对得起医院的栽培？"严之榭也有些恼："好，好，你方三响是君子，我是贪便宜的小人，行了吧？"

两人正吵着，外面忽然闯进一个洋医官，态度生硬，说是奉租界卫生处的命令，要封锁该处房产，要求红会的人立刻离开。一个自治公所的卫生官拽过方三响，向他解释劳勃生路的尴尬位置。

"洋人不管的时候，我们才好来帮帮忙。现在洋人来了……"卫生官小声说。

"真是岂有此理！"

方三响沉着脸，把缠在脚踝和手腕的防蚤绷带解开，重重地摔在地上，走出铺子。严之榭愣怔片刻，也赶紧跟了出去，刚一出铺子，他俩便愣住了。

坐褥铺子隔壁是一家鞋店，店家正慌慌张张地上着门板。而在对面大路边，几十名巡捕——华捕、印捕、英捕和安南捕都有——黑压压地站成一条线，头戴圆盔，手持警棍，摆出严阵以待的架势。与他们隔路对峙的，则是一大群站在铺棚前的民众，其中不少青壮都袖子内卷。这些人手里握着扛棒、条凳、菜刀以及拆下来的门板。其中居然还有一个熟人，樊老三站在队列最前头，双手各拿一块碎砖头，不住地怒骂。

他们屡次想要冲过马路，却每次都被巡捕们的棍棒阻住，形成僵持局面。而在巡捕们身后的一片低矮的木铺户里，不时传来声嘶力竭的尖叫和哭号，似乎有一群医生模样的身影在四处穿梭。

方三响过去拽住樊老三，问怎么回事。樊老三气呼呼地说，巡捕房的人突然出现在劳勃生路，说是执行检疫计划，然后一间间民宅和店铺硬闯进去，先是喷洒药水，然后到处拉人，哪怕脸色稍黄者，亦要拽走。

这条街因为两不管，住的多是青帮成员。他们见自家突遭袭击，无不勃然大怒，群集拥来。可巡捕房那边装备精良，印捕和英捕还带了短枪，青帮一时也不敢轻举妄动，两边就这么对峙上了。

"好多宅子里住着女眷呢，还有小毛头，怎么好让男人进去！简直是枉对！"樊老三喉咙里咳滚一口痰，犹豫了一下，终究没冲对面喷去，脖子一低吐到地上。

方三响没想到，之前孙希目睹的事情，这么快就重演了。不，这比四马路上那场骚乱更严重，之前只是手无寸铁的民众，再闹也不会太大。这些可是惯于刀头舔血的青帮分子，一个不慎，就会酿成波及华洋两界的流血事件。

这时人群传来一阵惊呼，方三响伸头看到，一个胖乎乎的女子被两个护工硬从铺子里拽出来，她两只缠足小脚不便行动，几乎是被拖行于地。拖着拖着，只听刺啦一声，她的袖子被齐肩扯碎，露出白花花的一条胳膊。围观人群顿时哗然，一个良家女子当众露出胳膊，无异于赤身裸体，何况还是被洋人扯的。那女子当即瘫坐在地上，捂住脸号啕大哭。

"二妮！"樊老三双目霎时赤红，发出怒吼，一下撞开鞋店老板和方三响，手里两块砖头狠狠砸过去，当场把两个倒霉巡捕开了瓢，人群一片哗然。两个巡捕的同伴立刻吹起哨子，冲上来把樊老三压在身下，拳打脚踢；好几个胆大的青帮汉子想扑上来救人，又被红头阿三的佩刀逼退，场面濒临失控。

方三响大惊，冲过去试图阻止，巡捕们纷纷呵斥着让他退后。方三响高举着红十字袖标，大声说我是红会总医院实习医生，有话要对你们长官讲。

也许是袖标起了作用，很快一个留着两撇小胡子的稽查官从队伍里探出头来。

方三响强抑怒火道："我们可以提供华人女医和女看护妇，代为查验各家的女性。"

"没这个必要！"稽查官断然否决，"检疫计划里没有这个方案，你快点退开，不要妨碍执行公务。"

"可这样下去，会造成无谓的恐慌。"方三响一指那叫二妮的胖女子，"您看她害怕成什么样了？这些都是人，不是牲口！"

稽查官嗤笑一声，傲慢地用靴子踢了一下樊老三的脑袋："在我看来，并没什么区别。牲畜检疫都老老实实的，为什么你们华人做不到？"

方三响一听这话，血气霎时上头，仿佛吞下一整瓶肾上腺提取剂，久蓄的怒意腾地冲顶而起。严之榭见势不妙，扑过去抱住他，劝他冷静一下。哪知方三响使出蛮力，先甩开严之榭，然后猛然揪住那稽查官的衣襟，凭着力气硬把对方揪起在半空，再狠狠往地上一掼，登时把那稽查官摔晕过去，硬圆帽一下子滚落到旁边的沟渠里。

整条劳勃生路一下子安静下来。

之前不管怎么乱，青帮和普通百姓都有个默契，只冲着华捕与安南捕来，最多对印捕再使使厉害，但不会威胁到西洋人，那是巡捕房能容忍的极限。没想到这位红会的实习医生着实生猛，上来就摔晕了一个稽查官。

急促的哨声从四面八方响起，方三响面色平静地拍了拍手，知道自己闯了大祸，索性原地站定，随即便被数十条警棍狠狠砸中……

疼，火辣辣地疼。

方三响躺倒在牢房的地板上，闭着眼睛默默点数，在自己头部、双臂、背部和肩部一共数出十七处痛点。巡捕房的警棍都是橡木质地，沉重厚实，一砸一片瘀青。奇怪的是，他的心情却毫无沮丧，反而有些隐隐的痛快。

这一通殴打，就像被一个粗暴的推拿师傅捶了一遍，血脉畅通，心中郁结之处也被捶松。先前方三响头脑还有些茫然，此时却有了一丝明悟，竟似被外力砸出了决断。

咣咣咣。

一阵棍棒敲击铁栏的声音传来，一个面无表情的狱警打开狱门，说："有人来保释你了。"

"肯定是曹主任，又要挨训了。"方三响嘀咕着，吃力地从地上爬起来。待狱警把手铐扭开，他便跌跌撞撞走过长廊，一出狱门，看到两个意料之外的人站在交接室里。

"英子？陶管家？"

眼前的女孩，正是大半个月未见的姚英子。她见方三响出来了，快步上前，心疼地抓住他胳膊，一迭声地问有没有受伤。

"你怎么来了？"

"严之榭给我打电话，说你被巡捕房抓了起来。我爹跟他们总探长认识，我就让陶管家陪着来捞人——他们没为难你吧？"姚英子眼眶里隐隐有泪光。

"他们是没为难我，可——"方三响愤愤地正要抱怨，陶管家及时按住他的肩膀，沉声道："这里不便闲谈，等我办妥了保释手续，出去了再聊不迟。"

"樊老三呢？还有其他闹事的人呢？"

"他们自有青帮的人去捞，你就不要多事了。"

陶管家一拂袖子，前去与巡捕房交涉。方三响只好闭上嘴，和姚英子并肩坐在长椅上等待。可他总觉得哪里不对。若在之前，英子早叽叽喳喳地嚷起来。可现在她却安静得像个淑女，双臂交叉在小腹前，眼睛望向前方。

方三响满腹疑惑地转过头，端详起她来。这大半个月的调养，总算洗去了英子在皖北时的憔悴，只是她的下巴尖了许多，双眸里透着一缕郁气，压得整个人的精气神往下沉。

方三响本来就不善言辞，见她不吭声，也不好说什么，两个人就这么闷闷地并肩坐着。交接室里有一台座钟，突然敲响起来，已是午夜一点整，他猛然发现，自己被关了足足六个小时。

陶管家很快办完保释手续，把红会的医药挎包也交还方三响。方三响把它重新背回去，发现英子直勾勾地盯着挎包上绣的红十字。

三人一起出了门。门外那一辆挂着工部局 468 牌号的凯迪拉克早已等候多时，驾驶座上坐着一个白手套司机。陶管家拉开后面的车门，姚英子先钻进了第二排座位。方三响又是一怔，这可是第一次见她坐后排，从前她可绝不允许别人抢夺驾驶位。

车子从江西路开出去之后，一路向西而去。方三响隔着车窗注意到一个诡异的情景：此时虽已是午夜，可街上的行人并不少，以华民居多，个个扶老携幼，你推我，我推你，似逃难一般朝外涌动。每个路口都站着几个华捕与缠头阿三，可在人潮面前并没什么作用。

车子在人群里越开越慢，几乎只能蹭着往前走。方三响问外面发生了什么，陶管家轻轻叹了一声，简单说了说他入狱后的局势。

劳勃生路的那一次冲突，青帮固然奈何不了巡捕，但租界卫生处的鼠疫检查也无法顺利开展。双方的持续对峙，导致各种谣言不胫而走，有说租界要借机扫荡华人地下势力，有说青帮意图谋反，有说洋人要食人心肝，有说海外缺劳工需要四处绑架。这些谣言越传越离谱，在各处引发了大大小小的冲突，此起彼伏。

眼看局势趋向混乱，工部局的态度反而更加强硬。就在方三响被抓后不久，克莱格董事发表了一份声明，宣布将于十月十三日下午五点开始执行鼠疫大检疫。消息一传出去，惊得无数老百姓连夜逃离，朝着华界和法租界拥去，生怕逃晚了被洋人抓去。

陶管家回过身，递给方三响一份《申报》印发的号外。他草草一读，顿时火冒三丈。这声明里既无安抚民心之说辞，亦无医学道理的譬解，只是冷冰冰地宣布了数项措施，还要求租界内的每一户人家都必须接受入户彻查，无条件服从卫生处的隔离安排。这种写法，对则对矣，却只会徒增恐慌。

这份声明实在太过傲慢强硬，怪不得整个租界人心惶惶。这哪里是治疫，分明是添乱哪。

在这个号外的下方，方三响还看到一个豆腐块大小的署名社评，直斥工部局罔顾民意、蛮横傲慢，呼吁朝廷有识之士尽快纠正云云。他往下一扫，发现作者是农跃鳞，登时释然。大上海哪里有热闹，一定少不了他的参与。

方三响气得把号外揉成一团，伸手扔出车外。在他眼前，车窗外不只是四处乱窜的惶急人群，还有无数躲在阴影里的老鼠、鼠蚤在游走，那一片阴森而有毒的菌雾正缓缓渗入城市肌理。这可怖的景象，难道工部局看不到吗？难道他们没想过，只是区区一份声明，已经闹出偌大动静。若等到那个大检疫计划正式执行，会在租界引发何等规模的逃难潮？

到那个时候，鼠疫扩散的范围会有多大，方三响简直不敢想象。可惜他一个实习医生，对此根本无能为力。他沉默半晌，只好无奈地转过头来："英子，上海暂时不能待了，你赶紧回宁波避一避吧。"

"我还不能走，这几天邢大丫头该到上海了。"姚英子的语气平淡，不带什么情绪。

"她来上海？"方三响一惊。那不是蚌埠集上的那个残疾女孩吗？

"大丫头留在蚌埠活不了太久的，我没救回她娘，至少也该救回她才是，便请陶管家把她接来沪上。正好我家里花匠夫妇没孩子，会交给他们收养。"

姚英子讲到这里，轻轻喟叹道："我和她也算有缘分。若不是她当初讨钱求我，我也不会去三树村寻她娘；若不去寻她娘，便不会遇到翠香；若没碰到翠香，我可能至今还自我感觉良好，觉得自己已经是一个悬壶济世的医生了呢，呵呵……"

方三响觉得这话听着有点怪，正要开口，姚英子又道："既然说起这个了……其实有一桩事，我一直想约你和孙希见面讲。可惜他现在不知跑哪儿去了，只好先告诉你吧。"

"嗯？"

"我决定暂时不回总医院。"

"也好，看你这样子，应该多休息一阵。"

"不……"姚英子迟疑了一下，"我已经跟曹叔叔提了辞呈。"

"啊？"方三响整个人猛地直起腰来，头皮差点撞到车顶。姚英子伸出手，拍拍他膝盖道："你不要光火，听我讲完好不好？"

方三响重新坐了回去，眼睛却瞪得溜圆。

"我不是说我不再当医生了，只是我现在还不够资格……"姚英子转头看向车窗外，似乎在黑暗中看到某种景象，"这几个月来，我每天晚上都在做同样一个梦。我梦见我回到了那间破庙，看到躺在里面的翠香。我每一次都信心十足，觉得这一次一定能救回她的性命。可是，每一次她都死在我的面前，有时候是子痫，有时候是大出血，有时候顺利分娩却感染了产褥热，我在梦里每一次都手足无措，脑子里一片空白，根本不知该怎么处置才好……"

姚英子声音渐小，然后猛地吸了一口气："张校长说得对，我根本没有严肃对待医生这个职业，连选什么方向都不知道，只当是玩。医学那么复杂，我这样浮光掠影的心态，又怎么学得好？这样的我，无论回到那间破庙多少次，也救不回翠香。"

方三响喉结动了动，不知该怎么回应。姚英子讲的话，确实也是他一直以来的看法，只是碍于情谊不好直说罢了。

"回到上海之后，我把自己关在屋里厢，什么人都不想见。直到前两天，我忽然接到一个消息——颜福庆医生回国了。"

方三响不知多少次听姚英子念叨这位救命恩人，没想到他居然真的从南非回来了。

一提到他，姚英子的精神便振奋了几分："我拜托父亲去调查过。他在南非的多本金矿待了两年，然后去了美国耶鲁大学，拿了一个医学博士的学位——这可是耶鲁第一个亚洲医学博士呢，然后他又去了英国利物浦拿了个热带病学的学位，刚刚学成归国。"

"那不是正好？你多年的夙愿，总算可以实现啦。"

谁知姚英子却摇摇头："我不打算去见他。"

"啊？"

姚英子把头转去另一侧，语气幽幽："你看看颜医生的履历。这么优秀的人，还这么努力，你让我见了面说什么？说我很仰慕你所以才成为医生？人家要是接着问，你是哪一科的？都救过什么病人？我哪里有脸面回答？"

方三响觉得，颜医生既然受过高等教育，不会计较这些。可他一看姚英子的双眼，便知道是这姑娘自己过不去这个坎。

"我是因为他才来学医，所以必须有真正的医生的身份，才有脸去见他。"姚英子坚定而痛苦地说道，隐隐有泪花在眼角闪动。可她终究吸了口气，没让它落下来。"这大半个月来，我躺在家里，脑子里一片迷茫，不知该怎么办才好。直到我决定不去见颜医生之后，才知道自己应该做什么。"

鲁钝如方三响，也隐约猜到了她的决断，不由得正襟危坐。

"我向红会总医院提出辞职，然后会回到女子中西医学院，跟张校长从头学起。校长说我原来学习是水过鸭背，一滴不沾。这一次我可不会了，我要专攻妇科与产科。中国女人太苦了，懂得她们的人又太少了。同为女性，我必须设法免除她们的痛苦才行，哪怕只有一点点。"

她语气前所未有地严肃，仿佛这段话已在心里说了无数次。

方三响缓缓点了一下头。他很舍不得姚英子离开，可这个选择是正确的。他伸出手，郑重道："那祝你早日毕业，回到总医院来。"姚英子撇撇嘴："哼，你同意得真快，一句挽留的话都不说，这么想我走啊？"方三响一怔："不是你说要走吗？"

姚英子无奈地抚了下额头，感慨道："唉，可惜孙希不在，那个大话精至少能说点动听的话。"方三响尴尬地把手缩回来，她还不知道，这两个人刚刚因为工部局政策大吵了一架。

"他应该跟着沈先生做翻译呢，回头你可以单约他。"

"那恐怕要等到鼠疫这件事平息之后了……"姚英子有点遗憾地回答。她不太能想象，一座几百万人的大都市猝然暴发鼠疫，得多久才会结束。

就在这时候，车子猛然一刹，所有人朝前倾去。陶管家忙问怎么回事，司机说前面有巡捕房的人，要我们停车。

陶管家皱了皱眉，推门下去。几个气喘吁吁的巡捕从侧面围过来，其中一个还是熟人，正是刚给方三响办了保释的华探。今晚路上实在太拥挤，车子居然慢到可以被步行的人追上。

"是手续有问题吗?"陶管家有些不悦。那华探正要赔笑着解释,一个英国人拨开他,直接把脑袋伸进车里。他长着一个酒糟鼻,整个人看着像一头公牛,灰蓝色的硕大眼珠先在姚英子身上停了一下,然后定在了方三响脸上。

"我是公共租界巡捕房的探长史蒂文森,现在有一宗英籍包探死亡的案子,请你回去协助调查。"英国人毫不客气地拉开车门。

姚英子大为愤怒:"我们已经办过保释了!"英国人的语气冷漠:"保释的罪名是殴打卫生稽查官,但我们掌握了新情况,需要重新提审,这是合乎规定的。"

姚英子看了眼车子外头,又叫道:"不对,这里已经是善钟路了,是法租界!公共租界怎么可以在这里执行公务?"史蒂文森眉头一扬,指了指旁边一位穿法租界巡捕制服的华探:"你跟他说。"那华探忙道:"法租界与公共租界签有互渡协议,凡涉犯罪,两方均有义务配合彼此。"

姚英子还要申辩,却被方三响按住了肩膀。他冲她摇了摇头,推开车门走了出去。这件事涉及陈其美与同盟会,绝不能连累英子。

"你们要把我带回总巡捕房吗?"他沉声道。华探回答:"不,根据协议,审讯须在法租界进行,由会审公廨定罪后再决定去留。"方三响"嗯"了一声,正要走过去,不料姚英子也冲出车门,拉住他的手,急切道:

"我跟你去!我爸认识法租界的总探长!"

"英子,这件事你们不要掺和。"方三响十分坚决地把她推开。姚英子还要坚持,他似乎突然想到什么,凑到她耳边轻声道:"你去通知一下张校长。"这时史蒂文森不耐烦地一推他肩膀,左右几个华探将他夹住,簇拥着离开。

姚英子一个人愣在汽车旁,又是心慌,又是惊疑。她可从来不知道,蒲公英跟张竹君校长居然还有交情?